总有一种柔软，让人生坚定从容。

许多种美的诞生是以另外许多种美的毁灭为代价的，而在这过程和其后，更会有许多无聊的没意思的事伴随着……

城市和乡村的最根本的区别乃在于——乡村是有气息的，正如婴儿是浑身散发奶味的。而城市没有。

老人而有老孤儿的感觉，这一种忧伤最是别人难以理解和无法安慰的，儿女的孝心只能减轻它、冲淡它，却不能完全抵消它。

人知道有些墙是不可以倒下的，因而人时常观察它们的状况，时常修缮它们。人需要它们直立在某处，不仅为了标记过去，也是为了标志未来。

那些甘于寂寞的、惯于离群索居的、羞涩的、斯文的、与世无争与同类无争的蜗牛们啊，谁知它们是否会挨过寒冷的冬天呢？谁知它们明年春天是否会出现在那一棵老树之下呢？

美是大地脸庞上的笑靥。因此需要有眼睛，以便看到它；需要有情绪，以便感觉到它。

　　一种温馨，它不是设计与布置的结果，不是刻意营造出来的。它储存在寻常人们所过的寻常的日子里，偶一闪现，转瞬即逝，溶解在寻常日子的交替中。

爬犁上是一桶井水，不时微少地荡出，在桶外和爬犁上结了一层晶莹的冰……

总有一种柔软，
让人生
坚定从容

梁晓声

中国出版集团 现代出版社

目 录
content

父母是最朴素的人文

守护柔软

父母是最朴素的人文

父亲

　　关于父亲，我写下这篇忠实的文字，为一个由农民成为工人阶级者"树碑立传"，也为一个儿子保存将来献给儿子的记忆……

　　小时候，父亲在我心目中，是严厉的一家之主，绝对权威，靠出卖体力供我吃穿的人，恩人，令我惧怕的人。

　　父亲板起脸，母亲和我们弟兄四个，就忐忑不安，如对大风暴有感应的鸟儿。

　　父亲难得心里高兴，表情开朗。

　　那时妹妹未降生，爷爷在世，老得无法行动了，整天躺在炕上咳嗽不止，但还很能吃。全家七口人高效率的消化系统，仅靠吭哑一个三级抹灰工的汗水。用母亲的话说，全家天天都在"吃"父亲。

　　父亲是个刚强的山东汉子，从不抱怨生活，也不叹气。父亲板着脸任我们"吃"他。父亲的生活原则——万事不求人。邻居说我们家："房顶开门，屋地打井。"

我常常祈祷，希望父亲也抱怨点什么，也唉声叹气。因为我听邻居一位会算命的老太太说过这样一句话："人人胸中一口气。"按照我的天真幼稚的想法，父亲如果唉声叹气，则会少发脾气了。

父亲就是不肯唉声叹气。

这大概是父亲的"命"所决定的吧？真的很不幸！我替父亲感到不幸，也替全家感到不幸。但父亲发脾气的时候，我却非常能谅解他，甚至同情他。一个人对自己的"命"是没办法的。别人对这个人的"命"也是没办法的。何况我们天天在"吃"父亲，难道还不允许天天被我们"吃"的人对我们发点脾气吗？

父亲第一次对我发脾气，就给我留下了终生难忘的印象。一个惯于欺负弱小的大孩子，用碎玻璃在我刚穿到身上的新衣服背后划了两道口子。父亲不容我分说，狠狠打了我一记耳光。我没哭，没敢哭，却委屈极了，三天没说话，在拥挤着七口人的不足十六平方米的空间内，生活绝不会因为四个孩子中的一个三天没说话而变得异常的。全家都没注意我三天没说话。

第四天，在学校，在课堂，老师点名，要我站起来读课文。那是一篇我早已读熟了的课文，我站起来后，许久未开口。老师急了，同学们也急了。老师和同学，都用焦急的目光看着我。教室的最后一排，坐着七位外校的听课老师。

我不是不想读。我不是存心要使我的班级丢尽荣誉，我是读不出来。读不出课文题目的第一个字。我心里比我的老师、比我的同学还焦急。

"你怎么了？你为什么不开口读？"老师生气了，脸都气红了。

我哇的一声大哭起来。

从此，我们小学二年三班，少了一名老师喜爱的"领读生"，多了一个"结巴嗑子"。我，从此失掉了一个孩子的自尊心……我的口吃，直至上中学以后，才自我矫正过来。我变成了一个说话慢言慢语的人。有人因此把我看得很"成熟"，有人因此把我看得"胸有城府"。而在需要"据理力争"的时候，我往往又成了一个"结巴嗑子"，或是一个"理屈词穷"者。父亲从来也没对我表示过歉意。因为他从来也没将他打我那一耳光和我以后的口吃联系在一起……

爷爷的脾气也特火暴。父亲发怒时，爷爷不开骂，便很值得我们庆幸了。

值得庆幸的时候不多。

母亲属羊，像羊那么驯服，完全被父亲所"统治"。如若反过来，我相信对我们几个孩子是有益处的。因为母亲是一位农村私塾先生的女儿，颇识一点文字。遗憾的是，在家庭中，父亲的自我意识，起码比"工人阶级领导一切"这条理论早形成二十年。

中国的贫穷家庭的主妇，对困窘生活的适应力和耐受力是极可敬的。她们凭着一种本能对未来充满憧憬。虽然这憧憬是朦胧的、盲目的、带有浪漫的主观色彩的。期望孩子长大成人后都有出息，是她们这种憧憬的萌发基础。我的母亲在这方面的自觉性和自信心，我以为是高于许多母亲们的。

关于"出息"，父亲是有他独到的理解的。

一天，吃饭的时候，我喝光了一碗苞谷面粥，端着碗又要去盛，瞥见父亲在瞪我，我胆怯了，犹犹豫豫地站在粥盆旁，不敢再盛。

父亲却鼓励我："盛呀！再吃一碗！"

父亲见我只盛了半碗，又说："盛满！"接着，用筷子指着哥哥和两个弟弟，异常严肃地说："你们都要能吃，能吃才长力气！你们眼下靠我的力气吃饭，将来，你们都是要靠自己的力气吃饭的！"

我第一次发现，父亲脸上呈现出一种真实的慈祥，一种由衷的喜悦，一种殷切的期望，一种欣慰、一种光彩、一种爱。

我将那满满一大碗苞谷面粥喝下去了，还强吃掉半个窝窝头。为了报答父亲，报答父亲脸上那种稀罕的慈祥和光彩。尽管撑得够受，但心里幸福。因为我体验到了一次父爱。我被这次宝贵的体验深深感动。

我以一个小学生的理解力，将父亲那番话理解为对我的一次教导，一次具有征服性的教导，一次不容置疑的现身说法。我心领神会，虔诚之至地接受这种教导，从那一天起，饭量大了，觉得自己的肌肉也仿佛日渐发达，力气也似乎有所增长。

"老梁家的孩子，一个个都像小狼崽子似的！窝窝头，苞谷面粥，咸菜疙瘩，瞧一顿顿吃得多欢，吃得多馋人哟！"这是邻居对我们家的唯一羡慕之处。父亲引以自豪。

我十岁那年，父亲随东北建筑工程公司支援大西北去了。父亲离家不久，爷爷死了。爷爷死后不久，妹妹出生了，妹妹出生不久，母亲病了。医生说，因为母亲生病，妹妹不能吃母亲的奶。哥哥已上中学，每天给母亲熬药，指挥我们将家庭乐章继续下去。我每天给妹妹打牛奶，在母亲的言传下，用奶瓶喂妹妹。

我极希望自己有一个姐姐。母亲曾为我生育过一个姐姐。然而我未见过姐姐长得什么样，她不满三岁就病死了。姐姐死得很冤，因为父亲不相信西医，不允许母亲抱她去西医院看病。母亲偷偷抱着姐姐去西医院看了一次病，医生说晚了。母亲由于姐姐的死大病了一场。父亲却从不觉得应对姐姐的死负什么责任。父亲认为，姐姐纯粹是因为吃了两片西药被药死的。

"西药，是治外国人的病的！外国人，和我们中国人的血脉是不一样的！难道中国人的病是可以靠西药来治的吗?! 西药能治中国人的病，我们中国人还发明中医干什么?!"

父亲这样对母亲吼。

母亲辩驳："中医先生也叫抱孩子去看看西医。"

"说这话的，就不是好中医！"父亲更恼火了。

母亲，只有默默垂泪而已。

邻居那个会算命的老太太，说按照麻衣神相，男属阳，女属阴。说我们家的血脉阳盛阴衰，不可能有女孩。说父亲的秉性太刚，女孩不敢托生到我们家，说我夭折的姐姐，是被我们家的阳刚之气吓逃了，又托生到别人家中去了。

一天晚上，我亲眼看见，父亲将一包中草药偷偷塞进炉膛里，满屋弥漫着一种苦涩的中草药味。父亲在炉前呆呆站立了许久，从炉盖子缝隙闪耀出的火光，忽明忽暗地映在父亲脸上。父亲的神情那般肃穆，肃穆中呈现出一种哀伤。

我幼小的心灵，当时很信服麻衣神相之说。要不妹妹为什么是在父亲离家，爷爷死后才出生呢？我尽心尽意照料妹妹，希望妹妹是个胆大的女孩，希望父亲三年内别探家。唯恐妹妹也像姐姐似的，"托生"到别人家中去。妹妹的"光临"，毕竟使我想有一个姐姐的愿望，某种程度上得到了一种弥补性的满足。

父亲果然三年没探家，不是怕吓逃了妹妹，是打算积攒一笔钱。父亲虽然身在异地，但企图用他那条"万事不求人"的生活原则遥控家庭。

"要节俭，要精打细算，千万不能东借西借……"父亲求人写的每一封家信中，都忘不了对母亲谆谆告诫一番。父亲每月寄回的钱，根本不足以维持家中的起码开销。母亲彻底背叛了父亲的原则。我们家"房顶开门，屋地打井"的"自力更生"的历史阶段，很令人悲哀地结束了。我们连心理上的所谓"穷志气"都失掉了……

父亲第一次探家，是在春节前夕。父亲攒了三百多元钱，还了母亲借的债，剩下一百多元。

"你是怎么过的日子？啊?! 我每封信都叮嘱你，可你还是借了这么多债，你带着孩子们这么个过法，我养活得起吗？"父亲对母亲吼。他坐在炕沿上，当着我们的面，粗糙的大手掌将炕沿拍得啪啪响。

母亲默默听着，一声不吭。

"爸爸，您要责骂，就大骂我们吧！不过我们没乱花过一分钱。"

哥哥不平地替母亲辩护。

我将书包捧到父亲面前，兜底儿朝炕上一倒，倒出了正反两面都写满字的作业本，几截手指般长的铅笔头。我瞪着父亲，无言地向父亲申明：我们真的没乱花过一分钱。

"你们这是干什么？越大越不懂事了！"母亲严厉地训斥我们。

父亲侧过脸，低下头，不再吼什么。许久，父亲长叹了一声，那是从心底发出的沉重负荷下泄了气似的长叹。

那是我第一次听到父亲叹气。

我心中倏然对父亲产生一种怜悯。

第二天，父亲带领我们到商店去，给我们兄弟四个每人买了一件新衣服，也给母亲买了一件平绒上衣……

父亲第二次探家，是在三年自然灾害期间。

"错了，我是大错特错了！……"——细瞧着我们几个孩子因吃野菜而浮肿不堪的青黄色的脸，父亲一迭声说他错了。

"你说你什么干错了？……"母亲小心翼翼地问。

父亲用很低沉的声音回答："也许我十二岁那一年就不该闯关东……猜想，如今老家的日子兴许会比城市的日子好过些？就是吃野菜，老家能吃的野菜也多啊……"

父亲要回老家看看。果真老家的日子比城市的日子好过些，他就将带领母亲和我们五个孩子回老家，不再当建筑工人，重当农民。

父亲这一念头令我们感到兴奋，给我们带来希望。我们并不迷恋城市。野菜也好，树叶也好，哪里有无毒的东西能塞满我们的胃，哪里就是我们的福地。父亲的话引发了我们对从未回去过的老家的向往。

母亲对父亲的话很不以为然，但父亲一念既生，便会专执此念。那是任何人也难以使他放弃的。

母亲从来也没有能够动摇过父亲的哪怕一次荒唐的念头。母亲根本不具备这种妇人之术。母亲很有自知之明，便预先为父亲做种种动身前的准备。

父亲要带一个儿子回山东老家。

在我们——他的四个儿子之间，展开了一次小小的纷争。最后，由父亲作出了裁决。

父亲庄严地对我说："老二，爸带你一块儿回山东！"

老家之行，印象是凄凉的。对我，是一次大希望的大破灭。对父亲，是一次心理上和感情上的打击。老家，本没亲人了，但毕竟是父亲的故乡。故乡人，极羡慕父亲这个挣现钱的工人阶级。故乡的孩子，极羡慕我这个城市的孩子。羡慕我穿在脚上的那双崭新的胶鞋。故乡的野菜，还塞不饱故乡人的胃。我和父亲路途上没吃完的两掺面馒头，在故乡人眼中，是上等的点心，父亲和我，被故乡一种饥饿的氛围所促使，竟忘乎所以地扮演起"衣锦还乡"的角色来。

父亲第二次攒下的三百多元钱，除了路费，东家给五元，西家给十元，以"见面礼"的方式，差不多全救济了故乡人。我和父亲带了一小包花生米和几斤地瓜干离开了故乡……

到家后，父亲开口对母亲说的第一句话是："孩子他妈，我把钱抖搂光了！你别生气，我再攒！……"

这是我第一次听到父亲用内疚的语调对母亲说话。

母亲淡淡一笑："我生啥气呀！你离开老家后，从没回去过，也该回去看看嘛！"仿佛她对那被花光的三百多元钱毫不在乎。

但我知道，母亲内心是很在乎的，因为我看见，母亲背转身时，眼泪从眼角溢出，滴落在她衣襟上。

那一夜，父亲翻身不止，长叹接短叹。

两天后，父亲提前回大西北去了，假期内的劳动日是发双份工资的……

父亲始终信守自己给自己规定的三年探一次家的铁律，直至退休。父亲是很能攒钱的，母亲是很能借债的。我们家的生活，恰恰特别需要这样一位父亲，也特别需要这样一位母亲。所谓"对立统一"。

在我记忆的底片上，父亲愈来愈成为一个模糊的虚影，三年显像一次。在我的情感世界中，父亲愈来愈成为一个我想要报答而无力报答的恩人。

报答这种心理，在父子关系中，其实质无异于溶淡骨血深情的衡释剂。它将最自然的人性、最天经地义的伦理平和地扭曲为一种最荒唐的债务，而穷困之所以该诅咒，不只因为它造成物质方面的债务，更因为它造成精神上和情感上的债务。

父亲第三次探家那一年，正是哥哥考大学那一年。父亲对哥哥想考大学这一欲望，以说一不二的威严加以反对。

"我供不起你上大学！"父亲的话，令母亲和哥哥感到没有丝毫商量余地。

好心的邻居给哥哥找了一个挣小钱的临时活——在菜市场卖菜。卖十斤菜可挣五分钱。父亲逼着哥哥去挣小钱，哥哥每天偷偷揣上一册课本，早出晚归。回家后交给父亲五角钱。那五角钱，是母亲每天偷偷塞给哥哥的。哥哥实则是到公园里或松花江边去温习功课的。骗局终于败露，父亲对这种"阴谋诡计"大发雷霆，用水杯砸碎了镜子。

父亲气得当天就决定回大西北，我和哥哥将父亲送到火车站。

列车开动前，父亲从车窗口探出身，对哥哥说："老大，听爸的话，别考大学！咱们全家七口，只我一人挣钱，我已经五十出头，身板一天不如一天了，你应该为我分担一点家庭担子啊！……"父亲的语调中，流露出无限的苦衷和哀哀的恳求。

列车开动时，父亲流泪了。一滴泪水挂在父亲胡楂又黑又硬的脸腮上。我心里非常难过，却说不清究竟是为父亲难过，还是为哥哥难过。我知道，哥哥已背着父亲参加了高考。母亲又一次欺骗了父亲，哥哥又一次欺骗了父亲。我这个"知情不举"者，也欺骗了父亲。我因无罪的欺骗感到内疚极了。我，很大程度上是在为自己难过……

几天后，哥哥接到了大学录取通知书。母亲欣慰地笑了。哥哥却哭了。

我又送走了哥哥。

哥哥没让我送进站。

他说："省下买站台票的五分钱吧。"

在检票口，哥哥又对我说："二弟，家中今后全靠你了！先别告诉爸爸我上了大学……"

我站在检票口外，呆呆地望着哥哥随人流走入火车站，左手拎着行李卷，右手拎着网兜，一步三回头。

我缓慢地走在回家的路上，手中紧紧攥着没买站台票省下的那五分钢币，心中暗想，为了哥哥，为我们家祖祖辈辈的第一个大学生，全家一定要更加省吃俭用，节约每一分钱……

我无法长久隐瞒父亲哥哥已上了大学这件事。我不得不在一封信中告诉父亲实情。

哥哥在第一个假期被学校送回来了。

他再也没能返校。

他进了精神病院。一个精神世界的自由王国，一个心理弱者的终身归宿。一个明确的句号。

我从哥哥的日记本中，翻出了父亲写给哥哥的一封信。一封错字和白字占半数以上的信。一封并不彻底的扫盲文化程度的信：

老大！你太自私了！你心中根本没有父母！根本没有弟弟妹妹！你只想到你自己！你一心奔你个人的前程吧！就算我白养大你，就算我没你这个儿子！有朝一日你当了工程师！我也再不会认你这个儿子！

每句话后面都是"！"号，所有这些"！"号，似乎也无法表达父亲对哥哥的愤怒。父亲这封信，使我联想了父亲对我们的那番教导："将来，你们都是要靠自己的力气吃饭的！"我不由得将父亲的教导作为基础理论进行思考：每个人都是有把子力气的，倘一个人明明可以靠力气吃饭而又并不想靠力气吃饭，也许竟是真有点大逆不道的吧？哥哥上大学，其实绝不会造成我们家有一个人饿死的严峻后果。那么父亲的愤怒，是否也因哥哥违背了他的教导呢？父亲是一个体力劳动者，我所见识过的体力劳动者，大致分为两类。一类自卑自贱，怨天咒命的话常挂在嘴边上："我们，臭苦力！"一类盲目自尊，崇尚力气，对凡是不靠力气吃饭的人，都一言以蔽之曰："吃轻巧饭的！"隐含着一种藐视。

父亲属于后一类。

如今思考起来，这也算一件极可悲的事吧？对哥哥抑或对父亲自己，难道不都可悲吗？

父亲第四次探家前，我到北大荒去了。以后的七年内，我再没见过父亲。我不能按照自己的愿望和父亲同时探家。

在我下乡的第七年，连队推荐我上大学。那已是第二次推荐我上大学了。我并不怎么后悔地放弃了第一次上大学的机会，哥哥上大学所落到的结果，远比父亲对我的人生教导在我心理上造成更为深刻的不良影响。然而第二次被推荐，我却极想上大学了。第二次即最后一次。我不会再获得第三次被推荐的机会。那一年我二十五岁了。

我明白，录取通知书没交给我之前，我能否迈入大学校门，还是一个问号。连干部同意不同意，至关重要。我曾当众顶撞过连长和指导员，我知道他们对我耿耿于怀。我因此而忧虑重重。几经彻夜失眠，我给父亲写了一封信，告之父亲我已被推荐上大学，但最后结果，尚在难料之中，请求父亲汇给我二百元钱。还告知父亲，这是我最后一次上大学的机会。我相信我暗示得很清楚，父亲是会明白我需要钱干什么的。信一投进邮筒，我便追悔莫及。我猜测父亲要么干脆不给我回音，要么会写封信来狠狠骂我一通。肯定比起哥哥那封更无情。按照父亲做人的原则，即使他的儿子有当皇上的可能，他也是绝不容忍他的儿子为此用钱去贿赂人心的。

没想到父亲很快就汇来了钱。二百元整。电汇。汇单的附言条上，歪歪扭扭地写着几个错别字："不勾（够），久（就）来电。"

当天我就把钱取回来了。晚上，下着小雨。我将二百元钱分装在两个衣兜里，一边一百元。双手都插在衣兜，紧紧捏着两叠钱，我先来到指导员家，在门外徘徊许久，没进去，后来到连长家，鼓了几次勇气，猛然推门进去了。我支支吾吾地对连长说了几句不着边际的话，立刻告辞，双手始终没从衣兜里掏出来，两叠钱被攥湿了。

我缓缓地在雨中走着。那时刻一个充满同情的声音在我耳边说："老梁师傅真不容易呀，一个人要养活你们这么一大家子！他节俭得很呢，一块臭豆腐吃三顿，连盘炒菜都舍不得买……"

这是父亲的一位工友到我家对母亲说过的话，那时我还幼小，长大后忘了许多事，但这些话却忘不掉。

我觉得衣兜里的两叠钱沉甸甸的，沉得像两大块铅。我觉得我的心灵那么肮脏，我的人格那么卑下，我的动机那么可耻。我恨不得将我这颗肮脏的心从胸腔内呕吐出来，践踏个稀巴烂，践踏到泥土中。

我走出连队很远，躲进两堆木楞之间的空隙，痛痛快快地大哭了一场。我哭自己，也哭父亲。父亲他为什么不写封信骂我一通啊?! 一个父亲的人格的最后一抹光彩，在一个儿子心中黯然了，就如同一个泥偶毁于一捧脏水。而这捧脏水是由儿子泼在父亲身上的，这是多么令人悔恨令人伤心的事啊！

第二天抬大木时，我坚持由三杠换到了二杠——负荷最沉重的位置。当两吨多重的巨大原木在八个人的号子声中被抬高地面，当抬杠深深压进我肩头的肌肉，我心中暗暗呼应的却是另一种号子——爸爸，我不，不！……

那一年我还是上了大学。连长和指导员并未从中作梗，而且还把我送到了长途汽车站。和他们告别时，我情不自禁地对他们说了一句："真对不起……"他们默默对望了一眼，不知我说这句话是什么意思。

那个漆黑的、下着小雨的夜晚，将永远永远保留在我记忆中……

三年大学，我一次也没有探过家，为了省下从上海到哈尔滨的半票票价，也为了父亲每个月少吃一块臭豆腐，多吃一盘炒菜。

毕业后，参加工作一年，我才探家，算起来，我已十年没见过父亲了。父亲提前退休了，他从脚手架上摔下来过一次，受了内伤，也年老了，干不动重体力活了。

三弟返城了。我回到家里时，见三弟躺在炕上，一条腿绑着夹板，吊在半空。小妹告诉我，三弟预备结婚了。新房是傍着我们家老鹰山墙盖起的一间"偏厦子"。我们家的老屋很低矮，那"偏厦子"不比别人家的煤棚高多少。

我进入"新房"看了看，出来后问三弟："怎么盖得这么凑凑乎乎？"三弟的头在枕上侧向一旁，半天才说："没钱，能盖起这么一间就不错了。"

我又问："你的腿怎么搞的？"

三弟不说话了。

小妹说："铺油毡时，房顶木板太朽了，踩塌掉进屋里……"

我望着三弟，心里挺难过，我能读完三年大学，全靠三弟每月从北大荒寄给我十元钱。

吃过晚饭后，我对父亲说："爸爸，我想和你谈件事。"

父亲看了我一眼，默默地等待我说。父亲看我时的目光，令我感到有些陌生。是因为我们父子分别了整整十年吗？是因为我成了一个大学毕业生吗？我不得而知。他看我那一眼，像一匹老马看自己带大的一头鹿。

我向父亲伸出了一只手："爸爸，把你这些年攒的钱都拿出来，给三弟盖房子用吧！"

父亲又用那种有些陌生的目光看了我一眼，低下头，沉默半晌，才低声说："我……不是已经给了吗……"

我说："爸爸，你只给了三弟二百五十元钱呀！那点钱能够盖房子用吗！"

"我……再没钱……"父亲的声音更低。

我大声说："不对！爸爸，你有！我知道你有！你有三千多元钱……"

父亲腾地从炕沿上站了起来，脸涨得紫红，怒吼道："你！……你简直胡说！我什么时候攒下过三千元?!……"

躺在炕上的三弟插嘴说:"二哥,你何必为我逼爸爸呢!爸爸一辈子都想攒钱,如今总算攒下了,能舍得拿出来为我盖房子?"口吻中流露出一个儿子内心对父亲的极大不满。

我生气了,提高嗓门说:"爸爸,你这样做不对!三弟能在那样一间煤棚似的破屋里结婚吗?那里出生的,将是你的孙子,或是你的孙女!你将在子孙后代面前感到羞愧的!⋯⋯"我心中倏然对父亲鄙视起来。

"住嘴!⋯⋯"父亲举起了一只拳头。拳没落到我身上,在空中僵了片刻,沉重地垂下了。

母亲、四弟和小妹赶紧从里间屋出来,把我往里间屋拉。

"你!⋯⋯十年没见我,见我就教训我吗?!好一个儿子啊!你就是这样给你弟弟妹妹们做榜样的吗?你可算念成了大学了!你给我滚!⋯⋯"父亲脸腮抽搐着,眼中喷射出怒火。他那凶暴的语词中,有一种寒透了心的悲凉成分。他用手朝我一指,又吼出一个"滚"字,再说不出别的话来。

我一下子挣脱了母亲和四弟拉住我的手,大声说:"爸爸,我永远不再回这个家!⋯⋯"说完,冲出了家门。

我一口气走到火车站,买了一张三个小时后开往北京的火车票,坐在候车室的长凳上,一支接一支吸烟。

不知过了多久,听到有人轻轻叫我,抬起头,见母亲和四弟站在面前。

四弟说:"二哥,回家吧!"

母亲也说："回家吧，妈求你！"

"不……"我坚决地摇摇头。

母亲又说："你怎么能那样子跟你父亲争吵呢？他的确是没攒下那么多钱呀！他攒下的一点钱，差不多全给你三弟了……下个月初就要给你哥哥交住院费……"

几个好奇的男人女人围住了我们，用各种猜疑的目光注视我。

我听到一个上了年纪的女人离开时叹了口气，说："可怜天下父母心啊！"

我分明是被看成了个不孝之子了。

我打断母亲的话，说："妈妈，您别替我父亲辩护了！我在大学时，您亲自写信告诉过我，我父亲已积攒下了三千元钱，他怎么能对他的儿子那么吝啬？"

母亲怔了一下，说："傻孩子，是妈不好，妈那是骗你的呀！为了让你在大学里安心读书，不挂虑家中的生活……"

听了母亲的话，我呆呆地望着母亲那张憔悴的脸，发愣许久，说不出话来。

"听妈的话，回家吧！回家跟你爸认个错……"母亲上前扯我。

我低下头哭了……

我跟着母亲和四弟回到了家里。我向父亲认了错。父亲当时没有任何原谅我的表示。

小妹那时已中学毕业，在家待业两年了，一直没有分配工作。母亲低眉下眼地去找过街道主任几次，街道主任终于给了一个活口说：

"下一次来指标，我给使把劲试试看吧！"

母亲将这话学给父亲，对父亲说："为了孩子，这人情，管多管少，无论如何也得送啊！"

父亲拉开抽屉，取出一个牛皮纸钱包，递给母亲，头也不抬地说："我这个月的退休金，刚交了老大的住院费，剩下的，都在里边了……"

牛皮纸钱包里，大票只有两张十元的了。母亲犹豫了一阵，将其中一张交给妹妹，妹妹就用那十元钱买了点不成体统的东西，当天拎着去街道主任家"表示表示"。怎么拎去的，又怎么拎回来了。

母亲诧异地问："怎么拎回来了？"

小妹沮丧地回答："人家不肯收。"

母亲又问："嫌少？"

"人家说，多年住在一条街上，收了，就显得不好了。人家说，要是咱们非愿意表示表示，她家买了一吨好煤，咱们帮忙给拉回来……"小妹说罢，怯怯地瞟了父亲一眼。

父亲始终没抬头，听罢小妹的话，头更低下去了。过了好一会儿，父亲才开口说："我和你四哥……一块儿去给拉回来……"

四弟刚巧从外面回来，问明白后，为难地对父亲说："爸，我们厂的团员明天要组织一次活动，我是团支部书记，我不能不去呀！"

小妹急了："什么破团支部书记，你当得那么上瘾?! 明天不给拉回来，人家的煤票就过期了……"

这一切话，我都在里屋听到了，我跨出里屋，对小妹说："明天我和爸去拉。"

父亲突然莫名其妙地火了："谁都用不着你们！我明天一个人去拉！我还没老得不中用，我还有力气！"

头天晚上就下起了大雨，第二天白天，雨下得更大了。我和父亲借了辆手推车，冒雨去拉煤。路很远。煤票是在一个铁道线附近的大煤厂开的，距我们住的街区，有三十来里。一吨煤，分三趟拉。天黑才拉回第三趟。拉第三趟时，一只车轮卡在铁轨岔角里。无论我和父亲使出多大的力气，车轮都纹丝不动，像被焊住了。我和父亲一块儿推，一块儿拉，一个推，一个拉，弄得浑身是泥，双手处处是伤，始终一筹莫展。在暴雨中，我听得见父亲像牛一样的呼哧呼哧的喘息声。

我抹了一把脸上的雨水，对父亲大声喊："爸爸，你在这儿看着，我去值班房找个人来帮帮忙！"

"你的力气都哪去了?!"父亲一下子推开我，弯下腰，用他那肌肉萎缩了的肩膀去扛车。

远处传来火车的吼声，一列火车开过来了。在闪电亮起的刹那，我看见一块松弛的皮肤，被暴雨无情地鞭打着。是一个老年人的丧失了力气的脊梁。

车头的灯光从远处射了过来。

父亲仍在徒劳无益地运用着微不足道的力气。

我拔腿飞快地朝道班房跑去。

道班工人发出了紧急停车信号。

列车停住了。

道班工人和我一块儿跑到煤车前。

父亲还在用肩膀扛煤车。他仿佛根本没有发现有火车开过来。

"你他妈的玩命啊！"道班工人恶狠狠地骂了一句。

火车车头的光束正照着煤车，父亲的肩膀，终于离开了煤车。父亲缓缓抬起了头。我看清了父亲那张绝望的脸，那张皱纹纵横的脸。每一条皱纹，都仿佛是一个"！"号，比父亲写给哥哥的那封信中还多……

雨水，从父亲的老脸上往下淌着。

我知道，从父亲脸上淌下来的，绝不仅仅是雨水。父亲那双瞪大的眼神空洞的眼睛，那抽搐的脸腮，那哆嗦的双唇，说明了这一点……

这个雨夜，又使我回想起了几年前那个雨夜。我躲在我们连队木楞堆之间大哭过一场的那个雨夜……

今年四月的一天，我收到一封电报。电文："父即日乘十八次去京，接站。"

我又几年没探家了。我与父亲又几年没见面了。我已经三十五岁了，可以说是一个中年人了。电报使我心中涌起了一个中年人对自己老父亲的那种情感。那是一种并不强烈的，撩拨回忆的情感。人的回忆，是可以随着年龄的增长而改变"焦距"的，好像照片随着时间改变颜色一样。回忆往事，我心中对父亲的谴责少了，对自己的谴责反而多了。我毕竟没有给过父亲多少一个儿子对父亲的爱啊！

电报没能在头一天交到我手里，却被从门底缝塞进了我的办公室，我头一天熬夜，第二天上班推迟，看看手表，离列车到站时间，仅差一小时十五分，马上动身，完全来得及接站，我手中拿着电报，心里倏忽产生了一个念头——雇一辆小汽车去接站，这念头产生得很随便，就像陕西人想吃一顿"羊肉泡馍"。父亲生平连次小汽车也没坐过，我要给予父亲"生平第一次"。我给几处出租汽车站打电话，都没车。二十多分钟在电话机前过去了。乘公共汽车接站，已根本来不及。只有继续拨电话。又拨了十多分钟，终于要到了一辆车。说很快就到，却并不很快，半小时以后才到。一路红灯，驶驶停停。到火车站，早已过时。

我打开车门就往下跳，司机一把揪住我："车费！"我一摸衣兜，钱包没带！只好向司机赔笑脸，告诉他我是来接人的，接到再给他车费。说了不少好话，最后将工作证押给他，他才算松开了手。

站内站外，都没找到父亲。

我沮丧地回到出租汽车跟前，央求司机再送我回家，来去车费一块儿付。

司机哼了一声，将车开走了。我见方向不对，赔着笑脸问："你要把我拉哪去呀？"

司机冷冰冰地回答："出租汽车总站。我饿了，该吃午饭了。你在总站再要一辆车吧！"

我自认理亏，不便再说什么。

在出租汽车总站，又等了一个多小时，才终于坐进了另一辆小汽车里。回来倒是一路飞快，算账时，可把我吓了一大跳——二十三元！

我不由得问了一句："怎么二十三元啊？"

司机瞪了我一眼："加上从火车站到出租汽车总站的那一段车费！"

"那一段路也要车费？"

"笑话！你想白坐啊？"

一进家门，见父亲已在家中了。

我埋怨道："爸爸，你怎么不在火车站多等会啊？让我白接了你一趟！"

父亲说："等了一会儿，没见着你，我心想你不会来接了……"

"拍了电报，我能不去接吗？真是的！"

"我心想，大概你工作忙，脱不开身……"

我说："爸，先给我二十三元钱！"

刚见面，伸手要钱，父亲奇怪，疑惑地瞧着我。

我只好解释："爸爸，我是租了一辆小汽车去接你的，司机在下边等着呢，我的钱包放在办公室了。"

仿佛为了证实我的话，司机按了几声喇叭。

父亲当时那种表情，就好像听说我是租了一艘宇宙飞船去接他似的。他缓缓解开衣扣，拆开缝在衣里儿的一块布，用手指捻出三张十元的纸钞，默默递给了我。我从父亲的目光中看出了他心里想说的一句话："你摆的什么谱啊！"

"爸爸，这钱我会还你的……"我接过钱，匆匆奔下楼去。

当我回到屋里，见父亲脸色变得很阴沉，也不瞧我，低头吸烟。

我省悟到，我刚才说了一句十分愚蠢的话……

父亲，不再是从前那个身强力壮的父亲了，也不再是那个退休之年仍目光炯炯、精神矍铄的父亲了。父亲老了，他是完完全全地老了，生活将他彻底变成了一个老头子。他那很黑的硬发已经快脱落光了，没脱落的也白了。胡子却长得挺够等级，银灰间黄，所谓"老黄忠式"，飘飘逸逸的，留过第二颗衣扣。只有这一大把胡子，还给他增添些许老人的威仪。而他那一脸饱经风霜的皱纹，凝聚着某种不遂的夙愿的残影……

生活，到底是很厉害的。

我家住在一幢筒子楼内，只一间，十三平方米，在走廊做饭，和电影《邻居》里的情形差不了多少。走廊脏、黑，苍蝇多，老鼠肆无忌惮，特肥大。

父亲到来的第一天，打量着我们家在走廊占据的"领地"，不无感触地说：

"老二，你有福气啊！你才参加工作几年呀，就分到了房子，走廊这么宽，还能当厨房……你……比我强……"

这话从父亲口中说出，以那么一种淡泊的自卑的语调说出，使我心中有些难过。

父亲当了一辈子建筑工人，盖了一辈子楼房，却羡慕我这筒子楼里的十三平方米……

编辑部暂借给我一间办公室。每天晚上，我和父亲住在办公室，妻和孩子住在家中。我虽没有让父亲生平第一次坐上小汽车，父亲却沾了我的光，生平第一次住上了楼房。

父亲每天替我们接孩子，送孩子，拖地板，打开水，买菜，做饭，乃至洗衣服，拆被子，换煤气。一切的家务，父亲都尽量承担了。

我不希望父亲，我的老父亲沦为我的老勤杂员。我对父亲说："爸爸，你别样样事都抢着做。你来后，我们都变懒了！"

　　父亲阴郁地回答："我多做点，倒累不着。只要能在你们这儿长住下去，我就很知足了……你妹妹结婚后，家中实在住不开了，我万不得已，才来搅扰你们……"

　　父亲的性格也变了，变成一个通情达理的，事事处处、家里家外都很善于忍让的，毫无脾气的老头了。

　　除了家务，父亲还经常打扫公共楼道、楼梯、厕所、水池。他不久便获得了全楼人的称赞和敬意。父亲初来乍到时，人们每每这么问我："那个大胡子老头就是你父亲吗？"以后我听到的问话往往是："你就是那个大胡子老头的儿子呀？"在我意识中，父亲是依附于我的人格而存在的，但在不少人心目中，我则开始依附于父亲的人格而存在了。一些从不到我家中走动，大有"老死不相往来"趋势的工人们，也开始出现在我家了，使我同一种更普遍的生活贴近了。

　　我惊奇地发现，不是家属洗澡的日子，父亲也可以公然到厂内浴室洗澡。没票，父亲也可以从容不迫地进入厂内礼堂看电影，忘带食堂饭菜票，父亲也可以从食堂且先端回饭菜来，而人们还都对他很客气、很友好。这些"优待"，是连我也没受到过的。父亲终于以他所能采取的方式，获得了和我并存的独立人格。我不再阻止他打扫公共卫生。我理解，人们注意到他，承认他的独立存在，如今对他来说是何等需要，何等重要！这是一个没机会受过文化教育的，丧失了健壮和力气的，自尊心极强的老父亲，在一个受过大学文化教育的，有了一丁点小名气的儿子面前保持心理平衡的唯一砝码。我告诫自己，我要替父亲珍视它，像珍视宝贵的东西一样。

父亲身上最大的变化，是对知识分子表现出了由衷的崇敬。以前，他将各类知识分子统称为"耍笔杆子的"。靠"耍笔杆子"而不是靠力气吃"轻巧饭"的人，那是他所瞧不起的。每天接踵而来找我的，十有八九是地地道道"耍笔杆子"的。我将他们介绍给父亲时，父亲总是臂微垂，腰微弯，很不自然地做他所不习惯的鞠礼状，脸上呈现出似乎不敢舒展的恭而敬之的笑容。随后，便替我给客人沏茶、点烟。当我和客人侃侃而谈时，父亲总是静默地坐在角落，一会儿注意地瞧着我，一会儿注意地瞧着客人，侧耳聆听。倘我和客人谈到该吃饭时，父亲便会起身离去悄然做饭。倘我这个主人有时竟忘了吃饭这件事，父亲便会走进屋，低声问我："饭做好了，你们现在要吃吗？还是再过一会儿？"饭后，照例抢着刷洗碗筷。

一次，送走客人后，我对父亲说："爸爸，你不必对客人过分恭敬，过分周到，他们大多数是我的同事，朋友，用不着太客气。"

"我……过分了吗？……"父亲讷讷地问，仿佛我的话对他是一种指责。

几天后，我收到了友人的一封信。信中写道："昨天我到你家找你，你不在，我和你的老父亲交谈了两个多小时。他真是一位好父亲，好老人。但我感到，他太寂寞了。他对我说，连和你交谈几句话的机会都没有。你真那么忙吗？……"

这封信使我无比惭愧，无比自责。是的，父亲来后，我几乎没同父亲交谈过。即使一次不太长久的，半小时以上的，父子之间的随随便便的交谈也没有过，父亲简直就像我雇的一个老仆役，勤勤恳恳，一声不吭，任劳任怨地为我做着一切一切的家务。

而我每天不是在写、写、写，就是和来客无休止地谈、谈、谈……

第二天晚饭后，我没到办公室去抄那将亟待发出的稿子，见妻抱着孩子到邻居家玩去了，我便坐到了父亲面前。

我低声说："爸爸，跟我拉几句家常话吧！"

父亲定定地看了我片刻，用一种单刀直入的语调问："老二，你为什么不争取入党啊？"

我怔住了。我预先猜想三天三夜，也料不到父亲会向我提出这样的问题，难道这就是父亲最想同我交谈的话题吗？

我低头沉默了一会儿抬起头又说："爸爸，聊几句家常话吧！"

"你们兄妹五个，你哥呢，就不提他了……比起来，顶数你有了点出息，可你究竟为什么不入党啊？"父亲的目光仍定定地看着我，揪住这个话题不放。

父亲的话，使我的自尊心受到了挫伤。我故意用冷漠的语调反问："爸爸，你为什么对我入不入党这么在乎呢？你希望我能入党，当官，掌权，而后以权谋私吗？"

父亲听出来了，我的话对他的愿望显然是嘲讽。父亲缓缓站起，一只手撑着椅背，像注视一个冒充他儿子的人似的，眯起眼睛，眈眈地瞪着我。他突然推开椅子，转身朝外就走，椅子倒在地上，发出很响的声音。

父亲在门口站住，回过头，瞪着我，大声说："我这辈子经历过两个社会，见识了两个党，比起来，我还是认为新社会好，共产党伟大！不信服共产党，难道你去信服国民党?! 把我烧成了灰我也不！眼下正是共产党振兴国家，需要老百姓维护的时候，现在要求入党，是替共产党分担振兴国家的责任！……你再对我说什么做官不做官的话，我就揍你！"说罢，一步跨出了房间。

在那一时刻，站在我面前的，又是从前那威严而易怒的父亲了。

我怀着复杂的心情离开家，来到了办公室。

我坐在办公桌前，双手捧着脸腮，陷入了静静的思考。

我理解父亲对共产党的感情。他六岁给地主放牛，十二岁闯关东，亲眼看到过国民党怎样惨害老百姓。他被日本人抓过劳工。要不是押劳工的火车被抗联伏击，很难想象他今天还活着，也不知这个世界上会不会还有我这位"青年作家"……

但写一份入党申请书，这需要比创作一篇小说更大的严肃性。而且，在我心灵中，还有许多腌渍得没勇气告人的欲念，还时时受到个人名利的诱惑，还潜藏着对享乐的向往，还包裹着对虚荣的贪婪，还……

"全心全意为人民服务"，这句话是庄严地写在中国共产党的党章上的。我不能够怀着一颗极不干净的灵魂在一张雪白的纸上写下：我要求加入……

人可以欺骗别人，但无法欺骗自己。

我在心中说："爸爸，原谅我！我不，现在还不……"

办公室的门被突然推开了。

父亲来了。他连看也不看我，径直走到他的那张临时支起的钢丝床前，重重地坐了下去。钢丝床发出一阵吱吱嘎嘎的声响。

我转过身去瞧着父亲。

他又猛地站了起来，用手指着我，愤愤地大声说："你可以瞧不起我，你的父亲！但我不允许你瞧不起共产党，如果你已经不信服这个党了，那么你从此以后也别叫我父亲！这个党是我的救星！如果我现在还身强力壮，我愿意为这个党卖力一直到死！"

我想对父亲解释几句什么，却一句适当的话也寻找不到。我一言不发地望着父亲，心想：爸爸，你说得不对，不对，我并不像你认为的那样啊！……

我觉得委屈极了，直想哭。

父亲教训了我这一次之后，接连几天不理我，不跟我说一句话。

一天傍晚，有一个外地的陌生姑娘来到我家中，她自称是位文学青年，读过我的几篇作品，希望能同我谈谈。

我带她来到了办公室。

她很漂亮。身材很美，又高，又窈窕。一张白净的鹅蛋形的脸，容貌端庄娴雅。眼睛挺大，闪着充满想象的光彩。剪得整齐的乌黑的短发，衬托着她那张动人的脸，像荷叶衬托着荷花，她穿一件五彩缤纷的花外衣，只有三颗扣子，好像是骨质的，月牙形，非常别致，半敞的衣襟露出里面深红色的毛衣。裤线裤角带有古铜色镶边的牛仔裤，奶黄色的坡底高跟鞋。她端坐在沙发上，修长的双臂微向前探，双手习惯地揽住两膝。她从头到脚焕发着浪漫气质，举止文静而有修养。

我沏了一杯茶端给她。

她接过去，看了一眼，欠身轻轻放在桌上，说："我不喝绿茶。我从小就是喝花茶的。"

我说："请便。"将椅子搬到她斜对面，瞧着她问："你想和我谈些什么呢？"

她妩媚地一笑："当然是谈文学啦……不过，也希望不仅仅限于文学。"

我说："那么就请谈吧！不过，我也许会令你失望，我不是个理想的交谈者。"

儿子有些发高烧。走出家门时彦正在给儿子灌药。而父亲在给我洗衣服。我尽量排除思路上的干扰，集中精力。我想她一定会首先向我提出什么问题。但她没有，她用悦耳的音调向我讲述起她自己来。

她说她离开家已经一个多月了。从南到北，旅游了不少大城市，拜访过了许多颇有名气的青年作家。接着，便依次向我说出他们的名字，有人是我认识的，有人是我没见过面的。还说她崇拜某某及其作品，难以忍受某某及其作品，欣赏某某的作品但不喜欢作者本人，她很坦率。

我愿意同坦率的人交谈。

我问："你此行是出差吗？"

"噢不，"她摇摇头，又是那么博人好感地一笑："就是为了玩，散散心。"

"你的单位竟会给你这么长一段假了？"

"我现在不受任何单位管束，自由公民！"

"你是个待业青年？"

"我想有工作时便可以有工作，腻烦了就当自由公民。"

我迷惑不解地望着她。

她揽住双膝的双手放开了，身体舒展地靠在沙发上，目光迅速地在我的办公室内环视一番，说："你的办公室可以容得下五对人跳舞。"

我说："我不会跳舞，大概是可以的。"

这回轮到她迷惑不解了，怀疑地盯着我，要看出我说的是不是真话。

我惭愧地笑笑。

她的目光移开了，落在写字台上，又问："自由市场上买的吧？"

我点点头："是的。"

"样式太老。"

"不，是太俗气，但便宜。"

她的目光又盯在了我脸上，那模样仿佛我对她承认了我是一个下流坏子似的。

我说："请接着谈下去吧，你刚才谈到自己的话还使我有些不明白。"

"是吗？"怀疑的神态，怀疑的口吻。接着，轻轻叹了口气，平平淡淡地说："报考过电影学院、音乐学院，都没考上。在外贸局工作了三个月，在旅游局工作了半年，这两个单位都没能更长久些地吸引住我。在省图书馆混了一年，因为那有书，才拴住我一年，看书也看腻烦了，于是就辞职了……回去以后，也许会到省电视台，看我那时心情好不好，乐不乐意……"

我终于明白，她是来自另一个天地的。

"你出来这么长时间，父母放心吗？"

"他们也没什么不放心的。每座城市都有父亲当年的老战友。或者住他们家中，或者住高级宾馆……"

我觉得没有必要再问什么了，期待着她说。

她沉默了一会儿才又开口，"你一定无法理解我……小时候，我和姐姐，觉得世上任何好吃的东西我们都吃过了，我们就将糖和盐拌在一起，再浇点辣椒油……现在，我的心境就跟小时候似的，我觉得我丢了。我觉得我对什么都腻烦了，对生活失去了热情，就好像我小时候对食物失去了味觉一样……"我依旧望着她那张漂亮的脸，心中对她产生了一种同情，类似对一只将要溺死在蜜中的小昆虫的同情。

她见我在很认真地听，继续说下去："本想离开家散散心，但结果心境反而愈来愈不好。每座城市都到处是人，人，人，愚昧的，没文化的，浑浑噩噩的人，许许多多的人，每天都在谈论房子问题，待业问题……"

我平静地问："你无法忍受这样一些人吗？"

"难道你能够忍受这样一些人吗？"她坐端了身子，目光又盯在我脸上，现出一种对我的麻木不仁开始感到失望的表情。

我没有立即回答她。

我又想起了我躲在木楞堆间痛哭过一场的那个雨夜，也想起了我和父亲为了妹妹早日分配工作给街道主任拉煤那个雨夜。小雨，大雨，都是下雨的夜……

为什么保留在我记忆中的都是雨夜呢？

我毕竟从我生活中的两个雨夜度过来了。我毕竟扯着父亲的破衣襟，扯着一个没有受过文化教育的、头脑中有着狭隘的农民意识的父亲的破衣襟，一步步从生活中走过来了，一岁岁长大了……

"古老的国家，古老的民族，生活在这么一种氛围中，每个人都将要被窒息而死！……"那姑娘的悦耳的声音，使我的注意力不能从她身上过久地分散。

我要求说："让我们谈谈文学吧！"

"文学？……"她嘴角浮现一丝嘲讽，大声说："中国目前不可能有文学！中国的实际问题，就在于人口众多。如果减少三分之二，一切都会变个样子！"

我冷冷地回答她："好主意！减少的当然应该是那些愚昧的，没文化的，浑浑噩噩的，每天都在谈论房子问题和待业问题的人……"

我情绪的变化并没有引起她的注意。她皱起眉头，用一种忧国忧民的语调说："就在今天，就在你们北影厂门口，我看到一个白胡子老头，抱着一个傻乎乎的孩子，在围观一辆外国小汽车，我心里真是悲哀极了！我要写一篇心理小说，将我内心这种悲哀表述出来！这就是我们的人民，我作为一个中国人真感到羞耻！……"她那样子悲哀得快要哭了。或者说，她是要将我感动哭了。然而我并没有受到丝毫感动。我已不再像从前那么易于动感情了。我在想，她那颗心一定很渺小，因此也只能产生这么一点渺小的悲哀，我已经不再同情她。

我告诉她，那白胡子老头，肯定就是我的父亲，而抱在他怀中那傻乎乎的孩子，是我的儿子。

"是你……父亲？……"她的脸微微红了，现出动人的窘态，讷讷地说："请原谅！我……还以为你是……"

"这不值得请求原谅！因而我也不想对你表示原谅！我并不想否认，我的父亲没有文化，他在扫盲时所认识的字，绝不会比你这件花外衣上的花朵多，他还很愚昧，由于他的愚昧，由于他的农民意识的狭隘，给我们的家庭造成了重大的不幸，因为他不相信医生的话而相信算命先生的话我的姐姐夭折了！我的哥哥，因为他鄙薄文化而崇尚力气、疯了！我原谅了他，但却不能忘记这些，我要比你更加憎恨愚昧！我要比你更加明白文化对于一个国家一个民族意味着什么！我诅咒造成愚昧和没有文化的落后状况的一切因素！……"我从椅子上站了起来。我的声音很高，我内心很激动。我仿佛不是在对我面前的这一位姑娘说话，而是在对众多的各种各样的人说话。

我还想对她说，她可以对我们的人民没有感情，她也尽可以像她读过的小说中那些西方的贵夫人一样，对他们的愚昧和没有文化表示出一点高贵的怜悯，这无疑会使像她这样的姑娘更增添动人的魅力。但她没有权力瞧不起他们！没有权力轻蔑他们！因为正是他们，这在历史进程中享受不到文化教育而在创造着文明的千千万万，如同水层岩一样，一层一层地积压着，凝固着，坚实地奠定了我们的九百六十万平方公里土地，而我们中华民族正在振兴的一切事业，还在靠他们的力气和汗水实现着！愚昧和没有文化不是他们的罪过，是历史的罪过！是我们每一个对振兴我们的国家我们的民族缺乏热情，缺乏责任感的人的惭愧！

我还想对她说，至于她自己，不过是我们九百六十万平方公里土地上一小片水分充足的沃壤之中的一朵小花而已。美丽，娇弱，但没有芬芳。因为她不是树木，所以她那短细的根须是触及不到水层岩的，她所蔑视的正是她所赖以存在的。她漠视甚至嘲讽他们的最现实的烦恼，但她那种因没有什么值得忧郁的事才产生的忧郁，那种一颗空泛的心灵内的微渺而典雅的悲哀，与他们可能经历过的悲哀相比，其实质是不值得论道的。

我还想对她说……

我什么也不想对她说了。

我又想到了发烧的儿子。我认为我应该回到儿子身边去了。

"非常抱歉，我不能再陪你交谈下去了！"我走到办公室门前，推开了门——门外，站着我的父亲，呆呆地，一动不动地，像根木桩似的。一手拎着水壶，一手拿着一瓶墨水。

他是给我们送开水来的。

他分明是听到了我方才大声说的某些话。

那姑娘走下楼梯时，还回过头来看了我一眼。我这样对待她，肯定是她绝没想到的。

父亲一声不响，放下水壶，默默走向他睡的那张钢丝床。

一直到熄灯，我和父亲彼此没说一句话。我静静地躺着，无法入睡，我知道父亲也是在静静地躺着，没睡。

我真想翻身下床，走到父亲身边，跪下去，将头伏在父亲胸上，对他说："爸爸，原谅我那番话又无意伤害了你，原谅我，爸爸……"

隔了一天，我从朋友家很晚才回来，一进家门，妻便告诉我，父亲走了。

"走了？上哪儿去了？……"

"回哈尔滨了！"

"你……你为什么不拦他?!"

"我拦不住。"

病刚好的儿子在哭叫："爷爷，我要爷爷！我要找爷爷嘛！……"

我问："父亲临走说了什么没有？"

妻回答："什么也没说。"

我一转身就从家中冲了出来。

我赶到火车站，匆匆买了一张站台票。

我跑到站台上时，开往哈尔滨的列车刚刚开动。我跟着列车奔跑，想大喊："爸爸！……"却没喊出来。

列车开出了站台。

送行者纷纷离去了。只有我一个人还孤零零地伫立在站台上。望着远处的铁路信号灯，我心中默默地说："爸爸，爸爸，我爱你！我永远不忘我是你的儿子，永远不耻于是你的儿子！爸爸，爸爸，我一定要把你再接到北京来！

远处的铁路信号灯，由红变绿了……

父亲的演员生涯

父亲去世已经一个月了。

我仍为我的父亲戴着黑纱。

有几次出门前，我将黑纱摘了下来，但倏忽间，内心里涌起一种怅然若失的情感。戚戚地，我便又戴上了。我不可能永不摘下，我想。这是一种纯粹的个人情感。尽管这一种个人情感在我有不可弹言的虔意。我必得从伤绪之中解脱。也是无须别人劝慰，我自己明白的。然而怀念是一种相会的形式。我们人人的情感都曾一度依赖于它……

这一个月里，又有电影或电视剧制片人员，到我家来请父亲去当群众演员。他们走后，我就独自静坐，回想起父亲当群众演员的一些微事……

一九八四年至一九八六年，父亲栖居北京的两年，曾在五六部电影和电视剧中当过群众演员。在北影院内，甚至范围缩小到我当年居住的十九号楼内，这是司空见惯的事。

父亲被选去当群众演员，毫无疑问最初是由于他那十分惹人注目的胡子。父亲的胡子留得很长，长及上衣第二颗纽扣，总体银白，须梢金黄。谁见了谁都对我说：梁晓声，你老父亲的一把大胡子真帅！

父亲生前极爱惜他的胡子。兜里常揣着一柄木质小梳。闲来无事就梳理。

记得有一次，我的儿子梁爽，天真发问："爷爷，你睡觉的时候，胡子是在被窝里，还是在被窝外呀？"

父亲一时答不上来。

那天晚上，父亲竟至于因为他的胡子而几乎彻夜失眠。竟至于捅醒我的母亲，问自己一向睡觉的时候，胡子究竟是在被窝里还是在被窝外。无论他将胡子放在被窝里还是放在被窝外，总觉得不那么对劲……

父亲第一次当群众演员，在《泥人常传奇》剧组。导演是李文化。副导演先找了父亲。父亲说得征求我的意见。父亲大概将当群众演员这回事看得太重，以为便等于投身了艺术。所以希望我替他做主，判断他到底能不能胜任。父亲从来不做自己胜任不了之事。他一生不喜欢那种滥竽充数的人。

我替父亲拒绝了。那时群众演员的酬金才两元。我之所以拒绝不是因为酬金低，而是因为我不愿我的老父亲在摄影机前被人呼来唤去的。

李文化亲自来找我，说他这部影片的群众演员中，少了一位长胡子老头儿。

"放心，我吩咐对老人家要格外尊重，要像尊重老演员们一样还不行吗？"他这么保证。

无奈我只好违心同意。

从此，父亲便开始了他的"演员"生涯——更准确地说，是"群众演员"生涯——在他七十四岁的时候……

父亲演的尽是迎着镜头走过来或背着镜头走过去的"角色"。说那也算"角色"，是太夸大其词了。不同的服装，使我的老父亲在镜头前成为老绅士、老乞丐，摆烟摊的或挑菜行卖的……

不久，便常有人对我说："哎呀晓声，你父亲真好。演戏认真极了！"

父亲做什么事都认真极了。

但那也算"演戏"吗？

我每每地一笑罢之。然而听到别人夸奖自己的父亲，内心里总是高兴的。

一次，我从办公室回家，经过北影一条街——就是那条旧北京假景街，见父亲端端地坐在台阶上。而导演们在摄影机前指手画脚地议论什么，不像再有群众场面要拍的样子。

时已中午，我走到父亲跟前，说："爸爸，你还坐在这儿干什么呀？回家吃饭！"

父亲说："不行。我不能离开。"

我问："为什么？"

父亲回答："我们导演说了——别的群众演员没事儿了，可以打发走了。但这位老人不能走，我还用得着他！"

父亲的语调中，很有一种自豪感似的。

父亲坐得很特别，那是一种正襟危坐。他身上的演员服，是一件褐色绸质长袍。他将长袍的后摆，掀起来搭在背上。而将长袍的前摆，卷起来放在膝上。他不倚墙。也不靠什么。就那样子端端地坐着，也不知已经坐了多久。分明地，他唯恐使那长袍沾了灰土或弄褶皱了……

父亲不肯离开，我只好去问导演。导演却已经把我的老父亲忘在脑后了，一个劲儿地向我道歉……中国之电影电视剧，群众演员的问题，对任何一位导演，都是很沮丧的事。往往地，需要十个群众演员，预先得组织十五六个，真开拍了，剩下一半就算不错。有些群众演员，钱一到手，人也便脚底板抹油——溜了。群众演员，在这一点上，倒可谓相当出色地演着我们现实中的些个"群众"、些个中国人。

难得有父亲这样的群众演员。我细思忖，都愿请我的老父亲当群众演员，当然并不完全因为他的胡子。那两年内，父亲睡在我的办公室。有时我因写作到深夜，常和父亲一块儿睡在办公室。有一天夜里，下起了大雨。我被雷声惊醒，翻了个身，黑暗中，恍恍地，发现父亲披着衣服坐在折叠床上吸烟。我好生奇怪，不安地询问："爸，你怎么了？为什么夜里不睡吸烟？爸你是不是有什么心事啊？"黑暗之中，但闻父亲叹了口气。许久，才听他说："唉，我为我们导演发愁哇！他就怕这几天下雨……"

父亲不论在哪一个剧组当群众演员，都一概地称导演为"我们导演"。从这种称谓中我听得出来，他是把他自己——一个迎着镜头走过来或背着镜头走过去的群众演员，与一位导演之间联得太紧密了。或者反过来说，他是把一位导演，与一个迎着镜头走过来或背着镜头走过去的群众演员联得太紧密了。

而我认为这是荒唐的。而我认为这实实在在是很犯不上的。我嘟哝地说："爸，你替他操这份心干吗？下雨不下雨的，与你有什么关系？睡吧睡吧！""有你这么说话的吗？"父亲教训我道，"全厂两千来人，等着这一部电影早点拍完，才好发工资，发奖金！你不明白？你一点不关心？"

我佯装没听到，不吭声。

父亲刚来时，对于北影的事，常以"你们厂"如何如何而发议论，而发感慨。不知从什么时候开始，他不说"你们厂"了，只说"厂里"了。倒好像，他就是北影的一员。甚至倒好像，他就是北影的厂长……

天亮后，我起来，见父亲站在窗前发怔。我也不说什么。怕一说，使他觉得听了逆耳，惹他不高兴。后来父亲东找西找的。我问找什么。他说找雨具。他说要亲自到拍摄现场去，看看今天究竟是能拍还是不能拍。他自言自语："雨小多了嘛！万一能拍呢？万一能拍，我们导演找不到我，我们导演岂不是要发急吗？……"听他那口气，仿佛他是主角。我说："爸，我替你打个电话，向你们剧组问问不就行了吗？"父亲不语，算是默许了。于是我就到走廊去打电话。其实是给我自己打电话。回到办公室，我对父亲说："电话打过了。你们组里今天不拍戏。"——我明知今天准拍不成。父亲火了，冲我吼："你怎么骗我？！你明明不是给我剧组打电话！我听得清清楚楚。你当我耳聋吗？"父亲他怒纠纠地就走出去了。我站在办公室窗口，见父亲往雨中大步疾行，不免羞愧。对于这样一位太认真的老父亲，我一筹莫展……父亲还在朝鲜人民共和国选景于中国的一个什么影片中担当过群众演员。当父亲穿上一身朝鲜民族服装后，别提多么像一位朝鲜老人了。那位朝鲜导演也一直把他视为一位朝鲜老人。后来得知他不是，表示了很大的惊讶。也对父亲表示了很大的谢意，并单独同父亲合影留念。

那一天父亲特别高兴，对我说："我们中国的古人，主张干什么事都认真。要当群众演员，咱们就认认真真地当群众演员。咱们这样的中国人，外国人能不看重你吗？"

记得有天晚上，是一个星期六的晚上。我和妻子与老父母一块儿包饺子。父亲擀皮儿。忽然父亲长叹一声，喃喃地说："唉，人啊，活着活着，就老了……"

一句话，使我、妻、母亲面面相觑。母亲说："人，谁没老的时候？老了就老了呗！"父亲说："你不懂。"妻煮饺子时，小声对我说："爸今天是怎么了？你问问他。一句话说得全家怪纳闷怪伤感的……"

吃过晚饭，我和父亲一同去办公室休息。睡前，我试探地问："爸，你今天又不高兴了吗？"父亲说："高兴啊。有什么不高兴的！"我说："那么包饺子的时候叹气，还自言自语老了老了的？"父亲笑了，说："昨天，我们导演指示——给这老爷子一句台词！连台词都让我说了，那不真算是演员了吗？我那么说你听着可以吗？……"我恍然大悟——原来父亲是在背台词。我就说："爸，我的话，也许你又不爱听。其实你愿怎么说都行！反正到时候，不会让你自己配音，得找个人替你再说一遍这句话……"父亲果然又不高兴了。父亲又以教训的口吻说："要是都像你这种态度，那电影，能拍好吗？老百姓当然不愿意看！一句台词，光是说说的事吗？脸上的模样要是不对劲，不就成了嘴里说阴，脸上作晴了吗？"父亲的一番话，倒使我哑口无言。惭愧的是，我连父亲不但在其中当群众演员，而且说过一句台词的这部电影，究竟是哪个厂拍的，片名是什么，至今一无所知。我说得出片名的，仅仅三部电影——《泥人常传奇》《四世同堂》《白龙剑》。前几天，电视里重播电影《白龙剑》，妻忽指着屏幕说："梁爽你看你爷爷！"我正在看书，目光立刻从书上移开，投向屏幕——哪里有父亲的影子……我急问："在哪儿在哪儿？"妻说："走过去了。"

是啊，父亲所"演"，不过就是些迎着镜头走过来或背着镜头走过去的群众角色。走得时间最长的，也不过就十几秒钟。然而父亲的确是一位极认真极投入的群众演员——与父亲"合作"过的导演们都这么说……

在我写这篇文字时，又有人打来电话——

"梁晓声？……"

"是我。"

"我们想请你父亲演个群众角色啊！……"

"这……我父亲已经去世了……"

"去世了？……对不起……"

对方的失望大大多于对方的歉意。

如今之中国人，认真做事认真做人的，实在不是太多了。如今之中国人，仿佛对一切事都没了责任感。连当着官的人，都不大肯愿意认真地当官了。

有些事，在我，也渐渐地开始不很认真了。似乎认真首先是对自己很吃亏的事。

父亲一生认真做人，认真做事。连当群众演员，也认真到可爱的程度。这大概首先与他愿意是分不开的。一个退了休的老建筑工人，忽然在摄影机前走来走去，肯定地是他的一份儿愉悦。人对自己极反感之事，想要认真也是认真不起来的。这样解释，是完全解释得通的。但是我——他的儿子，如果仅仅得出这样的解释，则证明我对自己的父亲太缺乏了解了！

我想，"认真"二字，之所以成为父亲性格的主要特点，也许更因为他是一位建筑工人。几乎一辈子都是一位建筑工人，而且是一位优秀的获得过无数次奖状的建筑工人。

一种几乎终身的行业，必然铸成一个人明显的性格特点。建筑师们，是不会将他们设计的蓝图给予建筑工人——也即那些砖瓦灰泥匠们过目的。然而哪一座伟大的宏伟建筑，不是建筑工人们一砖一瓦盖起来的呢？正是那每一砖每一瓦，日复一日、月复一月、年复一年地，十几年、几十年地，培养成了一种认认真真的责任感。一种对未来之大厦矗立的高度的可敬的责任感。他们虽然明知，他们所参与的，不过一砖一瓦之劳，却甘愿通过他们的一砖一瓦之劳，促成别人的冠环之功。

他们的认真乃因为这正是他们的愉悦！

愿我们的生活中，对他人之事的认真，并能从中油然引出自己之愉悦的品格，发扬光大起来吧！

父亲是一个普通得不能再普通的人。父亲曾是一个认真的群众演员。或者说，父亲是一个"本色"的群众演员。

以我的父亲为镜，我常不免地问我自己——在生活这大舞台上，我也是演员吗？我是一个什么样的演员呢？就表演艺术而言，我崇敬性格演员。就现实中人而言，恰恰相反，我崇敬每一个"本色"的人，而十分警惕"性格演员"……

父亲的遗物

心里总想着应向母亲认错，可直至母亲也去世了，认错的话竟没机会对母亲说过……

我站在椅子上打开吊柜寻找东西，蓦地看见角落里那一只手拎包。它是黑色的，革的，很旧的，拉锁已经拉不严了，有的地方已经破了。虽然在吊柜里，竟也还是落了一层灰尘。

我呆呆站在椅子上看着它，像一条走失了多日又终于嗅着熟悉的气味儿回到了家里的小狗看着主人……

那是父亲生前用的手拎包啊！

父亲病故十余年了，手拎包在吊柜的那一个角落也放了十余年了。有时我会想到它在那儿，如同一个读书人有时会想到对自己影响特别大的某一部书在书架的第几排。更多的日子里，更多的时候，我会忘记它在那儿。忘记自己曾经是儿子的种种体会……

十余年中，我不止一次地打开过吊柜，也不止一次地看见过父亲的手拎包，但是却从没把它取下过。事实上我怕被它引起思父的感伤。从少年时期至青年时期至现在，我几乎一向处在多愁善感的心态中。我觉得我这个人被那一种心态实在缠绕得太久了。我怕陷入不可名状的亲情的回忆。我承认我每有逃避的企图……

然而这一次我的手却不禁地向父亲的遗物伸了过去。近年来我内心里常涌起一种越来越强烈的倾诉愿望，但是我却不愿被任何人看出我其实也有此愿。这一种封闭在内心里的愿望，那一时刻使我对父亲的遗物备觉亲切。尽管我知道那即使不是父亲的遗物而是父亲本人仍活着，我也断不会向父亲倾诉我人生的疲惫感。

我的手伸出又缩回，几经犹豫，最终还是把手拎包取了下来……

我并没打开它。

我认真仔细地把灰尘擦尽，转而腾出衣橱的一格，将它放入衣橱里了。我那么做时心情很内疚。因为那手拎包作为父亲的遗物，早就该放在一处更适当的地方。而十余年中，它却一直被放在吊柜的一角。那绝不是该放一位父亲的遗物的地方。一个对自己父亲感情很深的儿子，也是不该让自己父亲的遗物落满了灰尘的啊！

我不必打开它，也知里面装的什么——一把刮胡刀。在我很小的时候，就见过父亲用那一把刮胡刀刮胡子。父亲的络腮胡子很重，刮时发出刺啦刺啦的响声。父亲死前，刮胡刀的刀刃已被用窄了，大约只有原先的一半那么宽了。因为父亲的胡子硬，每用一次，必磨一次。父亲的胡子又长得快，一个月刮五六次，磨五六次，四十几年的岁月里，刀刃自然耗损明显。如今，连一些理发店里，也用起安全刀片来了。父亲那一把刮胡刀，接近于文物了……手拎包里还有一个小小的牛皮套，其内是父亲的印章。父亲一辈子只刻过那么一枚印章。木质的，比我用的钢笔的笔身粗不到哪儿去。父亲一生离不开那印章。是工人时每月领工资要用，退休后每三个月寄来一次退休金，每月六十余元，一年仅用数次……

一对玉石健身球，是我花五十元为父亲买的。父亲听我说是玉石的，虽然我强调我只花了五十元，父亲还是觉得那一对健身球特别宝贵似的。他只偶尔转在手里，之后立刻归放盒中。其中一只被他孙子小时候非要去玩，结果掉在阳台的水泥地上摔裂了一条纹……

父亲当时心疼得直跺脚，连说："哎呀，哎呀，你呀，你呀！真败家，这是玉石的你知道不知道哇！……"

再有，就是父亲身份证的影印件了。原件在办理死亡证明时被收缴注销了。我预先影印了，留作纪念。手拎包的里面，还有一层。那道拉锁是好的。影印件就在夹层里。

除了以上东西，父亲这一位中国第一代建筑工人，再就没留下什么遗物了。仅有的这几件遗物中，健身球还是他的儿子给他买的。

手拎包的拉锁，父亲生前曾打算换过。但那要花三元多钱。花钱方面仔细了一辈子的父亲舍不得花三元多钱。父亲曾试图自己换，结果发现皮革已有些糟了，"咬"不住线了，自己没换成。我曾给过父亲一只开什么会发的真皮的手拎包。父亲却将那真皮的手拎包收起来了，舍不得用。他生前竟没往那真皮的手拎包里装过任何东西……

他那只旧拎包夹层的拉锁既然仍是好的，父亲就格外在意地保养它，方法是经常为它打蜡。父亲还往拉锁上安了一个纽扣那么大的小锁。因为那夹层里放过对父亲来说极重要的东西——有六千元整的存折。那是父亲一生的积攒。他常说是为他的孙子——我的儿子积攒的……

　　父亲逝世前一个月，我为父亲买了六七盒"蛋白注射液"，大约用了近三千元钱。我明知那绝不能治愈父亲的癌症，仅为我自己获得一点儿做儿子的心理安慰罢了。父亲那一天状态很好，目光特别温柔地望着我笑了。

　　可母亲走到了父亲的病床边，满脸忧愁地说："你有多少钱啊？买这种药能报销吗？你想把你那点儿稿费都花光呀？你们一家三口以后不过了呀？……"

　　当时，已为父亲花了一万多元，父亲的单位效益不好，还一分钱也没给报销。母亲是知道这一点的。在已无药可医的丈夫和她的儿子之间，尤其当母亲看出我这个儿子似乎要不惜一切代价地延缓父亲的生命时，她的一种很大的忧虑便开始转向我这一方面了……

　　当我捧着药给父亲看，告诉父亲那药对治好父亲的病疗效多么显著时，却听母亲从旁说出那种话，我的心情可想而知……仰躺着已瘦得虚脱了的父亲低声说："如果我得的是治不好的病，就听你妈的话，别浪费钱了……"沉默片刻，又说："儿子，我不怕死。"再听了父亲的话，我心凄然。那药是我求人写了条子，骑自行车到很远的医院去买回来的呀！进门后脸上的汗还没来得及擦一下呀……结果我在父亲的病床边向母亲大声嚷嚷了起来："妈妈，你再说这种话，最好回

哈尔滨算了！……"我甚至对母亲说出了如此伤她老人家心的冷言冷
语……

母亲是那么地忍辱负重。她默默地听我大声嚷嚷，一言不发。而
我却觉得自己的孝心被破坏了，还哭了……母亲听我宣泄够了，离开
了家，直至半夜十一点多才回家。如今想来，母亲也肯定是在外边的
什么地方默默哭过的……哦，上帝，上帝，我真该死啊！当时我为什
么不能以感动的心情去理解老母亲的话呢？我伤母亲的心竟怎么那么
地近于冷酷呀?！一个月后，父亲去世了；母亲回哈尔滨了……心里总
想着应向母亲认错，可直至母亲也去世了，认错的话竟没机会对母亲
说过……

母亲留下的遗物就更少了。我选了一条围脖和一个半导体收音机。
围脖当年的冬季我一直围着，企图借以重温母子亲情。半导体收音机
是我为母亲买的，现在给哥哥带到北京的精神病院去了，他也不听。
我想哪次我去看他，要带回来，保存着。我写字的房间里，挂着父亲
的遗像——一位面容慈祥的美须老人；书架上摆着父亲和我们兄弟四
人一个妹妹青少年时期的合影，都穿着棉衣。我们一家竟没有一张
"全家福"。在哈尔滨市的四弟家里，有我们年龄更小时与母亲的合影。
那是夏季的合影。那时母亲才四十来岁，看上去还挺年轻……父亲在
世时，常对我儿子说："你呀，你呀，几辈子人的福，全让你一个人享
着了！"现在上高三的儿子，却从不认为他幸福。面临高考竞争的心
理压力，也使儿子过早地体会了人生的疲惫……现在，我自己竟每每

想到死这个字了。我也不怕死。只是觉得，还有些亲情责任未尽周全。我是根本不相信另一个世界之存在的。但有时也孩子气地想：倘果有冥间，那么岂不就省了投胎转世的麻烦，直接地又可以去做父母的儿子了吗？那么我将再也不会伤父母的心了。

在我们这个阳世没尽到的孝，我就有机会在阴间弥补遗憾了。阴间一定有些早夭的孩子，那么我愿在阴间做他们的老师。阴间一定没有升学竞争吧？那么孩子们和我双方的教与学一定是轻松快乐的。我希望父亲做一名老校工。我相信父亲一定会做得非常敬业。我希望母亲为那阴间的学校养群鸡。母亲爱养鸡。我希望阴间的孩子们天天都有鸡蛋吃。这想法其实并不使我悲观。恰恰相反，常使我感觉到某种乐观的呼唤。故我又每每孩子气地在心里说：爸爸，妈妈，耐心等我……

母亲

　　我的父亲少年时追随山东农村老家的乡亲们"闯关东"，后来成为哈尔滨人。而我的母亲，却是土生土长的东北农家女。

　　我很小的时候，母亲常一边做针线活，一边讲她的往事——兄弟姐妹众多，五个，或者六个。一年农村闹天花，只活下了三个——母亲、大舅和小舅。

　　"都以为你大舅也活不成了，可他活过来了。他睁开眼，左瞧瞧，右瞧瞧，见我在他身边，就问：'姐，小石头呢？小石头呢？'我告诉他：'小石头死啦！''三丫呢？三丫呢？三丫也死了吗？'我又告诉他：'三丫也死啦！憨子也死啦！'他就哇哇大哭，哭得憋过气去……"

　　母亲讲时，眼泪扑簌簌地落，落在手背上，落在衣襟上，也不拭，也不抬头。一针一针，一线一线，缝补我的或弟弟妹妹们的破衣服。

　　"第二年又闹土匪，你姥爷把骡子牵走藏了起来，被土匪们吊在树上，麻绳沾水抽……你姥爷死也不说出骡子在哪儿，你姥姥把我和大舅一起搂在怀里，用手紧捂住我们嘴，躲在一口干井里，听你姥爷被折磨得呼天喊地。你姥姥不敢爬上干井去说骡子在哪儿，土匪见了女人没有放过的。后来土匪烧了我们家，骡子保住了，你姥爷死了……”

与其说母亲是在讲给我们几个孩子听，莫如说是在自言自语，更是一种回忆的特殊方式。

这些烙在我头脑里的记忆碎片，就是我对母亲的身世的全部了解。加上“孟家岗”那个不明确的地方。

母亲她在没有成为我的母亲之前拴在贫困生活中多灾多难的命运就是如此。

后来她的命运与父亲拴在一起仍是和贫困拴在一起。

后来她成了我的母亲又将我和我的兄弟妹妹拴在了贫困上。

我们扯着母亲褪色的衣襟长大成人。在贫困中她尽了一位母亲最大的责任……

我对人的同情心最初正是以对母亲的同情形成的。我不抱怨我扒过树皮捡过煤核的童年和少年，因为我曾分担贫困对母亲的压迫。并且生活亦给予了我厚重的馈赠——它教导我尊敬母亲及一切以坚忍捧抱住艰辛的生活，绝不因茹苦而撒手的女人……

在这一个秋雨潇潇的孤独的日子，我想念我的母亲。

隔窗有杨树的眼睛愣愣地呆呆地瞅我……

那一年我的家被“围困”在城市里的“孤岛”上——四周全是两米深的地基壑壕、拆迁废墟和建筑备料。半条街的住户都搬走了，可我家还无处可搬。因为我家租住的是私人房产——房东与动迁单位一直没谈好条件，结果直接受害的是我一家。正如我在小说《黑纽扣》中写的那样，我们一家成了城市中的"鲁滨逊"。

在那座二百余万人口的城市，除了我们的母亲，我们再无亲人。而母亲的亲人即是她的几个小儿女。母亲为了微薄的工资在铁路工厂做临时工，出卖一个底层女人的廉价的体力。翻砂——那是男人们干的很累很危险的重活。临时工谈不上什么劳动保护，全凭自己在劳动中格外当心。稍有不慎，便会被铁水烫伤或被铸件砸伤压伤。母亲几乎没有哪一天不带着轻伤回家，母亲的衣服被迸溅的铁水烧出了片片小洞。

母亲上班的地方离家很远，没有就近的公共汽车可乘。即使有，母亲也不会舍得花五分钱或一角钱乘车。母亲每天回到家里的时间，总在七点半左右，吃过晚饭，往往九点来钟。我们上床睡，母亲则坐在床角，将仅仅二十支光的灯泡吊在头顶，凑着昏暗的灯光为我们补缀衣裤。当年城市里强行节电，居民不允许用超过四十支光的灯泡。而对于我们家来说，节电却是自愿的，因那同时也意味着节省电费。代价亦惨重。母亲的双眼就是在那些年里熬坏的。有时我醒夜，每见灯亮着，母亲仍在一针一针、一线一线地缝补，仿佛就是一台自动操作而又不发声响的缝纫机。或见灯虽亮着，而母亲肩靠着墙，头垂于胸，补物在手，就那么睡了。有多少夜，母亲就是那么睡了一夜。清晨，在我们横七竖八陈列一床酣然梦中的时候，母亲已不吃早饭，带上半饭盒生高粱米或大饼子，悄没声息地离开家，迎着风或者冒着雨，像一个习惯了独来独往的孤单旅者似的"翻山越岭"，跋涉出连条小路都没给留的"围困"地带去上班。还有不少日子，母亲加班，我们则一连几天甚至十天半个月见不着母亲的面儿。只知母亲昨夜是回来了，今晨是刚走了。要不灯怎么挪地方了呢？要不锅内的高粱米粥又是谁替我们煮上的呢？

才三岁多的小妹想妈，哭闹着要妈。她以为妈没了，永远再也见不到妈了。我就安慰她，向她保证晚上准能见到妈。为了履行我的诺言，我与困盹抵抗，坚持不睡。至夜，母亲方归。精疲力竭，一心只想立刻放倒身体的样子。

我告诉母亲小妹想她。

"嗯，嗯……"母亲倦得闭着眼睛脱衣服，一边说："我知道，知道的。别跟妈说话了，妈困死了……"

话没说完，搂着小妹便睡了。

第二天，小妹醒来又哭闹着要妈。

我说："妈妈是搂着你睡的！不信？你看这是什么？……"

枕上深深的头印中，安歇着几茎母亲灰白的落发。

我用两根手指捏起来给小妹看："这不是妈妈的头发吗？除了妈妈的头发，咱家谁的头发这么长？"

小妹亦用两根手指将母亲的落发从我手中捏过去，神态异样地细瞧；接着放在枕上深深的被汗渍所染的头印中，趴在枕旁，守着。好似守着的是母亲……

最可怜是中秋、国庆、新年、春节前夕的母亲。母亲每日只能睡上两三个小时。五个孩子都要新衣穿，没有，也没钱买。母亲便夜夜地洗、缝、补、浆。若在冬季，洗了上半夜搭到外边去冻着，下半夜取回屋里，烘烤在烟筒上。母亲不敢睡，怕焦了着了。母亲是太刚强的女人，她希望我们在普天同庆的节日，没条件穿件新衣服，也要尽量穿得干干净净，尽管是打了补丁的衣服。

家像地窖，像窝，像土丘之间的窝。家里是土地，四壁剥落，顶棚倾斜。它使不论多么神通广大的女人为它而做的种种努力，都在几天内变成徒劳。

母亲却常说："蜜蜂蚂蚁还知道清理窝呢，何况人！"

母亲拼出她那毫无剩余可谈的精力，也非要使我们的家在短短几天的节日里多少有点家样不可。

"说不定会有什么人来！"

母亲心怀这等美好的愿望，颇喜悦地劳碌着。

然而没有个谁来。

没有个谁来母亲也并不觉得扫兴和失望。

生活没能将母亲变成个懊丧的怨天怨地的女人。

母亲分明是用她的心锲而不舍地衔着一个乐观。那乐观究竟根据什么？当年的我无从知道，如今的我似乎知道了，从母亲默默地望着我们时目光中那含蓄的欣慰。她生育了我们，她就要把我们抚养成人。她从未怀疑她不能够。母亲那乐观当年所根据的也许正是这样的信念吧？唯一的始终不渝的信念。

我们依赖于母亲而活着，像蒜苗之依赖于一棵蒜。当我们到了被别人估价的时候，母亲她已被我们吸收空了。没有财富和知识，母亲是位一无所有的母亲。她奉献的是满腔满怀恒温不冷的心血供我们吮咂！

我当年竟是那么地不知心疼和体恤母亲！我以为母亲就应该是那样任劳任怨的。我以为母亲天生就是那样一个劳碌不停而又不觉累的女人；我以为母亲是累不垮的。其实母亲累垮过多次。在夜深人静的时候，在我们做梦的时候，几回回母亲瘫软在床上，暗暗恐惧于死神找到她的头上了。但第二天她总会连自己也不可思议地挣扎了起来，又去上班……

她常对我们说："妈不会累倒，这是你们的福分。"

我们不觉得福分，却相信母亲累不垮。

在北大荒，我吃过大马哈鱼。肉呈粉红色，肥厚，香。乌苏里江或黑龙江的当地人，习惯用大马哈鱼肉包饺子，视为待客的佳肴。

前不久我从电视中又看到大马哈鱼：母鱼产子，小鱼孵出。想不到它们竟是靠噬食它们的母亲而长大的。母鱼痛楚地翻滚着，扭动着，瞪大它的眼睛，张开它的嘴和它的腮，搅得水中一片红。却并不逃去，直至奄奄一息，直至狼藉成骸……

我的心当时受到了极强烈的刺激。

我瞬忽间联想到长大成人的我自己和我的母亲。

联想到我们这九百六十万平方公里上一切曾在贫困之中和仍在贫困之中坚忍顽强地抚养子女的母亲们。她们一无所有。她们平凡，普通，默默无闻。她们最出色的品德乃是坚忍。除了她们自己的坚忍，她们无可傍靠。然而她们也许是最对得起她们儿女的母亲！因为她们奉献的是她们自己。想一想那种类乎本能的奉献真令我心酸。而在她们的生命之后不乏好儿女，这是人类最最持久的美好啊！

我又联想到另一件事：小时候母亲曾买了十几个鸡蛋，叮嘱我们千万不要碰碎，说那是用来孵小鸡的。小鸡长大了，若有几只母鸡，就能经常吃到鸡蛋了。母亲满怀信心，双手一闲着，就拿起一个鸡蛋，捧握着，捂着，轻轻摩挲着。我不信那样鸡蛋里就会产生一个生命。有天母亲拿着一个鸡蛋，走到灯前，将鸡蛋贴近了灯对我说："儿子，你看！鸡蛋里不是有东西在动吗？"

我看到了，半透明的鸡蛋中，隐隐地确实有什么在动。

母亲那只手也变成了红色的。

那是血色呀！

血仿佛要从母亲的指缝滴下来！……

"妈，快扔掉！"

我扑向母亲，夺下了那个蛋，摔碎在地上——蛋液里，一个不成形的丑陋的生命在蠕动。我用脚去踩，踏。不是宣泄残忍，而是源自恐惧。我觉得那不成形的丑陋的一个生命，必是由于通过母亲的双手吸了母亲的血才变出来的！我抬起头望母亲，母亲脸色那么苍白，我内心里更恐惧了，愈加相信我想的是对的。我不要母亲的心血被吸干！不管是哪一个被我踩死了踏死了无形的丑陋的生命，还是贫困！因为我太知道了，倘我们富有，即使生活在腐朽的棺材里，也会有人高兴来做客，无论是节日抑或寻常的日子，并且随身带来种种礼物……

"不，不！"我哭了。

我嚷："我不吃鸡蛋了！不吃了！妈，我怕……"

母亲怒道："你这孩子真罪孽！你害死了一条小性命！你怕什么？"

我说："妈妈我是怕你死……它吸你的血……"

母亲低头瞧我，怔了一刻，默默把我搂在怀里，搂得很紧……

小鸡终于全孵出来了，一个个黄绒似的，活泼可爱。它们渐渐长大，其中有三只母鸡。以后每隔几日，我们便可吃到鸡蛋了。但我在很长一段时间内不敢吃，对那些鸡我却有着种特殊的情感，视它们为通人性的东西，觉得与它们有着一种血缘般的关系……

连续三年的自然灾害使我们的共和国处在艰难时期。国营商店只卖一种肉——"人造肉"，淘米泔水经过沉淀之后做的。粮食是珍品，淘米泔水自然有限。"人造肉"每户每月只能按购货本买到一斤。后来"人造肉"因收集不到足够生产的淘米泔水，便难以买到了。用如今的话说，是"抢手货"。想买到得"走后门儿"。

母亲下班更晚了，但每天带回一兜半兜榆钱儿。我惊奇于母亲居然能爬到树上去撸榆钱儿。然而那就是她在厂里爬上一些高高的大榆树撸下的。

"有'洋拉子'吗？"

我们洗时，母亲总要这么问一句。

我们每次都发现有。

我们每次都回答说没有。

我们知道母亲像许多女人一样，并不胆小，却极怕树上的"洋拉子"那类毛虫。

榆钱儿当年对我们如同佳果。我们想的只是母亲可别由于害怕"洋拉子"就不敢给我们再撸榆钱儿了。如果月初，家中有粮，母亲就在榆钱儿中拌点豆面，拌了盐，蒸给我们吃。好吃。如果没有豆面，母亲就做榆钱儿汤给我们喝。不但放盐，还放油。好喝。

有天母亲被工友换了回来——母亲在树上撸榆钱儿时，忽见自己遍身爬满"洋拉子"，惊得掉下来……

我对母亲说："妈，以后我跟你到厂里去吧。我比你能爬树，我不怕'洋拉子'……"

母亲抚摸着我的头说："厂里不许小孩进。"

第二天，我执拗地跟母亲去上班了。无论母亲说什么，把门的始终摇头，坚决不许我进厂。

我只好站在厂门外，眼睁睁望着母亲一人往厂里走，不回家。我想母亲绝不会将我丢在厂外的。没多久，我听到母亲在低声叫我。见母亲已在高墙外了，向我招手。我趁把门的不注意我，沿墙溜过去，母亲赶紧扯着我的手跑，好大的厂，好高的墙。跑了一阵，跑至一个墙洞口，工厂从那里向外排污水，一会儿排一阵，一会儿排一阵。在间隔的当儿，我和母亲先后钻入到了厂里。面前榆林乍现，喜得我眉开眼笑。心内不禁产生了一种自私的占有欲——都是我家的树多好！那我就首先把那个墙洞堵上，再养两条看林子的狗。当然应该是凶猛的狼狗！

母亲嘱咐我："别到处乱走。被人盘问就讲是你自己从那个洞钻进来的。千万别讲出妈来。要不妈妈该挨批评了！走时，还要钻那个洞！"

母亲说完，便匆匆离开了。

我撸了满满一粮袋榆钱儿，从那个洞钻出去，扛在肩上，心内乐滋滋地往家走，不时从粮袋中抓一把榆钱儿，边走边吃。

结果我身后跟随了一些和我年龄差不多的孩子，馋涎欲滴地瞅着我咀嚼的嘴。

"给点儿！"

"给点儿吧！"

"不给，告诉我们在哪儿的树上撸的也行！"

我不吭声，快快地走。

"再不给就抢了啊！"

我跑。

"抢！"

他们追上我，推倒我……

我从地上爬起时，"强盗"们已四处逃散，连粮袋儿也抢去了。

我怔怔地站着，地上一片踏烂的绿。

我怀着愤恨走了。

回头看，一位老妪在那儿捡……

母亲下班后，我向母亲哭过自己的遭遇，凄凄惨惨戚戚。

母亲听得认真。凡此种种，母亲总先默默听，不打断我的话，耐心而怜悯的样子，直至她的儿女们觉得没什么补充的了，母亲才平静地作出她的结论。

母亲淡淡地说："怨你。你该分给他们些啊，你撸了一口袋呀！都是孩子，都挨饿，那么小气，他们还不抢你吗？往后记住，再碰到这种事儿，惹人家动手抢之前，就先主动给，主动分。别人对你满意，你自己也不吃亏……"

母亲往往像一位大法官，或者调解员，安抚着劝慰着小小的我们与社会的血气方刚的冲突，从不长篇大论一套套地训导。一向三言两语，说得明明白白，是非曲直，尽在谆谆之中，并且表现出仿佛绝对公正的样子，希望我们接受她的逻辑。

我们接受了，母亲便高兴，夸我们是好孩子。

而母亲的逻辑是善良的逻辑，包含有一个似无争亦似无奈的"忍"字。

仅仅为使母亲高兴，我们也唯有点头而已。

一场雨后，榆钱儿变成了榆树叶。

榆树的新叶也能做"小豆腐"。而做榆树叶汤，滑滑溜溜的，仿佛汤里加了粉面子。

母亲厂里的食堂将那片榆树林严密地看管起来了，榆树叶成了工人叔叔和阿姨的佐餐之物。

别了，暄暄腾腾的"小豆腐"……

别了，绿汪汪的滑溜溜的榆树叶汤……

别了，整个儿那一片使我产生强烈的占有欲并幻想伺以狼狗严守的榆树林……

母亲却依然有东西带回家来给我们，鼓鼓的一小布包——扎成束的狗尾巴草。

狗尾巴草不能做"小豆腐"吃。

不能做"榆树叶汤"喝。

却能编毛茸茸的小狗、小猫、小兔、小驴、小骆驼……

母亲总有东西带回家给眼巴巴地盼望她下班的孤苦伶仃的孩子们。

母亲不带回点什么,似乎就觉得很对不起我们。

不论何种东西,可代食的也罢,不可代食的也罢。稀奇的也罢,不稀奇的也罢,从母亲那破旧的小布包抖落出来,似乎便都成了好东西,即使在别的孩子们看来是些不屑一顾的东西。重要的仅仅在于,我们感受到了母亲的心里对我们怀着怎样的一片慈爱。那乃是艰难岁月里绝无仅有的营养供给或高贵的"代副食"啊!

母亲是深知这一点的。

某天,放学回家的路上,我被一辆停在商店门口的马车所吸引。瘦马在阴凉里一动不动,仿佛处于思考状态的一位哲学家。车老板躺在马车上睡觉,而他头下枕的,竟是豆饼。

四分之一块啊!

我同学中有一个是区长的儿子,有次他将一个大包子分给我和几个同学吃,香得我们吃完了直咂嘴巴。

"这包子是啥馅的?"

"豆饼!"

"豆饼?你们家从哪儿弄的豆饼?"

"他爸是区长嘛!"

我们不吭声了。

豆饼属于艰难岁月里对一位区长的特供。

就是豆饼……

我绕着马车转了一圈儿，又转一圈儿，猜测赶车人真是睡着了，就动手去抽那块豆饼。

他并未睡着。

四十来岁的农村汉子微微睁开眼瞅我，我也瞅他。

他说："走开。"

我说："走就走。"

偷不成，只有抢了！

我猛地从他头下抽出了那四分之一块豆饼，使他的头在车板上咚地一响。

他又睁开了眼，瞪着我发愣。

我也瞪着他发愣。

"你……"

我撒腿就跑，抱着那四分之一块豆饼，沉甸甸的。

"豆饼！站住！……"

懵怔中的车老板待我跑开了挺远才明白过来是怎么一回事，边喊边追我。

我跑得更快，像只袋鼠似的，在包围着我家的复杂地形中跳窜，自以为甩掉了追赶着的尾巴，紧紧张张地撞入家门。

母亲愕问："怎么回事？哪儿来的豆饼？"

我着急忙慌，前言不搭后语地说："妈快把豆饼藏起来……他追我！……"却仍紧紧抱着豆饼，蹲在地上喘作一团。

"谁追你？"

"一个……车老板……"

"为什么追你？"

"你就别问了！……"

母亲不问了，走到了外面。

我自己将豆饼藏到箱子里，想想，也往外跑。

"往哪儿跑？"

母亲喝住了我。

"躲那儿！"

我朝沙堆后一指。

"别躲！站这儿。"

"妈！不躲不行！他追来了，问你，你就说根本没见到一个小孩子！他还能咋的？……"

"你敢躲起来！"母亲变得异常严厉，"我怎么说，用不着你教我！"

只见那持鞭的车老板汹汹地出现，东张西望一阵，向我家这儿跑来。他跑到我和母亲跟前，首先将我上下打量了足有半分钟。因我站在母亲身旁，他竟有些不敢贸然断定就是我抢了他的豆饼，手中的鞭子不由背到了身后去。

"这位大姐，见一个孩子往这边跑了吗？抱着不小一块豆饼……"

我说："没有没有！我们连个人影也没看见！"

"怪了，明明是往这边跑的嘛！"他自言自语地嘟哝，"我挺大个老爷们，倒被一个孩子明抢明夺了，真是跟谁讲谁都不相信……"

他悻悻地转身欲走。

"你别走。"不料母亲叫住他，说："你追的就是我儿子。"

他瞪着我，复瞪着母亲，似欲发作，但克制着，几乎是有几分低声下气地说："大姐你千万别误会，我可不是想怎么你的儿子！鞭子……是顺手一操……还我吧，那是我今明两天的口粮啊……"一副农村人在城里人面前明智的自卑模样。

母亲又对我说："听到了吗？还给人家！"

我快快地回到屋里，从粮柜内搬出那块豆饼，不情愿地走出来，走到车老板跟前，双手捧着还他。

他将鞭杆往后腰带斜着一插，也用双手接过，瞅着，仿佛要看出是不是小了。

母亲羞愧地说："我教子不严，让你见笑了啊！你心里的火，也该发一发。或打或骂，这孩子随你处置！……"

"老大姐，言重了！言重了！我不是得理不让人的人，算了算了，这年头，好孩子也饿慌了！……"

他反而显得难为情起来。

"还不鞠个躬，认个错！"

在母亲严厉目光的威逼之下，我被人按着脑袋似的，向车老板鞠了个草草的躬。

我家的斧头，给一截劈柴夹着，就在门口。

车老板一言不发，拔下斧头，将豆饼垫在我家门槛上，嘿嘿几下，砍得豆饼碎屑纷落，砍为两半。

他一手拿起一半，双手同时地掂了掂，递给母亲一半，慷慨地说："大姐，这一半儿你收下！"

"那怎么行，是你的干粮啊！"

母亲婉拒，车老板硬给。母亲婉拒不过，只好收了，进屋去，拿出两个窝头和一个咸菜疙瘩给那车老板。轮到那车老板拒而不收了，最后他见母亲一片真心实意，终于收了。从头上抹下单帽，连豆饼一块儿兜着，连说："真是的，真是的，倒反过来占了你们的便宜，怪不像话的！……"

他在围困着我们家的地基壕堑、沙堆、废墟和石料场之间择路而去，插在后腰带上的长杆儿鞭子，似"天牛"的一条触角。

"你呀，今天好好想想吧！"

直至吃晚饭前，母亲只对我说了这么一句话。不理睬我，也不吩咐我干什么活儿。而这是比打我骂我，更使我悲伤的。

端起饭碗时，我低了头，嗫嚅地说："妈，我错了……"

"抬头。"

我罪人一般抬起头，不敢迎视母亲的目光。

"看着妈。"

母亲脸上，庄严多于谴责。

"你们都记住，讨饭的人可怜，但不可耻。走投无路的时候，低三下四也没什么。偷和抢，就让人恨了！别人多么恨你们，妈就多么恨你们！除了这一层脸面，妈再什么尊严都没有！你们谁想丢尽妈的脸，就去偷，就去抢……"

母亲落泪了。

我们都哭了……

夏天和秋天扯着手过去了，冬天咝咝地来了。我爱过冬天，大雪使我家周围的一切肮脏都变得洁白一片了。我怕过冬天，寒冷使我家孤零零的低矮的小破屋变成了冰窖。

那一年冬天我们有了一个伴儿——一条小狗。我在放学回家的路上发现了它，被大雪埋住，只从雪中露出双耳。它绊了我一跤。我以为是条死狗，用脚拨开雪才看出它还活着。快冻僵了。它引起了我的怜悯，于是它有了家，我们有了一个伴儿。那是一条漂亮的小狗，白色、黑花、波兰奶牛似的。它脖子上套着皮圈儿，皮圈儿上缀着一个小铜牌儿，小铜牌儿上压出个"3"。它站立不稳，常趴着。走起来跟跟跄跄。前足抬得高高的，不顾一切地一踏，于是下巴也狠狠触地。幸亏下巴触地，否则便一头栽倒了。喂它米汤喝，竟不能好好喝。嘴在破盆四周乱点一通，五六遭方能喝到一口米汤。起初我以为它是只瞎狗，试它眼睛，却不瞎。而那双怯怯的狗眼，流露着无限的人性，哀哀地乞怜着，我又以为它不过是被冻的。它漂亮而笨拙，如同一个患羊癫疯的漂亮的小女孩，它那双褐色的狗眼，不但是通人性的，而且仿佛是充分女性的。我并未因其笨拙而产生厌恶，弟弟妹妹们也是。

我们那么需要一个小朋友。

而它可以被当成一个小朋友。

就是这样。

母亲下班回到家里，呆呆地瞅着那狗吃和走的古怪样子，愣了半响，惊问："这是什么？"

我回答："狗。"

"扔出去！"母亲喝道，"快扔出去！"

我说："不！"

弟弟妹妹们也齐声嚷："不扔！不扔！"

"都不听话啦？"母亲操起了笤帚，高举着先威胁的是我，"看我挨个儿打你们！"

我赶紧护住头："就不许我们喜欢个什么东西吗？"

弟弟妹妹们也齐声表示抗议：

"就不许我们养条喜欢的狗吗？"

"就不许我们有个捡来的伴儿吗？"

母亲吼道："不许！"笤帚却高举着，没即刻落到我头上。

我大胆争辩："你说过的，对人要心善！"

"可它不是人！"母亲举着的手臂放下了，"人都吃糠咽菜的年月，喂它什么？还是这么条狗！"

我说："我那份饭分它吃。"

弟弟妹妹们也说："还有我们！"

母亲长长叹了口气，逐个儿瞧我们，垂下了手臂。

在一中住读的哥哥那天晚上也回家了，研究地望着那条狗说："我知道了，这是条被医院里做过实验的狗，跑出来了！老师带我们到医院参观过，那些狗脖子上挂的都是这种编了号码的小铜牌儿。肯定做的是小脑实验，所以它失去平衡机能了，生物课本上讲到了这一点。

不养它，它死路一条……"

可怜的我们的小朋友！

母亲又长长地叹了一口气，不知是因狗，还是因她的儿女们集体的发难。宽容的我们的母亲……

那条小狗，也是可以和我们在雪地上玩耍的。感谢上帝，它的大脑里的人性是没被人做过什么实验的。它那种古怪的滑稽的笨拙的动态，使我们发出一串串笑声，足以慰藉着我们幼小的孤独的心灵。

雪地上留下一片片生动的足迹，我们的和狗的……

一天上午，趴在窗前朝外望的三弟突然不安地叫我："二哥你快看！"

外面，几个大汉在指点雪地上的足迹。

他们朝我家走来。

"是想抢我们的狗吧？"

我也不安了，惶惶地将"3号"藏入破箱子内，将小妹抱到箱子盖上坐着。

有人高叫："我们是打狗队的！"

大汉们在敲门了。

"我们家没养狗！"

然而他们闯入了家中。

"没养狗？狗脚印一直跑到你家门口！"

"它死了。"

"死了？死了的我们也要！"

"我们留着死狗干什么？早埋了。"

"埋了？埋哪儿？领我们去挖出来看看！"

"房前屋后坑坑洼洼的，埋哪儿我们忘了。"

他们不相信，却不敢放肆搜查，这儿瞧瞧，那儿瞅瞅，大扫其兴地走了……

"他们既然是打狗队的，既然没相信你们的话，就绝不会放过它的……"

晚上，母亲对我们的"小朋友"表现出了极大的担心。

我说："妈，你想办法救它一命吧！"

母亲问："你们不愿失去它？"

我和弟弟妹妹们点头。

母亲又问："你们更不愿它死？"

我和弟弟妹妹们仍点头。

"要么，你们失去它。要么，你们将会看到打狗队的人，当着你们的面儿活活打死它。你们都说话呀！"

我们都不说话。

母亲从我们的沉默中明白了我们的选择。

母亲默默地将一个破箱子腾空，铺一些烂棉絮，放进两个掺了谷糠的窝窝头，最后抱起"3号"，放入箱内。我注意到，母亲抚摸了一下小狗。

我将一张纸贴在箱盖儿里面，歪歪扭扭我写的是——别害它命，它曾是我们的小朋友。

我和母亲将箱子搬出了家，拴根绳子，我们拖着破箱子在冰雪上走。月光将我和母亲的身影映在冰雪上。我和母亲的身影一直走在我们前边，不是在我们身后或在我们身旁。一会儿在我们身后一会儿走在我们身旁的是那一轮白晃晃的大月亮。不知道为什么月亮那一个晚上始终跟随着我和我的母亲。

半路我捡了一块冰坨子放入破箱子里。我想"3号"它若渴了就舔舔冰吧！

我和母亲将破箱子遗弃在离我家很远的一个地方……

第二天是星期日。母亲难得休息一个星期日，近中午了母亲还睡得很实。我们难得有和母亲一块儿睡懒觉的时候，虽早醒了也都不起。失去了我们的"小朋友"，我们觉得起早也是没意思。

"堵住它！别让它往那人家跑！"

"打死它！打呀！"

"用不着逮活的！给它一锹！"

男人们兴奋的声音乱喊乱叫。

"妈！妈！"

"妈妈！"

我们焦急万分地推醒了母亲。

母亲率领衣帽不齐的我们奔出家门，见冬季停止施工的大楼角那儿，围着一群备料工人。

母亲率领我们跑过去一看，看见了吊在脚手架上的一条狗，皮已被剥下一半儿。一个工人还正剥着。

母亲一下子转过身，将我们的头拢在一起，搂紧。并用身体挡住我们的视线。

"不是你们的狗！孩子们，别看，那不是你们的狗……"

然而我们都看清了——那是"3 号"。是我们的"小朋友"。白黑杂色的漂亮的小狗，剥了皮的身躯比饥饿的我们更显得瘦，小女孩般的通人性的眼睛死不瞑目……

母亲抱起小妹，扯着我的手，我的手和两个弟弟的手扯在一起。我们和母亲匆匆往家走，不回头。不忍回头。

我们的"小朋友"的足迹在离我家不远处中断了。一摊血仿佛是个句号。

自称打狗队的那几个大汉，原来是备料工人。

不一会儿，他们中的一个来到了我家里，将用报纸包着的什么东西放在桌上。

母亲狠狠地瞪他。

他低声说："我们是饿急眼了……两条后腿……"

母亲说："滚！"

他垂了头往外便走。

母亲喝道："带走你拿来的东西！"

他的头垂得更低，转身匆匆拿起了送来的东西……

雨仍在下，似要停了，却又不停，窗外瑟缩的秋叶被洗得绿生生的了，偶而还闻一声寂寞的蝉吟。我早已是有家之人了。弟弟妹妹们也都早是有家之人了。当年贫寒的家像一只手张开了，再也攥不到一起。母亲自然便失落了家，轮住在她儿女们的家里。在她儿女们的家里有着她极为熟悉的东西——那就是依然的贫寒。受居住条件的限制，一年中的大部分日子，母亲和父亲两地分居。

那杨树的眼睛隔窗瞅我。愣愣地呆呆地瞅我。古希腊和古罗马雕塑神祇们的眼睛，大抵都是那样子的。冷静而漠然。

但愿谁也别来敲我的家门，但愿。

在这一个孤独的日子让我想念我的老母亲，深深地想念……

我忘不了我的小说第一次被印成铅字那份儿喜悦。我日夜祈祷的是这回事儿。真是了，我想我该喜悦，却没怎么喜悦。避开人我躲在某个地方哭了，那一时刻我最想我的母亲……

我的家搬到光仁街，是上世纪六十年代的事了。那地方，一条条小胡同仿佛烟鬼的黑牙缝。一片片低矮的破房子仿佛是一片片疥疮。饥饿对于普通的人们的严重威胁开始缓解。我已是小学六年级的学生了，我已经有了三十多本小人书。

"妈，剩的钱给你。"

"多少？"

"五毛二。"

"你留着吧。"

买粮、煤、劈柴回来，我总能得到几角钱。母亲给我，因为知道我不会乱花，只会买小人书。每个月都要买粮买煤买劈柴，加上母亲平日给我的一些钢镚儿，渐渐积攒起来就很可观。积攒到一元多，就去买小人书。当年小人书便宜，厚的三角几一本，薄的才一角几一本。

母亲从不反对我买小人书。

我还经常去租小人书，在电影院门口、公园里、火车站。有一次火车站派出所一位年轻的警察，没收了我全部的小人书，说我影响了站内秩序。

我一回到家就号啕大哭。我用头撞墙。我的小人书是我巨大的财富。我觉得我破产了，从绰绰富翁变成了一贫如洗的穷光蛋，我绝望得不想活。想死。我那种可怜的样子，使母亲为之动容。于是她带我去讨回我的小人书。

"不给！出去出去！"

车站派出所年轻的警察，大檐帽微微歪戴着，上唇留着撇小胡子，一副葛列高利那种桀骜不驯的样子。母亲代我向他承认错误，代我向他保证以后绝不再到火车站租小人书，话说了许多，他烦了，粗鲁地将母亲和我从派出所推出来。

母亲对他说："不给，我就坐台阶上不走。"

他说："谁管你！"砰地将门关上了。

"妈，咱们走吧，我不要了……"

我仰起脸望着母亲，心里一阵难过。亲眼见母亲因自己而被人呵斥，还有什么事比这更令一个儿子内疚的？

"不走。妈一定给你要回来！"

母亲说着，就在台阶上坐了下去，并且扯我坐在她身旁，一条手臂搂着我。另外几位警察出出进进，连看也不看我们。

"葛列高利"也出来了一次。

"还坐这儿？"

母亲不说话，不瞧他。

"嘿，静坐示威……"

他冷笑着又进去了……

天渐黑了。派出所门外的红灯亮了，像一只充血的独眼，自上而下虎视眈眈地瞪着我们。我和母亲相依相偎的身影被台阶斜折为三折，怪诞地延长到水泥方砖广场，淹在一汪红晕里。我和母亲坐在那儿已经近四个小时。母亲始终搂着我。我觉得母亲似乎一动也没动过，仿佛被一种持久的意念定在那儿了。

我想我不能再对母亲说："妈，我们回家吧！"

那意味着我失去的是三十几本小人书，而母亲失去的是被极端轻蔑了的尊严。一个自尊的女人的尊严。

我不能够那样说……

几位警察走出来了，依然并不注意我们，纷纷骑上自行车回家去了。

终于"葛列高利"又走出来了。

"嘿，我说你们想睡在这儿呀？"

母亲不看他。不回答。望着远处的什么。

"给你们吧！"

"葛列高利"将我的小人书连同书包扔在我怀里。

母亲低声对我说："数数。"语调很平静。

我数了一遍，告诉母亲："缺三本《水浒》。"

母亲这才抬起头来，仰望着"葛列高利"，清清楚楚他说："缺三本《水浒》。"

他笑了，从衣兜里掏出三本小人书扔给我，嘟哝道："哟呵，还跟我来这一套……"

母亲终于拉着我起身，昂然走下台阶。

"站住！"

"葛列高利"跑下了台阶，向我们走来，他走到母亲跟前，用一根手指将大檐帽往上捅了一下，接着抹他的一撇小胡子。

我不由得将我的"精神食粮"紧抱在怀中。

母亲则将我扯近她身旁，像刚才坐在台阶上一样，又用一条手臂搂着我。

"葛列高利"以将军命令两个士兵那种不容违抗的语气说："等在这儿，没有我的允许不准离开！"

我惴惴地仰起脸望着母亲。

"葛列高利"转身就走。

他却是去拦截了一辆小汽车，对司机大声说："把那个女人和孩子送回家去。要一直送到家门口！"

我买的第一本长篇小说是《青年近卫军》，一元多钱。母亲还从来没一次给过我那么多钱。

我还从来没向母亲一次要过这么多钱。

我的同代人们，当你们也像我一样，还是一个小学六年级学生的时候，如果你们也像我一样，生活在一个穷困的普通劳动者家庭的话，你们为我作证，有谁曾在决定开口向母亲要一元多钱的时候，内心里不缺少勇气？

当年的我们，视父母一天的工资是多么地非同小可啊！

但我想有一本《青年近卫军》，想得整天失魂落魄、无精打采。

我从同学家的收音机里听到过几次《青年近卫军》长篇小说连续广播。那时我家的破收音机已经卖了，被我和弟弟妹妹们吃进肚子里了。

直接吃进肚子里的东西当然不能取代"精神食粮"。

我那时还不知道什么叫"维他命"，更没从谁口中听说过"卡路里"，但头脑却喜欢吞"革命英雄主义"。一如今天的女孩子们喜欢嚼泡泡糖。

在自己对自己的怂恿之下，我去到母亲的工厂向母亲要钱。母亲那一年被铁路工厂辞退了，为了每月二十七元的收入，又在一个街道小厂上班。一个加工棉胶鞋帮的中世纪奴隶作坊式的街道小厂。

一排破窗，三分之一埋在地下了。门也是。所以只能朝里开。窗玻璃脏得失去了透明度，乌玻璃一样。我不是迈进门而是跌进门的。我没想到门里的地面比门外的地面低半米。一张踏脚的小条凳权作门里台阶。我踏翻了它，跌进门的情形如同掉进一个深坑。

那是我第一次到母亲为我们挣钱的地方。

空间非常低矮。低矮得使人感到心理压抑。不足二百平方米的厂房，四壁潮湿颓败，七八十台破缝纫机一行行排列着，七八十个都不算年轻的女人忙碌在自己的缝纫机后。因为光线阴暗，每个女人头上方都吊着一只灯泡。正是酷暑炎夏，窗不能开，七八十个女人的身体和七八十只灯泡所散发的热量，使我感到犹如身在蒸笼。那些女人们热得只穿背心。有的背心肥大，有的背心瘦小，有的穿的还是男人的背心，暴露出相当一部分丰满或者干瘪的胸脯，千奇百怪。毡絮如同褐色的重雾，如同漫漫的雪花，在女人们在母亲们之间纷纷扬扬地飘荡。而她们不得不一个个戴着口罩。女人们母亲们的口罩上，都有三个实心的褐色的圆。那是因为她们的鼻孔和嘴的呼吸将口罩濡湿了，毡絮附着在上面。女人们母亲们的头发、臂膀和背心也差不多都变成了褐色的。毛茸茸的褐色。我觉得自己恍如置身在山顶洞人时期的女人们母亲们之间。

我呆呆地将那些女人们母亲们扫视一遍，却发现不了我的母亲。

七八十台破缝纫机发出的噪声震耳欲聋。

"你找谁？"

一个用竹篾拍击毡絮的老头对我大声嚷，并没停止拍击。

毛茸茸的褐色的那老头像一只老雄猿。

"找我妈！"

"你妈是谁？"

我大声说出了母亲的名字。

"那儿！"

老头朝最里边的一个角落一指。

我穿过几排缝纫机，走到那个角落，看见一个女人极其瘦弱的毛茸茸的褐色的脊背弯曲着，头凑近着缝纫机板，周围几只灯泡的电热烤我的脸。

"妈……"

"妈……"

背直起来了，我的母亲的背。转过身来了，我的母亲。肮脏的毛茸茸的褐色的口罩上方，眼神儿疲竭的我熟悉的一双眼睛吃惊地望着我——我的母亲的眼睛。

母亲大声问："你来干什么？"

"我……"

"有事快说，别耽误妈干活！"

"我……要钱……"

我本已不想说出"要钱"两字，可是竟说出来了！

"要钱干什么？"

"买书……"

"多少钱？"

"一元五角就行……"

母亲从衣兜里掏出一卷毛票，用指尖龟裂的手指点数着。

旁边一个女人停止踩缝纫机，向母亲探过身，喊："大姐，别给！没你这么当妈的！供他们吃，供他们穿，供他们上学，还得供他们看闲书哇！……"又对我喊："你看你妈这是在怎么挣钱？你忍心朝你妈要钱买闲书哇！……"

母亲却已将钱塞在我手心里了，大声回答那个女人："谁叫我是当妈的啊！我挺高兴他爱看书的！"

母亲说完，立刻又坐了下去，立刻又弯曲了背，立刻又将头俯向缝纫机了，立刻又陷入了手脚并用的机械的忙碌状态……

那一天我第一次发现，我的母亲原来那么瘦小，竟快是一个老女人了！那时刻我努力要回忆起一个年轻的母亲的形象，竟回忆不起母亲她何时年轻过。

那一天我第一次觉得我长大了，应该是一个大人了。并因自己十五岁了才意识到自己应该是一个大人了而感到羞愧难当，无地自容。

我鼻子一酸，攥着钱跑了出去……

那天我用那一元五角钱给母亲买了一听水果罐头。

"你这孩子，谁叫你给我买水果罐头的?! 不是你说买书，妈才舍得给你钱的吗?! "

那一天母亲数落了我一顿。数落完了我，又给我凑足了够买《青年近卫军》的钱……

我想我没有权利用那钱再买任何别的东西，无论为我自己还是为母亲。

从此我有了第一本长篇小说……

后来我有了第二本、第三本、第四本、第五本……《钢铁是怎样炼成的》《牛虻》《复活》《勇敢》《幸福》《红旗谱》……

我再也没因想买书而开口向母亲要过钱。

我是大人了。

我开始挣钱了——拉小套。在火车站货运场、济虹桥坡下、市郊公路上……

用自己辛辛苦苦挣的钱买书时，你尤其会觉得你买的乃是世界上最值得花钱买的最好的东西。

于是我有了三十几本长篇小说。十五岁的我爱书如同女人之爱美，向别人炫耀我的书是我当年最大的虚荣。

三年后几乎一切书都成了"毒草"。

学校在烧书。图书馆在烧书。一切有书的家庭在烧书。自己不烧，别人会到你家里查抄，结果还是免不了被烧。普通人的家庭只剩下了一个人的书，并且要摆在最显眼的地方。

街道也成立了"无产阶级文化大革命执行委员会"——使命之一也是挨家挨户查抄"毒草"焚烧之。

"老梁家的，听说你们这个院儿里，顶数你们家孩子买的黑书多啦，统统交出来吧！"

面对闯入家中的人们，母亲镇定地声明："我是文盲，不知哪些书是黑书。我儿子的书，我已经烧了，烧光了。现时我家只有那几本红宝书啦。"

母亲指给他们看。

他们怀疑。

母亲便端出一盆纸灰："怕你们不信，所以保留着纸灰给你们验证。若从我家搜出一本黑书，你们批判我。"

"听说你儿子几十本书哪，就烧成这么一盆纸灰？"

"都保留着，十来盆呢。我不过只保留了一盆给你们看。"

母亲分外虔诚老实的样子。

他们信了。

他们走时，母亲问："那么这一盆纸灰我也可以倒了吧？"

他们善意地说："别倒哇！留着，好好保留着。我们信了，兴许以后再来查一遍的人们还不信呀。保留着是有必要的！"

纸灰是预先烧的旧报。

我的书，早已在母亲的帮助下，藏在顶棚上了。

我下乡前，撕开糊棚纸，将书从顶棚取下，放在一只箱子里，锁了，推到床下最里头。

我将钥匙交给母亲时说："妈，你千万别让任何人打开那箱子。"

母亲郑重地接过钥匙："你放心下乡去吧！若是咱家失火了，我也吩咐你弟弟妹妹们先抢救那箱子。"

我信任母亲。

但我离开城市时，心怀着深深的忧郁。我的书我的一个世界上了锁，并且由我的母亲像忠仆一样替我保管，我没什么可不放心的。然而谁来替我分担母亲的愁苦呢？即使只能够分担一点点？

我知道，不久三弟也是要下乡的。

接着将会轮到四弟。

那么家中只剩下挑不动水的妹妹，疯了的哥哥和我瘦小的憔悴的积劳成疾的母亲了！

我们将只能和父亲一样，从相反的两个方向，大东北和大西北遥遥地关注我们日益破败的家了……

母亲越是刚强地隐藏着愁苦，我越是深深地怜悯母亲。

上帝保佑，我的家并未失过火。却因房屋深陷地下，如同母亲挣钱的那个小厂一样，夏季里不知被雨水淹了多少次。

1979 年，时隔五载，我第一次从北京回去探家，帮助母亲从家中清除破烂东西，打床底下拖出那一只挺沉的箱子。它布满了滑溜溜的霉苔。

我问母亲："妈，这箱子里装的什么呀？"

母亲看着，回忆着，和我一样想不起来。

"妈，把打开这锁的钥匙给我……"

"妈也记不清楚哪把钥匙是开这把锁的了，你试吧！"

母亲从兜里掏出一串钥匙给我。

锁已锈死，哪一把钥匙也打不开，最后被我用砖头砸开了。

掀开箱盖，一股霉味直冲鼻腔。一箱子书成了一箱子发黄的碎纸。

碎纸中有几个粉红色的小小的生命在钻动，像刚刚被剁下来的保养得极润的女人手指。

我砰地关上了箱子盖，并用双手使劲按住，仿佛箱子内有一个面目狰狞的魔鬼。

即使将世界装在那样一口箱子里也是会发霉的。

"箱子里到底是什么啊？"

母亲困惑地又问了一句……

老鼠啃破箱子，在里边下崽了。

1985 年，算起来我又六年未见母亲了。我心中常被一种潜在的恐慌所滋扰，我总觉得一个不可避免的事实伏在距离我很近的日子里，当它突然跃到我跟前时，我不知我如何承受那悲哀、内疚和惭愧。

母亲便很快来到了北京。

母亲是感知到了我的心情吗？

我和妻每夜宿在办公室，将我们十三平方米的小小居室让给了母亲和安徽小阿姨秀华以及我们三岁半的儿子。一老一少两个女人和一个孩子夜夜挤在一张并不宽大的硬床上。

母亲满口全是假牙了。

母亲的眼病更严重了。

"你是她什么人？"

在积水潭医院眼科，医生对母亲的双眼仔细检查了一番后，冷冷地问我。

"儿子。"

"为什么到了这种地步才来看？"

我无言以对。我知道弟弟妹妹们为了治好母亲的眼睛，已付诸了许多儿女的义务和孝心。我也听出了医生话中谴责的意味。

"眼翳是难以去除了，太厚，手术效果不会理想的。而且也极可能伤到瞳仁……"

"那——至少，可以植假睫毛吧？……"

可怜的母亲，双眼连一根睫毛也没有了！丧失了保护的眼睛常被炎症所苦。

"应该想到的事，你不认为你想到的有些晚了吗？眼皮已经这么松弛了，植了假睫毛还是会向内翻，更增加痛苦。"

"那……"

"多大年纪了？"

"六十七岁了。"

"哦，这么大年纪了……开几瓶常用药水吧，每天给你母亲点几次，保持眼睛卫生……这更现实些……"

我搀扶着母亲，兜里揣着几瓶眼药水，缓慢地往医院外面走。

默默地，我不知对母亲说什么话好。十五岁那一年，我去到母亲为养活我们而挣钱的那个地方的一幕幕情形，从此以后更经常地浮现在我脑际，竟致使我对类似踏破缝纫机的一切声音和一切近于褐色的颜色产生极度的敏感。

"儿，你替妈难过了？别难过，医生说得对，妈这么大年纪了，治好治不好的又怎么样呢！……"

八岁的儿子，有着比我在十五岁时数量多的"书"——卡通连环画册、《看图识字》《幼儿英语》《智力训练》什么什么的。妻的工资并不高，甚至可以说是"低收入阶层"，却很相信"智力投资"一类宣传。如这等样的书，妻也看，儿子也看，因为妻得对儿子进行启蒙式教育。倘我在写作，照例需要相对的安静，则必得将全部的书摊在床上或地下，一任儿子作践，以摆脱他片刻的纠缠。结果更值得同情的不是我，而是他那些"书"。

触目皆是儿子的"书"，将儿子的爸爸的"读物"从随手可取排挤到无可置处，我觉得愤愤不平，看着心乱。既要将自己的书进行"坚壁清野"，又要对儿子的"书"采取"三光政策"。定期对儿子那些被他作践得很惨的"书"加以扫荡，毫不吝惜。

这时候，母亲每每跟着我踱出家门，站于门口，望我将那些"书"扔到哪儿去了，随后捡回。如是频频，我不知觉。

一天，我跨入家门，又见满床满桌全是幼儿读物的杂乱情形，正在摆布的却不是儿子，而是母亲。糨糊、剪刀、纸条，一应俱全。母亲正在粘那些"书"。那些曾被儿子作践得很惨被我扔掉过的"书"。

母亲唯恐我心烦，慌慌地立刻就要收起来。

我拿起一册翻看，母亲粘得那么细致。

我说："妈，别粘了。粘得再好，你孙子也是不看的，这些书早对他失去吸引力了！"

母亲说："我寻思着，扔了怪让人心疼的不是……要不让我都粘好，送给别人家孩子吧，也比扔了强呀！"

我说："破旧的，怎么送得出手？没谁要。妈你瞧，你也不是按着页码粘的，隔三岔五，你再瞧这几页，粘倒了啊！……"

母亲说："唉，我这眼啊，要不寄给你弟弟妹妹们的孩子，或者托人捎给他们？"

我说："千里迢迢，给弟弟妹妹们的孩子寄回去捎回去一些破的旧的画册？他们还不取笑我？"

母亲说："那……我真是白粘了吗？……就非扔不可了吗？粘好保存起来，过几年，梁爽他长大了几岁，再给他看，兴许他又像看没看过的一样了吧？"

我说："也可能。妈你愿粘，就粘吧。粘成什么样都没关系，我不心烦。"

于是我和母亲一块儿粘。

收音机里在播着一支歌：

旧鞋子穿破了不扔为何？

老先生老太太他们实在太啰唆……

我想象我这样的一个儿子，是没有任何权利嘲弄和调侃穷困在我的母亲身上造成的深痕的。在如今的消费心理和消费方式的对比之下，这一点并不太使我这个儿子感到可笑，却使我感到它在现实中的格格不入的投影是那么凄凉而又咄咄逼人。

我必庄重。

对于我的母亲所做的这一切似乎没有意义的事情，我必庄重。

我认为那是母亲的一种权利。

一种特权。

我必服从。

我必虔诚。

我不能连母亲这一点点权利都缺乏理解地剥夺了！

我知道床下，柜下，还藏着一些饮料筒儿、饼干盒儿、杂七杂八的好看的小瓶儿什么的，对于十三平方米的居室，它们完全是多余之物。毫无用处。

我装作不知。

是的，我必庄重。

尽管我不得不定期加以清除，但绝不当着母亲的面，并且不忍彻底，总要给母亲留下些她也许很看重的……

一天，我嘱咐小阿姨秀华带母亲到厂内的浴室洗澡。母亲被烫伤了，是两个邻居架回来的。

我问邻居："秀华呢？"

她们说她仍在洗。

我从没对小阿姨表情严厉地说过话。但那一天我生气了，待她高高兴兴地踏进家门之后，我板起脸问她："奶奶烫伤了你知道不知道？"

"知道呀！"

"知道你还继续洗？"

"我以为……不严重……"

"你以为……你以为！那么你当时都没走到奶奶身边儿去看看了？我怎么嘱咐你的！……"

母亲见我吼起来，连说："是不严重，是不严重，你就别埋怨她了……"

半个多月内，母亲默默忍受着伤痛，没说过一句抱怨之词。

母亲又失去了假牙。母亲一天取下泡在漱口杯里，被粗心大意的小阿姨连水泼掉了。

母亲没法儿吃东西了，每顿只能喝粥。

我正要带母亲去配牙那一天，妹妹拍来了电报。

我看过之后，撕了。

母亲问："什么事？"

我说："没什么事。"

"没什么事哪会拍电报？"

母亲再三追问。

尽管我不愿意，但终于不得不告诉母亲——长住精神病院的大哥又出院了……

母亲许久未说话。

我也许久未说话。

到办公室去睡觉之前，我低声问母亲："妈，给你订哪天的火车票？"

母亲说："越早越好。我不早早回去，你四弟又不能上班了！"

母亲分明更是对她自己说。

我求人给母亲买到了两天后的火车票。

走时，母亲嘱咐我："别忘了把那瓶獾油和那卷药布给我带上。"

我说："妈，你的烫伤还没好？"

母亲说："好了。"

我说："好了还用带？"

母亲说："就快好了。"

我说："妈，我得看看。"

母亲说："别看了。"

我坚持要看。母亲只好解开了衣襟——母亲干瘪的胸脯上一大片未愈的烫伤的溃面！

我的心疼得抽搐了。

我不忍视，转过脸说："妈，我不能让你这样走！"

母亲说："你也得为你四弟的难处想想啊！"

……

母亲走了。带着一身烫伤，失落了她的假牙。留下的，是母亲的临时挂号证，上面草率的字写着眼科医生的诊断——已无手术价值。

今年春季，大舅患癌症去世了。早在1964年，老舅已经去世了。母亲的家族，如今只活着母亲一个女人了，老而多病，如同一段枯朽的树根，且仍担负着一位老母亲对子女们的种种责任感。那将是母亲至死也无法摆脱的了。

我想我一定要在母亲悲痛的时候回到母亲身旁去。我想如果我不那样就简直太浑蛋了！

于是我回到了哈尔滨。

母亲更瘦更老更憔悴了，真正的就好似根雕一个样子！

母亲的面容之上仿佛并无悲痛。那一副漠漠然的神态令我内心酸楚。母亲其实已没有了丝毫能力担负她的责任和使命了呀！母亲又好比是一只老猫，命在旦夕，只有关注着她的亲人和儿女们在这个世界上艰难地死去的份儿了！母亲她苍老的生命大概已完全丧失了体现她内心悲痛和怜悯之情的活力了吧？

若有人问我最大的愿望是什么，我会毫不犹豫地回答：将我的老母亲老父亲接到我的身边来，让我为他们尽一点儿人子的拳拳孝心。然而我知道，这愿望几乎等于是一种幻想是一个泡影。在我的老母亲和老父亲活着的时候，大致是可以这样认为的，因为我的家那时只有十几平方米。

我最最衷心地虔诚地感激哈尔滨市政府为我的老父亲和老母亲解决了晚年老有所居的问题，使他们还能和我的四弟住在一起。

我的哈尔滨我的母亲城，身为一个作家，我却没有也不能够为你做些什么实际的贡献！

这一内疚是为终生惭愧。

母亲啊，您要好好地活着呀！您可要等啊！您千万要等啊！

求求您了，母亲！

母亲啊，在您那忧愁的凝聚满了苦涩的内心里，除了希望您的儿子"好好地"当一个作家，再就真的别无所求了吗？……

淫雨是停歇了。瘦叶是静止了。这一个孤独的日子，我想念我的母亲。有三只眼睛隔窗瞅我，都是那杨树的眼睛，愣愣地呆地瞅我，瞅着想念母亲的我。

邻家的孩子在唱着一首流行的歌：

杨树杨树生生不息的杨树，

就像那妈妈一样，

谁说赤条条无牵挂？……

由我的老母亲而想到千千万万的几乎一代人的母亲中，那些平凡的甚至可以认为是平庸的在社会最底层喘息着苍老了生命的女人们，对于她们的儿子，该都是些高贵的母亲吧？一个个写来，都是些充满了苦涩的温馨和坚忍之精神的故事吧?

我之愀然是为心作。

娘!……

遥远地,我像山东汉子一样呼喊您一声,您可听到?……

老茶农和他的女儿

　　当女儿的手轻轻推开了窗扇，啊——一阵馥郁的气息随之而至。顿时，她几乎醉了。

　　那是茶乡的早晨的气息。

　　城市和乡村的最根本的区别乃在于——乡村是有气息的，正如婴儿是浑身散发奶味的。而城市没有。

　　窗外，山丘波状的曲线近在眼前。一行行修剪过的茶树，从山脚至山头，层层叠叠，宛如梯田，使整座山丘成为茶山。

　　在对面的山腰，有这一户人家的几亩茶树。而房屋的左右两边，也是茶山。后边，是一条河。晚上，汩汩之声，彻夜入耳。那是河的永无休止的絮语，也是这茶乡的人们听惯了的。孩子们在家乡河的絮语声中长大成人，于是到城市里去试探人生的前途和世界的深浅。或者，像父母辈一样，成为新一代的茶农。近年，这茶乡的年轻人中，前一种越来越多了，后一种越来越少了。因为种茶也像种庄稼一样，一年到头，辛辛苦苦，也挣不到多少钱了。外出的年轻人们，即使在城市里始终没有获得过什么有保障的人生，那也还是不情愿回到这一个茶乡的。偶尔回来，往往是由于自己在城市里闯荡得实在是太累了，或者父母病了……

然而芸这一次回到家乡来，却是为了能在一个绝对不受任何干扰的地方潜心完成她的"出站"论文的。芸是这个茶乡的骄傲。因为她不但至今仍是这个茶乡唯一考上大学的姑娘，而且现在已经读到博士后了。所以她要完成的论文，也就不是什么一般的毕业论文，而叫"出站"论文。一般听了，是不太明白的。

芸在清明前十几天就回到茶乡了，那时的南方，天气还没怎么转暖。父亲每天起得很早，悄无声息地做好饭，热在锅里，然后自己便背着茶篓上山采茶去了。有时，自己也吃几口饭；有时，则连口饭也不吃。芸习惯了熬夜。为将论文写到优等的水平，每天睡得很晚，自然起来得也就很晚。一般总是在八点钟以后才醒。散步，洗漱；吃罢早饭，也就快九点了。一回到房间，便又埋头于写作了。等到父亲叫她的时候，肯定便是中午了。那时父亲已采回过一篓茶叶了。无论第二篓茶叶采满还是没采满，父亲都会在中午之前及时赶回家里，为的是能让女儿及时吃到午饭。开饭的时间，和大学食堂一样正点。午饭后，父亲刷锅洗碗，闲不住地收拾收拾这儿，打扫打扫那儿。而芸，照例再出去散步一小会儿。等芸散步回来，父亲或者盖件衣服在竹躺椅上睡着了，或者又背着茶篓采茶去了。那么，芸也开始午休了。她往往一觉睡到三点钟。那时，父亲已背回了下午采的第一篓茶。父亲总是悄无声息地回来，又悄无声息地离去。那些日子，父亲经常说："茶叶又涨价了。新茶生出得那么快，可是生出的一笔笔钱啊，不采回家里多可惜。"——有时是对芸说，有时是自言自语。对芸说的时候，是在饭桌上的时候；自言自语的时候，是在芸放下碗筷要去散步的时候。那时候，芸并不接话的。怕一接话，父亲就跟她说起来没完。对于父亲的自言自语，芸只当是人老了，很普遍的现象。

在家乡的日子里，确切地说是在回家的日子里，芸的感觉好极了。芸至今还是一个独身女子。她不是一个漂亮女子，当然也不是一个多么丑的学习机器式的女子。她只不过不漂亮而已。那么对于她，在这个世界上目前只有一个家，便是有父母的地方，便是这个茶乡的这一幢两层的老木屋。它留给她的回忆都是那么地温暖。正如她所料想的那样，她写论文的过程没受到过任何干扰。除了在她回到家里的当天，有些乡亲们闻讯来看她，家里就再没人来过。因为父亲和乡亲们打过招呼了。那天父亲往家院外送乡亲们时，芸听到父亲这么说："我女儿这次回来和往年回来不一样。她这次是为了能安心地写好论文才回来的。那对她将来的前途要紧得很哩！大伙互相转告转告，还没来看过她的，先就不要来了吧。等我女儿写好了论文再来看她也不迟。"第二天吃早饭时，芸关心地问父亲为什么夜里咳嗽不止，并表示愿意陪着父亲到镇里的医院去检查检查。父亲笑了笑，说没什么大不了的，老毛病了，春秋两季常犯的，过了季节就好了。她本想到镇里去替父亲买药的，但一离开饭桌，伏到写字桌上去，不一会儿就忘了。晚上，父亲夹着被褥睡到楼下去了。芸也就没听到过父亲的咳嗽声……

芸有一个哥哥。哥哥嫂子有一个女儿，已经七岁了。哥哥嫂子带着女儿到广州打工去了。若从广州回来就和父亲住在一起。他们还没有自己的家。他们带着孩子到广州去打工，为的就是挣够一笔钱，也好早日盖起一处他们自己的家。而芸的母亲五年前去世了，芸竟没能及时赶回家乡和母亲见上最后一面。芸在大学里读的是新闻专业，毕业了通常是要当记者的。省城的一家报社在学校里进行招聘活动时，面试后对芸相当满意，基本上是将她预先聘定了。是她自己后来变卦了。大学快毕业的芸，对自己的人生有了更高的追求，觉得当记者太没意思了。人生的更高的追求，在芸的思想里，肯定是要凭借更高的学历去实现的。于是考研。芸有很好的记忆力，不久便成了本校经济学系的研究生。然而经济学并非是她所喜欢的，也不相信学了经济学自己的人生将来便注定获得优越的经济基础，于是又向比更高还高的人生目标发起冲刺；三年后她成了北京某所大学中文系的博士生，专业方向是中国古典诗词研究。母亲正是在她成为博士生那一年去世的。母亲去世前，哥哥曾给她写过一封信，告诉她母亲是多么想她，而且病了。那时芸正以"头悬梁，锥刺股"般的刻苦精神备考，哪里会接到哥哥的一封信就十万火急地赶回家呢？等她顺利考完，隔了几天回到家乡时，母亲已成土中之人。芸自然是很悲痛的。她埋怨哥哥不该在信中将母亲的病那么轻描淡写。而哥哥，一句话都没说，狠狠瞪她一眼，起身走到外边去了。倒是父亲向她承认，是他不许哥哥在信中写得太明白，怕她着急上火，影响了考博的状态。事实上，芸是幸运的，在获得研究生文凭以后，也曾有多种在省城就业的机会。但已经获得了研究生文凭的芸，觉得自己的就业人生不该是在省城里开始，而应该是在北京实现。既然自己具有那么强的记忆能力，既然自己那么善于考试，既然考博能使自己特别令人羡慕地成为北京人，干吗不呢？而读博的几年里，芸的日子基本上过得挺快活。人生初级阶段的最后竞争业已获胜，满心怀饱涨着不可名状的优越感，芸也有好情绪进行恋爱了。两次恋爱却都未成功。一次因男方多次地也是公然地蔑视她的博士学位而夭折；一次因她自己的虚荣而告终——那个男人对她倒是无限地崇拜，但是个子比她矮了三厘米。如果她不是博士，仅仅是一名普通的大本毕业生，那么那三厘米的身高差距她也许还是可以包涵的。但是自己已经是一位女博士生了啊，于是那三厘米的差距她就无论怎么也跨不过去了。然而她倒也没觉得心灵上留下了多么大的创面。疼还是疼过几天的，仅仅几天之后就结痂了，日子便又渐渐恢复了快活的状态。干吗不快活呢？校园的环境那么美好，两人一间宿舍，博士同学是已婚女子，更多的时候那间宿舍完全属于她自己；如果自己并不向导师请教什么问题，导师是不怎么过问她究竟在干什么的；至于专业呢，古典诗词的背后，有着许许多多或流芳千古或鲜为人知的才子佳人们的爱情故事，对于芸而言，研究那些故事是趣味无穷的；而最主要的心情快活的保障是——她再也不像是大本生和硕士研究生时那么手头拮据了。博士生的生活补助够每月吃饭的了，协助导师编书的报酬也不菲。自己还为某杂志开辟了一个专门介绍古典诗词背后的爱情故事的专栏，颇受好评，杂志社竟给她开出了最高稿酬，每月又是相当稳定的一千来元的入项……

昨天晚上，吃罢饭，芸没有像往日一样立刻起身回到自己的房间去。

她说："爸，我的论文写完了！"——说完，伸了个懒腰，一副大功告成的喜悦模样。她对自己的论文质量很满意，也很自信。

父亲望着她，欣慰地说："好啊。写完了好。"

芸又说："我怎么觉得我没瘦，反而胖了呢！"

父亲就笑了，再没说话。

怎么会瘦了呢？

饭桌上几乎顿顿也没断过鱼汤或鸡汤。老茶农对自己是博士的女儿的爱心，全都煨在汤里了。

"爸，我已经决定了明天下午就回北京去。"

"明天就回去？"

"我想学校的环境了。爸，我们的校园可大了，可美了！有湖，还有假山。湖里有野鸭，我想那些野鸭了……"

"女儿，你是不是还要再往下读好几年的书呢？"

"爸，我再也不必考什么学位了！我想，我已经该算是我这个专业的精英了。"

"什么鹰？"

"爸，你别想错了！好比一座宝塔，我已经是塔尖上的人了。"

"好。好啊。女儿，你终于出息了……"

不知为什么，父亲嘴上这么说着，表情却变得忧郁了。

女儿困惑地问："爸，你有什么愁事儿吗？"

老茶农微微摇头道："没有。女儿，你这么出息，爸爸还会有什么愁事呢？就真有，也不愁了。只是，茶叶又涨价了……"

"茶叶涨价了不是好事吗？"

"是啊，是好事。可我一个人，采不过来啊！"

"爸，那就雇人嘛！"

"雇人倒是省事。但四六分钱，一小半被别人得了，不划算啊！"

"爸，采一斤茶叶能卖多少钱？"

"十二三元呢。"

"那您一天采十斤，不才能卖一百二三十元吗？爸，您就别计较划算不划算的了，干脆雇人吧！"

"干脆雇人？"

"干脆雇人！"

临睡前，当女儿的塞给父亲一千元钱，说是早就想寄回家来孝敬父亲的。

父亲却无论如何不肯收下。

父亲说："女儿，我不缺钱。真的不缺。你在北京花销大，还是你留着吧。"

现在，女儿的皮箱已经放在门口了，单等着听到摩托车的喇叭声，拎起来就走了。

她已归心似箭。

可父亲为什么还不回来呢？

女儿望着山上那些采茶的身影，看不出哪一个是自己的父亲。

可自己一会儿就要走了，父亲为什么一早还要上山去采茶呢？不就多采回一斤茶才能卖十二三元钱吗？

女儿心里正这么责备着父亲，却听到了父亲上楼的脚步声。一转身，父亲已在跟前，手拿一只塑料袋，里边装的是刚煮熟的茶叶蛋。就在此时，一个本村的小伙子，在老屋前按响了他的摩托车喇叭。父亲头天晚上求他用摩托车将芸送到镇上去，镇上有去省城的长途公共汽车……

当芸已经坐在直达北京的特快列车上时，认出坐在自己对面的，竟是邻村的一位远房叔叔。

于是二人亲热地聊了起来。

"叔，到北京干什么去？"

"还能干什么去？打工呗！"

"如今一斤茶就能卖十二三元了，还非得背井离乡地去打工？"

"谁说一斤茶叶能卖十二三元了？"

"我父亲啊。"

"他骗你哩！现而今茶叶不稀罕了，种茶的收入也薄多了。清明前的头遍茶，最高价也就以每斤四五元来收！清明一过，一斤才能卖两元钱！"

"可，可……可我爸他骗我干什么呢？"

"我怎么知道！哎，芸啊，你父亲的病轻了重了？"

"我父亲……我父亲得什么病了？"

"你不知道？你不知道，我倒不好说了……"

"叔，快告诉我！……"

"唉，芸啊，你父亲他得的是肺癌啊！他已经是个活一天赚一天的人了啊！……"

车轮隆隆……

列车向北，向北……

直达北京，而且特快，自然向北……

那茶乡，那老屋，那住守着老屋的老父亲，离是博士后的女儿分分秒秒地远着……

车轮隆隆，仿佛在说："回来！回来！"

当女儿的心里霎时明白了——茶叶的价格已经降到两元钱一斤了，而父亲却骗她说涨到十二三元一斤了；分明的，老父亲多希望她这个是博士后的女儿能留下帮他采几天茶呀！茶叶究竟多少钱一斤哪里还重要呢？……

车轮隆隆，仿佛在说："分明，分明……"

已是博士后的女儿，顿时省悟了——苦读十四年，年年月月收到过钱，原来是父亲、母亲、哥哥和嫂子，以每采一斤茶叶才挣几元钱的辛勤劳作成全着她的人生追求啊！

如今母亲已是泉下之人，而父亲说不定哪一天也是了……自己心里边所装的却是校园湖里的野鸭们！……

"唉，芸啊，我觉得你是读书读傻了哩！你父亲身体那么单薄了，脸色那么不好了，你怎么就会一点儿都没看出来呢？……"

女博士早已泪流满面！

她在心里对自己说："我不是读书读傻了呀，我是……我是……"

车轮隆隆……

列车向北，向北……

车厢里忽然响起了哭声……

父母是最朴素的人文

一年一度，又逢母亲节、父亲节。

我的意识中，母亲像一棵树，父亲像一座山。他们教我很多朴素的为人处世道理，令我终身受益。我觉得，对于每一个人，父母早期的家教都具有初级的朴素的人文元素。我作品中的平民化倾向，同父母从小对我的教育和影响密不可分。

我出生在哈尔滨市一个建筑工人家庭，兄妹五人，为了抚养我们五个孩子，父亲在我很小的时候就到外地工作，每月把钱寄回家。他是国家第一代建筑工人。母亲在家里要照顾我们五个孩子的生活，非常辛劳。母亲给我的印象像一棵树，我当时上学时看到的那种树——秋天不落叶，要等到来年春天，新叶长出来后枯叶才落去。

当时父亲的工资很低，每次寄回来的钱都无法维持家中的生活开支，看着我们五个正处在成长时期的孩子，食不饱腹，鞋难护足，母亲就向邻居借钱。她有一种特别的本领，那就是能隔几条街借到熟人的钱。我想，这是她好人缘所起的作用。尽管这样，我们因为贫困还是生活得很艰难，五个孩子还是经常挨饿。

一次，我小学放学回家走在路上，肚子饿得咕咕叫，正无精打采往家赶时，看到一个老大爷赶着马车从我面前走过。一股香喷喷的豆饼味迎面扑来，我立即向老大爷的马车看过去，发现马车上有一块豆饼。我本来就饿，再加上豆饼香味的刺激，当时只有一个念头，拿着豆饼填饱肚子。我趁着老大爷不注意，抱起他身旁唯一的一块豆饼，拔腿就跑。

老大爷拿着马鞭一直在后面追我，我跑进家里，他不知道我一下子跑入了哪间房子。我心惊胆战地躲在家里，可没想到他还是找到了我家。

"你看到一个偷我豆饼的小孩儿了吗？"老大爷问我母亲。

母亲对发生的事全然不知。老大爷就把事情的经过给母亲详细说了一遍，然后蹲在地上沮丧地说："我是农村的庄稼人，专门替别人给城里的人家送菜，每次送完菜，没有工钱，就得到四分之一块豆饼，可没想到半路上豆饼被一个学生娃给抢了，可怜我家里还有妻子和孩子，就靠这点豆饼充饥……"

母亲听完后，立即命令我把豆饼还给了老大爷。他走了十几米远后，母亲突然喊住了他。母亲将家中仅剩的几个土豆和窝头送给了他，老大爷看到玉米面做的窝头时，就像一个从未见过粮食的人一样，眼睛放亮，一边不停地说着感谢的话一边流着眼泪。

母亲回到家时，我以为她会打骂我，可她没有，她要等所有的孩子都回来。晚饭后，她要我将自己的行为说了一遍，然后她才严厉地教训我："如果你不能从小就明白一个人绝不可以做哪些事，我又怎么能指望你以后是一个社会上的好人？如果你以后在社会上都不能是一个好人，当母亲的又能从你那里获得什么安慰？"这些道理不在书本里，不在课堂上，却使我一生受益。

当时我家虽然非常穷，但母亲还是非常支持我读书，穷日子里的读书时光对我来说是最快乐的。当时家中买菜等事都由我去做，只要剩两三分钱，母亲就让我自己留着。现在两三分钱掉到地上是没人捡的，那时五分钱可以去商店买一大碟咸菜丝，一家人可以吃上两顿，两分钱可以买一斤青菜，有时五分钱母亲也让我自己拿着。我拿着这些钱去看小人书。《红旗谱》在同学那里借来读过后，才知道还有下集，上下两部加起来一块八毛多一点，我还清楚地记得书的封面是浅绿色的，画有红缨枪，颜色很鲜红，我很喜欢，非常想看这本书的下集。当时正读中学，我下了很大的决心才鼓起勇气去找母亲要钱。

那天下午两点多，我来到母亲做工的小厂。进去一看，原来母亲是在一个由仓库改成的厂房里做工。厂房不通风，也不见阳光，冬天冷夏天热，每个缝纫机的上方都吊着一个很低的灯泡。因为只有灯泡瓦数很高，才能看得见做活。厂房很热，每个人都戴着厚厚的口罩，整个车间像一个纱厂一样，空中飞舞着红色的棉絮，所有母亲戴的口罩上都沾满了红色的棉絮，头发上、脸上、眼睫毛上也都是，很难辨认哪位是我母亲。

我一直不知道母亲是在这样的环境下工作，后来还是母亲的同事帮我找到了她。见到母亲，本来找她要钱的我，一时竟说不出话来。

母亲说："什么事说吧，我还要干活。"

"我要钱。"

"你要钱做什么呀？"

"我要买书。"

"梁嫂，你不能这样惯孩子，能给他读书就不错了，还买什么书呀。"母亲的工友纷纷劝道。

"他呀，也只有这样一个爱好，读书反正不是什么坏事。"母亲说完把钱掏给了我。

拿着母亲给的钱，我的心情很沉重，本来还沉浸在马上拥有新书的喜悦中，现在一点儿买书的念头都没有了。当时我心里很内疚，因为母亲在那里工作了两年多，我一直不知道她在那里。我一次都没有看望过她，我也没有钱孝敬她，我怀着这样的心情去用母亲给的钱给她买了罐头。

母亲看到我买的罐头反而生气了，然后又给了我钱去买书。那时我就拥有了完整的《红旗谱》和《播火记》，我非常喜欢这两本书。这件事给我的印象很深，以至后来参加工作后我的第一件事就是花了二三十元钱，给母亲买回所有款式的罐头和点心。母亲看着我买的礼物，泪流满面。她把这些罐头擦得很亮，整整齐齐地摆在桌子上。

母亲最令我感动的是发生在三年自然灾害期间的那件事。当时因为我们家里小孩儿多，所以政府给了我们家一点粮食补贴，补了五至十斤粮食吧。月底的最后一天，家里一点粮食都没有了，揭不开锅，母亲就拿着饭盆将几个空面粉袋子一边抖一边刮，终于刮出了一些残余的面粉。母亲把它做成了一点疙瘩汤，然后在小院子里摆上凳子。

正在我们吃饭的时候，来了一个讨饭的。那是一个留着长胡子的老人，衣服穿得很破，脸看上去也有几天没洗。他看着我们几个孩子喝疙瘩汤的时候，显得非常馋。母亲给他端来洗脸水后，又给他搬凳子，把她自己的那份疙瘩汤盛给了他而自己却饿着肚子。

然而这件事被邻居看到后，不知是谁开居委会时把这个事讲出来了，说我们家粮食多得吃不完，还在家中招待要饭的人。从这以后，我们家就再也没有粮食补贴了。可我母亲对这件事并没有后悔，她对我们说你们长大后也要这样。我觉得有时母亲做的某些小事都具有对儿童和少年早期人文教育的色彩。我现在教育我的学生时也经常这样讲，少写一点初恋、郁闷，少写一点流行与时尚，多想一下自己的父母，如果连自己的父母都不了解，谈何了解天下。

我们这一代人的父母，几乎没有过过一天幸福的晚年。老舍在写他的母亲时说，我母亲没有穿过一件好衣服，没有吃过一顿好饭，我拿什么来写母亲。我能感受到作者当时的心情。萧乾在写他母亲时说，他当时终于参加工作并把第一个月的工资拿来给母亲买罐头，当他把罐头喂给病床上的母亲时，她已经停止了呼吸。季羡林在回忆他母亲时写道，我后悔到北京到清华学习，如果不是这样，我母亲也不会那么辛苦培养我读书。我母亲生病时，都没有告诉我，等我回到家时，母亲已经去世，我当时恨不得一头撞在母亲的棺木上，随她一起去……这样的父母很多，如果我们的父母也长寿，到街心公园打打太极拳，提着鸟笼子散散步，过生日时给他们送上一个大蛋糕，春节一家人到酒店吃一顿饭，甚至去旅游，我们心中也会释然。如果我们少一点粗声粗气地对母亲说话，惹她生气；如果我们能多抽出一点时间来陪陪母亲，那就好了。我想全世界的儿女都是孝的，只要我们仔细看一下"老"字和"孝"字，上面都是一样的，"老"字非常像一个老人半跪着，人到老年要生病，记性不好，像小孩儿，不再是那个威严的教育你的父母，他变成弱势了，在别人面前还有尊严，在你面前却要依靠……

最后我想说，爱是双向的。只有父母对孩子的爱，没有孩子对父母的爱，这种爱是不完整的。父母养育孩子，子女尊敬父母，爱是人间共同的情怀和关爱。

守护柔软

母亲养蜗牛

　　母亲是住惯了大杂院的。

　　大杂院自有大杂院的温馨。邻里处得好，仿佛一个大家庭。故母亲初住在北京我这里时，被寂寞所围的情形简直令我感到凄楚。单位只有一幢宿舍楼，大部分职工是中青年，当然不是母亲聊天的对象。由于年龄、经历、所关注事物之不同，除了工作方面的话题，甚至也不是我的聊天对象。我是早已习惯了寂寞的人，视清静为一天的好运气，一种特殊享受。而且我也早已习惯了自己和自己诉说，习惯了心灵的独白，那最佳方式便是写作。稿债多多，默默地落笔自语，成了我无法改变的生活定律了。

　　我们住的这幢楼，大多数日子，几乎是一幢空楼。白天是，晚上仿佛也是。人们在更多的时候不属于家，而属于摄制组，于是母亲几乎便是一位被"软禁"的老人了……

　　为了排遣母亲的寂寞，我向北影借了一只鹦鹉。就是电影《红楼梦》中黛玉养在"潇湘馆"的那一只。一个时期内，它成了母亲的伴友，常与母亲对望着，听母亲诉说不休。偶尔发一声叫，或嘎呜一阵，似乎就是"对话"了。但它有"工作"，是"明星"，不久又被"请"去拍电影了。母亲便又陷入寂寞和孤独的苦闷之中……

幸而住在我们楼上的人家"雪中送炭"，赠予母亲几只小蜗牛。并传授饲养方法，交代注意事项。那几个小东西，只有小指甲的一半儿那么大，呈粉红色，半透明，隐约可见内中居住着不轻意外出的胎儿似的小生命。其壳看上去极薄极脆，似乎不小心用指头一碰，便会碎了。

母亲非常喜欢它们，视若宝贝，将它们安置在一个漂亮的装过茶叶的铁盒儿里，还预先垫了潮湿的细沙。有了那么几个小生命，母亲似乎又有了需精心照料和养育的儿女了。七十多岁的老太太，仿佛又变成一位责任感很强的年轻的母亲。她要经常将那小铁盒儿放在窗台上，盒盖儿敞开一半，使那些小东西能够晒晒太阳。并且，要很久很久地守着，看着，怕它们爬到盒子外边，爬丢了。就好比一位母亲守在床边儿，看着婴儿在床上爬，满面洋溢母爱，一步不敢离开。唯恐一转身之际，婴儿会摔在地下似的。连雨天，母亲担心那些小生命着凉，就将茶叶盒儿放在温水中，使沙子能被温水焐暖些。它们爱吃的是白菜心儿、苦瓜、冬瓜之类，母亲便将这些蔬菜最好的部分，细细剁了，撒在盒儿内。一次不能撒多。多了，它们吃不完，腐烂在盒儿内，则必会影响"环境卫生"，有损它们健康。它们是些很胆怯的小生命，盒子微微一动，立即缩回壳里。它们又是些天生的"居士"，更多的时候，足不出"户"，深钻在沙子里，如同专执一念打算成仙得道之人，早已将红尘看破，排除一切凡间滋扰，"猫"在深山古洞内苦苦修行。它们又是那么地羞涩，宛如大门不出二门不迈的名门闺秀。正应了那句话，真人不露相，露相不真人。偶尔潜出"闺阁"，总是缓移"莲步"，像提防好色之徒，攀墙缘树偷窥芳容玉貌似的。觉得安全，则便与它们的"总角之好"在小小的"后花园"比肩而行。或一对对，隐于一隅，用细微微的触角互相爱抚、表达亲昵……

母亲日渐一日地对它们有了特殊的感情。那种感情，是与小生命的一种无言的心灵之倾诉和心灵之交流。而那些甘于寂寞、与世无争、与同类无争的小生命，也向母亲奉献了愉悦的观赏的乐趣。有时，我为了讨母亲的欢心，常停止写作，与母亲共同观赏……

八岁的儿子也对它们产生了浓厚的兴趣，也开始经常捧着那漂亮的小蜗牛们的"城堡"观赏。那一种观赏的眼神儿，闪烁着希望之光。都是希望之光，但与母亲观赏时的眼神儿，有着质的区别……

"奶奶，它们怎么还不长大啊？"

"快了，不是已经长大一些了吗？"

"奶奶，它们能长多大呀？"

"能长到你的拳头那么大呢！"

"奶奶，你吃过蜗牛吗？"

"吃？……"

"我们同学就吃过，说可好吃了！"

"哦……兴许吧……"

"奶奶，我也要吃蜗牛！我要吃辣味儿蜗牛！我还要喝蜗牛汤！

我同学的妈妈说，可有营养了！小孩儿常喝蜗牛汤聪明……"

"这……"

"奶奶，你答应我嘛！"

"它们现在还小哇……""我有耐性等它们长大了再吃它们。不，我要等它们生出小蜗牛以后再吃它们。这样我不就永远可以吃下去了吗？奶奶你说是不是？……"

母亲愕然。

我阻止他："不许你存这份念头！不许你再跟奶奶说这种话！难道缺你肉吃了吗？馋鬼，你是一头食肉动物哇？"

儿子眨巴眨巴眼睛，受了天大委屈似的，一副要哭的模样。

母亲便哄："好，好，等它们长大了，奶奶一定做了给你吃。"

我说："不能什么事儿都依他！由我替奶奶保护它们，看谁敢再提要吃它们！"

儿子理直气壮地说："吃猪肉、羊肉、牛肉可以，吃鸡肉可以，吃烤鸭可以，为什么吃蜗牛就不行？"

我晓之以理："我们吃的是肉……"

儿子说："我想吃的也是蜗牛肉呀，我说吃它们的壳了吗？"

我说："你得明白，人自己养的东西，是舍不得弄死了吃的。这个道理，是尊重生命的道理……"

儿子顶撞我："你骗小孩儿！你尊重生命了吗？上次别人送给你的蚕蛹儿，活着的，还在动呢，你就给用油炸了！奶奶不吃，妈妈不吃，我也不吃，全被你一个人吃了！我看你吃得可香呢！……"

　　我无言以对。从此，儿子似乎更认为，首先在理论上，有极其充分的、天经地义的、无可辩驳的吃蜗牛的根据了……从此，母亲观看那些小生命的时候，儿子肯定也凑过去观看……先是，儿子问它们为什么还没长大，而母亲肯定地回答——它们分明已经长大了……

　　后来是，儿子确定地说，它们分明已经长大了。不是长大了些，而是长大了许多，而母亲总是摇头——根本就没长……

　　然而，不管母亲怎么想，怎么说，也不管儿子怎么想，怎么说，那些小小的生命，的的确确是天天长大着。在母亲的精心饲养下，长得很迅速。壳儿开始变黑了，变硬了。不再是些仿佛不经意地用指头轻轻一碰就易破碎的小东西了，它们的头和它们的柔软的身躯，从它们背着的"房屋"内探出时，也有形有状了，憨态可掬，很有妙趣了。它们的触角，也变粗变长了，俩俩一对儿，在盒之一隅卿卿我我，"耳鬓厮磨"之际，更显得情意缱绻、斯文百种了……

　　那漂亮的茶叶盒儿，对它们来说未免显得小了。

　　于是母亲将它们移入另一个盒子里，一个装过饼干的更漂亮的盒子。

　　"奶奶，它们就是长大了吧？"

　　"嗯，就是长大了呢……"

　　"奶奶，它们再长大一倍，就该吃它们了吧？"

　　"不行。得长到和你拳头一般儿大。你不是说要等它们生出小蜗牛之后再吃它们吗？"

　　"奶奶，我不想等到那时候，我只吃一次，尝尝什么味儿就行了……"

母亲默不作答。

我认为有必要和儿子进行一次更郑重更严肃些的谈话。一天，趁母亲不在家，我将儿子扯至跟前，言衷词切，对他讲奶奶抚养爸爸、叔叔和姑姑成人，一生含辛茹苦，忍辱负重，是多么地不容易。自爷爷去世后，奶奶的一半，其实也随着爷爷而去了。爸爸的活法又是写作，有心挤出更多的时间陪奶奶，也往往心悬而做不到。爸爸的时间，常被某些不相干的人不相干的事侵占了去，这是爸爸对奶奶十分内疚而无奈的。奶奶内心的孤独和寂寞，是爸爸虽理解也难以帮助排遣的。为此爸爸曾买过花，买过鱼。可养花养鱼，需要些专门的常识。奶奶养不好，花死了，鱼也死了。那些小小的蜗牛，奶奶倒是养得不错，而你还天天盼着吃了它们，你对吗？……

儿子低下头说："爸爸，我明白了……"我问："你明白什么了？"儿子说："如果我吃了蜗牛，便是吃了奶奶的那一点儿欢悦……"

我说："既然你明白了，以后再也不许对奶奶说吃不吃蜗牛的话了！"儿子一副信誓旦旦的模样，诺诺连声。果然再不盼着吃辣味儿蜗牛、喝蜗牛汤了。甚至，再不关注那更漂亮的蜗牛们的新居了……

一天，我下班回到了家里，母亲已做好晚饭，一一摆上桌子。母亲最后端的是一盆儿汤，对儿子说："你不是要喝蜗牛汤吗？我给你做了，可够喝吧！"

我愕然。儿子也愕然。我狠狠瞪儿子。儿子辩白："不是我让奶奶做的！……"母亲也说："是我自己想做给我孙子喝的……"母亲说着，朝我使眼色……我困惑。首先拿起小勺，舀了一勺，慢呷一口，鲜极了！但我品出，那绝不是什么蜗牛汤，而是蛤蜊汤。我对儿子说："奶奶是为你做的，你就喝喝吧！"儿子迟疑地拿起小勺，喝了起来。我问："好喝吗？"儿子说："好喝。"又问："奶奶对你好不好？"儿子说："好……奶奶，等我长大了，能挣钱了，挣的钱都给你花！……"八岁的儿子动了小孩儿的感情，眼泪吧嗒吧嗒落入汤里。母亲欣慰地笑了……其实母亲将那些长大了的，她认为完全能够独立生活了的蜗牛放了。放于楼下花园里的一棵老树下。那儿土质松软，潮湿，很适于它们生存。而且，老树还有一个深深的树洞，大概是可供它们避寒的……

母亲依然每日将蜗牛们爱吃的菜蔬之最鲜嫩的部分，细细剁碎，撒于那棵树下……一天，母亲喜笑颜开地对我说："我又看到它们了！"我问："谁呀？"

母亲说："那些蜗牛呗。都好像认识我似的，往我手上爬……"我望着母亲，见母亲满面异彩。那一时刻，我觉得老人们心灵深处情感交流的渴望，真真地令我肃然，令我震颤，令我沉思……

而长大成人的儿子们和女儿们，做了父母的儿子们和女儿们，四十多岁五十多岁的儿子们和女儿们，我们还能够细致地经常洞察到这一点吗？

冬天来了。

树叶落光了。

大地冻硬了。

母亲孑然一身地走了。我给母亲的信中写道："妈，来年春天，我会像您一样，天天剁了细碎的蔬菜，去撒在那一棵老树下……"那些甘于寂寞的、惯于离群索居的、羞涩的、斯文的、与世无争与同类无争的蜗牛们啊，谁知它们是否会挨过寒冷的冬天呢？谁知它们明年春天是否会出现在那一棵老树之下呢？它们真的会认识饲养过它们的我的老母亲吗？居然也会认识那样一位老母亲的儿子吗？

愿上帝保佑它们！

母亲播种过什么？

几天前，母亲匆匆地去世了。走得那么急，使我毫无思想准备。

预感竟是真的有过的。似乎父亲和母亲逝前，总是会传达给我一些心灵的讯息。

十月中旬，我和毕淑敏见过一面。她告诉我她在师大进修心理学，我便向她请教——我说今年以来，无论白天还是夜晚，无论睡着还是醒着，我眼前常有这样一幅画面移动着——在冬季，在北方小村外的雪路上，一只羊拉着一架爬犁，谨慎又从容地向村里走着。爬犁上是一桶井水，不时微少地荡出，在桶外和爬犁上结了一层晶莹的冰。爬犁后同样步态谨慎而又从容地跟随着一位少女，扎红头巾，脸蛋儿亦冻得通红，袖着双手。而漫天飘着清冽的小雪花儿……

并且，我向毕淑敏强调，此电影似的画面，绝非我从任何一本书中读到过的情节，也绝非我头脑中产生的构思片段。事实上一年多以来，尽管此画面一次比一次清晰地向我浮现，但我却从未打算将这画面用文字写出来……

毕淑敏沉吟片刻，答出一句话令我暗讶不已。

她说："你不妨问问你母亲。"

我母亲属羊。母亲的母亲也属羊。而这都是毕淑敏所不知道的。

而母亲于昏迷中入院的第二天，哈尔滨降下了入冬的第一场雪……

我的思想是相当唯物的。但受情感的左右，难免也会变得有点儿唯心起来——莫非母亲的母亲，注定了要在这一年的冬季，将她的女儿领走？我没见过外祖母。但知外祖母去世时，母亲尚是少女……

那么那一桶清澈的井水意味些什么呢？

在医院里，在母亲的病床前，以及在母亲出殡的过程中，我见到了母亲的一些干儿女。

我早知母亲有些干儿女。究竟有多少，并不很清楚。凡三十余年间，有的见过几面，有的竟不曾见过。但我清楚，在漫长的三十余年间，他们对母亲怀着很深很深的感情。

他们当年皆是我弟弟那一辈的小青年。

话说当年，指的是"上山下乡"运动开始以后。许多家庭的长子长女和次子次女，和我以及我的三弟一样，都恋恋不舍地告别了家庭和城市。城市中留下的大抵是各个家庭的小儿女，年龄在十六七岁和十八九岁之间。那个年代，这些平民家庭的小儿女啊，似些孤独的羔羊，面对今天这样明天那样的政治风云，彷徨、迷惘、无奈、亲情失落不知所依。他们中，有人当年便是丧父或失母的小儿女。

既都是平民家的小儿女，所分配的工作也就注定了不能与愿望相符。或做街头小食杂店的售货员，或做挖管道沟的临时工，或在生产环境破败的什么小厂里学徒……

某一年夏天，是知青的我回哈探家，曾去酱油厂看过我四弟的劳动情形。斯时他们几名小工友，刚刚挥板锨出几吨酱渣，一个个只着短裤，通体大汗淋漓，坐在车间的窗台上，任穿堂凉风阵阵扑吹，唱印度电影《流浪者》中的《拉兹之歌》：

> ……我和任何人都没来往，
> 我活在人间举目无亲……
> 命啊，
> 我的命运啊，我的星辰，
> 请回答我，
> 为什么这样残酷作弄我……

他们心中的苦闷种种，是不愿对自己的家庭成员吐诉的。但这些城市中的小儿女，又是多么需要一个耐心倾听他们吐诉的人啊！那倾听者，不仅应有耐心，还应有充满心间的爱心，还应在他们渴望安慰和体恤之时，善于安慰，善于劝解，并且，由衷地予以体恤……

于是，他们后来都非常信赖也不无庆幸地选择了母亲。

于是，母亲也就以她母性的本能，义不容辞地将他们庇护在自己身边。像一只母鸡展开翅膀，不管自家的小鸡抑或别人家的小鸡，只要投奔过来，便一概地遮拢翅下……

那些城市中的小儿女啊，当年他们并没有什么可回报母亲的。只不过在年节或母亲生病时，拎上一包寻常点心或两瓶廉价罐头聚于贫寒的我家看望母亲。再就是，改叫"大娘"为叫"妈"了。有时混着叫，刚叫过"大娘"，紧接着又叫"妈"。与点心和罐头相比，一声"妈"，倒显得格外地凝重了。

既被叫"妈"，母亲自然便于母性的本能而外，心生出一份油然的责任感。母亲关心他们的许多方面——在单位和领导和工友的关系；在家中是否与亲人温馨相处；怎样珍惜友情，如何处理爱情；须恪守什么样的做人原则，交友应防哪些失误；不借政治运动之机伤害他人报复他人；不可歧视那些被政治打入另册的人……

母亲以一名普通家庭妇女善良宽厚的本色，经常像叮咛自己的亲儿女一样，叮咛她的干儿女们不学坏人做坏事，要学好人做好事。

此世间亲情，竟延续了三十年之久。我曾很不以为然过，但母亲对我的不以为然也同样不以为然。她不与我争辩，以一种心里非常满足的、默默的矜持，表明她所一贯主张的做人态度。直至她去世前三天，还希望能为她的一个干女儿和一个干儿子促成一次大媒……

而他们，一个帮着四弟将母亲送入医院，一个一小时后便闻讯匆匆赶到医院，三十几个小时不曾回家，不曾离开过医院！母亲逝世后，她的干儿女们都纷纷来到了弟弟家。我说——不必在家中设灵位了吧！他们说——要设。我说——不必非轮守四十八小时灵了吧！他们说——要守。这些三十年前的城市平民家庭的小儿女啊，三十年前是小徒工们，如今仍是工人们。只不过，有的"下岗"了；只不过，都做了父母了。他们都是些沉默寡言之人。我离开哈市时，仍分不清他们中几个人的名字。他们不与我多说什么，甚至根本就不主动与我说话。他们完完全全是冲他们与母亲之间那一种三十年之久的亲情，而为母亲守灵，为母亲烧纸，为母亲送丧的。三十年间，我下乡七年，上大学三年，居京二十年，我曾给予母亲的愉快时日，比他们给予的少得多。回到北京，我常默想——从今后，我定当以胞弟胞妹视待他们啊！至于我自己的几名中学挚友与母亲之间的亲情，比三十年更长久，从我初一时就开始了。那是世间另一种亲情，心感受之，欲说还休，欲说还休。

每独坐呆想，似乎有了一种答案——那时时浮现过我眼前的画面中那一桶清澈的井水，是否便意味着是人世间的一种温馨亲情呢？母亲的母亲，给予在母亲心里了。而母亲只不过从内心里荡出了一些，便获得了多么长久又多么足以感到欣慰的回报啊！这么想很唯心，但请不要责怪儿子的痴思。

愿此亲情在我们中国老百姓间代代相传。

没了它，意味着是我们普通人的人生多么大的损失啊！

母亲我爱您。

母亲安息吧……

黑纽扣

今年五月，我完全是被长久萦绕心间的乡思所驱使，回到了哈尔滨。七年没回去了。七年没见老母亲了。

弟弟、妹妹、弟媳和妹夫们都还未下班，家中只母亲一人。母亲正做晚饭。狭小的厨房没窗子，一盏度数很低的灯卑微地忽闪着——电压不稳。灶烟和锅汽形成厚重的昏暗。昏暗中，母亲双手抖抖地端着米盆，像烟汽中的一个虚影，木然地望着我。显然，母亲一时看不清我的脸。

我大声说："妈，是我回来了！"心中竟很激动。

"是……绍生吗？"母亲从来只叫我小学时的名，这名是户籍警在我诞生的时候按照氏族辈字给我起的。母亲从来也没叫过我上中学后自己改的名——晓声。仿佛她不喜欢这个名，不认可她的儿子叫这个名。我不知这是为什么，也没诘问过。

"妈，是我！"一回到家中，自己说话的语调就很自然地归复了东北口音，连我自己都感到奇怪。

"哦，哦……"母亲转过身去，想找个放盆的地方。

我走进屋，刚搁下提包，母亲便跟入了，双手仍端着米盆。厨房极乱，母亲大概是没处放盆。

我赶紧从母亲手中接过米盆。里屋并不比厨房大多少，也不比厨房光明多少。只有一张桌子可放东西，桌子上同样杂乱地堆放了许多杯、碗、小孩儿玩具。三对夫妻，三辈人，十一口，生活在仅二十余平方米的低矮而阴暗的空间，有条不紊和清洁就只能成为一种奢望了。我原地转了三百六十度，最后将米盆暂放在床上。

"你……怎么也不预先来封信，我们也好把家收拾干净点……"母亲歉疚地说，目不转睛地端详着我。

母亲是更瘦小、更憔悴、更苍老了，脸色很不好，蜡黄里泛着青灰。眼病分明没治愈过，眼边红红的。衣服也挺肮脏，衣襟上一片锅底灰。整个看去母亲像一截枯槁的树根，从泥土中抠出来不久。

我又叫了一声"妈"，心内倏然泛起难过，喉间像被什么东西哽住，说不出话。母亲一共养育了我们五个子女，我算是有点出息的——成了作家，我是母亲精神世界中的一豆烛光，是母亲心灵的安慰。可我身在北京，又是对母亲尽孝最少的一个儿子。甚至可以说，自从我到北京后，就没有对母亲尽过一个儿子的孝道。只不过隔几个月往家中寄点钱。

"孩子，你瘦多了……别那么拼命写，妈不指望你出名，只愿你身体好，没病没灾的……"母亲说着，侧过身，撩起肮脏的衣襟拭她那发红的眼角。

"妈，我不过就是瘦一点，可没什么大病……"我用谎话欺骗母亲。

我努力克制着，不使自己在母亲面前落下泪来。

"真的？……"母亲转身再次注目端详着我。她长长叹了一口气，然后低声说，"你这次回来，一定要去看看你小姨。"

我说："过三五天我就去看她。"

母亲说："不，你明天就要去看她。她……怕是没多少日子可活了……"

我不禁呆住了。

母亲又说："你弟弟妹妹都去看过她了，连你妹夫也去看过她了。可她最想念的还是你，每次来信都提你……苦命女人，妈的命够苦了，你小姨比妈的命还苦……"

"小姨……她得了什么重病……"小姨才四十多岁，我简直有些怀疑母亲的话，讪讪地问。

"三月份你弟弟妹妹们把她接来家中住了一个时期，轮流陪她到医院去检查过，也没查出什么大病来。可她就是一天比一天瘦，不想吃也不想喝的，人瘦得快剩把骨头了……人啊，就怕是苦在心里啊！同学老师的，你都不要先去看，明天一定要先去看你小姨。"母亲异常忧郁地说。

我轻轻"嗯"了一声。

可怜的小姨！可怜的女人啊！

一种凄凉一种悲怆，在我内心里弥漫开来。

我装作疲乏的样子，倒在床上，眼眶竟有些湿润了。近几年来，还没有一件事，比这件事更令我感到难过。

我本来没有姨。小姨不是亲姨。

我七岁时，母亲在铁路上做临时工。挑挑抬抬，搬石运铁，卸煤扬沙。哪儿的活顶脏顶累，临时工们就被指派到哪儿去干，男女平等。母亲每天下班都很晚，常常是黑着一张脸，带着一身尘土回到家里。

那时我们家还没有搬到"偏脸子"这一带，住在安平街。房子，比现在住的还小、还破，还缺少光明。屋里的地面，要比外面的地面低一尺。为了防止下雨天雨水灌进屋来，门槛儿上面横钉了一块木板，进屋的人得高抬脚。门槛儿内叠了两层碎砖，算是踏脚的台阶。第一次来我家的人，不是头被上门框撞起了包，便是踩空"台阶"，吓一大跳。虽然有窗子，但一半埋入了地下。窗框被下沉的房子扯得不成形状，无法打开。碎了的玻璃因为窗框无形，也就镶不上，用牛皮纸糊着。这是私人房产。房东并不因它全不像个房子样就将房钱压得便宜些。里外两间，外间夏天做厨房。冬天为了取暖，再将铁炉子搬进里屋去，我们五个孩子和母亲挤在里屋一铺炕上，外间便放大白菜、土豆、萝卜、水缸、粮食箱子、劈柴和煤桶，也就没余地了。

记得是冬季的一天，从白天到黑天，一直下着很大的雪。母亲那一天下班特别晚，带回来一个陌生人。

母亲的脸，照例是黑的。"低头，高抬脚，慢点落脚，再慢落一脚……"母亲先进得屋来，引着这人的一只手，提醒着，将这人引进屋来。亏得母亲心细，这人没被碰了头，也没被吓一跳。那人的脸比母亲的脸更黑，因而看不出年龄。从脸黑这一点却不难得出肯定的结论，那人是和母亲同样做临时工的，和母亲一块儿卸过煤。头戴和母亲同样的狗皮帽子，身套和母亲同样长过膝盖的大棉坎肩儿。脚穿和母亲同样的棉胶鞋。

母亲从炕上拿起笤帚，一边扫落那人身上的雪花，一边说："你瞧，我家就是这么个破烂样子，这几个都是我的孩子……绍生，快给我们倒洗脸水……"

那人的黑脸上唯独一双眼睛是干净的，眼神儿有点怅惘，有点拘谨。他一动也不动地站在门口，分明因为我家比他想象的还不如，一时有些不知所措。

我舀了大半盆凉水，轻轻放在他脚旁。

他见屋里没个能从容洗脸的地方，就一声不响地端起盆，转身走到外屋去了。

母亲便也摘下帽子，脱掉坎肩儿，跟到外屋去洗脸。

母亲又进屋来舀了两次水。

我们几个孩子，则在里屋面面相觑，彼此交换着惊奇的目光。

终于，母亲和那人又走进屋来了。

我们的惊奇顿增十倍。"他"竟是女的，一个大姑娘！

我们家住的那地方，当时被铁丝工厂占了，新盖起一幢三层楼房。邻居们都迁走了。因为房东想多要钱，在斤斤计较地和厂方要赖皮，高楼下仅剩我们家东倒西歪的破房子，四周被还没有清除的建筑垃圾包围着。邻居们迁走后，已经好长时间没有外人迈进我们家的门槛儿了。没有人串门儿的家，对孩子们来说，是异常冷清寂寞的家。我们家在哈尔滨市又没有任何亲戚互相走动，生活的冷清寂寞就更令我们难耐。我们幼小的心灵里是早都在巴望着，随便有个什么人，能够知道这座城市里，在这幢高楼后面，在一堆堆建筑垃圾的包围之中，有我们一家人生活着。只要这个人看得起我们，我们就会将我们全家真挚的、充满敬爱和感激的情意奉献给这个人。这大姑娘那一天变戏法似的突然出现在我们面前，不但令我们惊奇，而且令我们非常高兴。

她长得很俊美呢！起码我们是这么认为的。她将那件脏而笨重的棉坎肩儿脱在外屋了，也脱去了工作服，向我们展出一件半新的红底儿黑花的紧身小袄。她比母亲高半头，这在女人们来说，是很值得羡慕的所谓"适中"身材了。虽然穿着棉袄棉裤，还是看得出，她的身材苗苗条条，不胖也不瘦。也许是刚用凉水洗过脸的缘故吧，使她的脸色看上去那么红润。眼边的煤灰却是未洗尽，一双温良的眼睛仿佛描了眼圈似的，显得又大又有神。

在我和弟弟妹妹眼里，她完完全全是个大人。而她这个大人，看上去也不过十七八岁。弟弟妹妹们一溜趴在炕上，傻呆呆地瞪眼瞧着她。

在我们不懂礼貌的盯视下，她有些发窘地侧着身，双手攥着搭在胸前的一条粗辫子，轻声问母亲："大姐，有木梳吗？"

"有、有……"母亲应着，赶紧拉开破桌子的抽屉，寻找出我家中唯一一把断了好多齿的木梳。

她接过木梳，就拆散了辫子，梳起头发来。

"里边趴着去！就这么一张炕，都让你们趴满了！"母亲对着弟弟妹妹们吆喝。

于是弟弟妹妹们就一堆儿缩到炕角去了。

"坐炕沿上梳吧。"母亲轻轻地将她推坐在炕沿上。

我低声问:"妈,我给你们热饭吃吧?我和弟弟妹妹们都吃过了。"

母亲说:"我自己热吧。挑两棵白菜,洗一个萝卜,我做汤……"

母亲看了那大姑娘一眼,挨着她坐在炕沿上,推推她的肩膀,问:"你怎么不说话?"

她只是一下一下地梳着长发,也不抬头。

母亲又说:"如果,你是嫌弃我这个家,今晚我就只留你住一宿,明天我再替你想想办法,看能不能找个好住处安身……如果,你还肯将就我这个家,你就长久地住下来,住多久我也不会撵你搬走。有我吃的,就有你吃的;有我盖的,就有你盖的……"

她还是不吭声,还是不抬头。木梳,在乌黑的长发上缓缓地梳理着,将她那长发梳得顺溜儿极了。

我们见她这样子,都觉得大大地失望,猜想她准是不愿在我们这样一个家里长久住下。

我一边扒白菜洗萝卜,一边偷眼瞧那大姑娘,真希望她说一句"我住下",或者点一下头。

她却像个哑巴,头垂得更低了。

母亲见她始终不回答,表情就有些尴尬,便缓缓地站起身,去切菜。

"大姐,你每月收我多少房钱?"她忽然抬起头,用极小的声音向母亲发问。

"瞧你问的,什么房钱不房钱的?"母亲停止了切菜,转脸瞧着她说:"房子不是我的,我能做二道房东吗?你要愿住下,我一分钱也不收你的!"

那张我认为非常之俊美的脸上,花朵绽放般地呈现出了一种心喜意悦的微笑,她复低下头说:"那……我愿长久住下……"仍继续梳头。

母亲乐了,说:"不过,孩子们面前,总得有个叫法。你叫我大姐,你年纪跟我的小妹子一般大,可惜我那小妹子死了。今后,就让孩子们叫你小姨吧,行吗?"

"嗯。"像个表示今后愿意听大人话的孩子的声调。她放下了梳子,开始编辫子。

母亲又对我们说:"都听见了吗?今后要叫小姨!"

"小姨!"弟弟妹妹们迫不及待异口同声地叫起来。几只猫崽子似的爬到她身旁,一迭声地叫"小姨"。

她半转过身,瞧着我们,又那么可爱地笑了。

我仿佛觉得我们家那小破屋子顿时满室生辉。在一片"小姨"的叫嚷声中,我那颗七岁的男孩子的心,竟充满了莫名其妙的激动和兴奋!从今往后我将有一个小姨了!并且是一个多么让我喜欢看着的小姨啊!我那把木头做的、涂了墨的驳壳枪,我那一小箱子小人书,我那十几颗花瓣玻璃球,我那只养在一个桌子抽屉里的小麻雀,所有我一切的宝贝东西,都抵不上这个小姨!我们与家庭成员之外的一个人建立了某种亲近的关系,这简直是生活对我们的赐予!

以往,母亲下班后,若是我们已经吃过了饭,她是绝不再动手做饭的，只胡乱吃几口我们给她留的饭就算了。那一天，虽然母亲下班很晚，虽然我们都看出她很疲劳，但她还是撑着精神，将两棵白菜细细地切了，拌了一盘。将萝卜同样细细地切了，做了小半锅汤。还抖尽了面口袋里的白面，放许多油煎了几张饼。母亲是从来舍不得一次用掉那么多油的。看得出，小姨和母亲一样，是个干起活来不藏奸不揿懒的。要不，她们为什么会把那一大盘拌白菜吃得干干净净，将那半锅汤喝得精光呢？

母亲和小姨吃罢饭，我默默收拾了碗筷去刷洗。我心里高兴，便会主动去做我不情愿做的事。小姨要抢着刷洗。母亲拦住她，说："往后有你插手的时候，今天还不能劳大驾！"

小姨无声地笑了。我真是看不够小姨的笑脸！她笑起来真叫别人感到快乐！

母亲又说："你今晚就和我挤一宿吧，明天把外屋收拾收拾，给你搭个铺。"

小姨微微点头。在我们眼中，她是个大姑娘，是个大人。在母亲眼中，她分明还是个小妹子，是个孩子，她在母亲面前显得那么乖顺。

母亲开始铺被窝儿，弟弟妹妹们都自觉地往一块儿挤，给我们的小姨腾出倒身之处。家里的被子都很旧了。白被头也都很脏了。母亲很勤劳，几乎每隔一个月就拆一次被褥，但仍不能使全家的被褥显得干净些。因为炕是脏的。炕脏因为三面炕墙是脏的，每天不知要往下掉多少墙皮。还因为我们的小身体一个个都是脏的。夏天，我们身上还能干净些，母亲常常将大盆放在外面，倒一大盆水给我们脱光了衣服洗澡。而整个冬季，我们是谈不上洗澡的。弟弟妹妹们毕竟都很幼小，一个个完全沉浸在意外获得了一个好看的小姨的幸福之中，并不为脏被褥感到羞耻。已经七岁了的我，却感到自己的脸发起烧来。羞耻感第一次在我的自尊心上打下了烙印，它不深也不浅。

我兑了半脸盆温水，放在小姨脚边，很礼貌地对小姨说："小姨，请你洗脚吧！"

"呀！……"小姨仿佛吃了一惊地看着我，又看着母亲。

母亲也说："你洗脚吧。"

小姨几乎是在恳求地说："我哪能成个小姐似的，都让孩子把洗脚水端到眼皮底下呢！大姐你一定得跟孩子讲，往后千万别这么样恭敬我啊！"

母亲平淡地一笑，说："谈得上什么恭敬呀，孩子不过是得了你这么个姨，从心里往外亲爱着你罢了。你看不出来？"

小姨说："大姐我又不是木头人，哪能看不出来呢！"又端详着我问："上学了吗？"

我回答："上了。"

"几年级？"

"刚上一年级。"

"那小姨往后可以帮助你学习了，小姨是高小毕业呢！"那美好的微笑中洋溢着几许自豪。

我也不禁笑了，说："行。"

母亲接言道："我们绍生学习可用功啦，是两道杠呢，考试还得了奖状呢。"

"你是该好好读书啊，你爸爸在外地工作，你妈妈一边干临时工，还要拉扯你们长大，不好好学习可对不起你妈呀！"

我默默地点了一下头。

小姨又对母亲说："大姐，你可真不容易啊！"

母亲长长地叹了口气："可不，真不容易啊！有时候我心里都觉得活得疲倦了呢！"

我一声不响地退到炕角，从书包里拿出课本，脱了鞋，默默地贴墙躺下，朝墙转过身去，捧着课本看。

母亲催促小姨："洗脚吧，今天整整卸了一天煤，可是够累了啊！"

小姨说什么也不肯先用那盆洗脚水，到底还是母亲先洗过了，她才洗。洗完，却仍垂着赤脚坐在炕沿上，迟迟不上炕脱衣。

母亲又催促。

小姨说："我侄子看书呢！"

"我不看了。"我说着，将课本塞到枕下。

若是往常，我和弟弟妹妹们一钻进被窝儿，顷刻便会进入梦乡。但那一天，我们却毫无睡意。我竟也和弟弟妹妹们一样，趴在被窝儿里，目不转睛地盯着小姨看，看也看不够。

母亲再次催促小姨睡觉。

小姨低下头去，悄悄地说："大姐，等孩子们睡着了我再……当着这么多小侄子的面……怪羞人的……"

母亲逐个儿拍着我们的脑袋，大声命令："闭上眼睛，闭上眼睛！

都给我闭上眼睛睡觉！"

我们这个闭上了眼睛，那个又睁开了眼睛，对这个小姨所感到的新奇，简直就使我们兴奋得无法入睡。仿佛生怕睡一觉醒来，小姨就不存在了。

"这些孩子，真不听话！"母亲佯装生气，看了小姨一眼，忍不住扑哧乐了，顺手拉灭了灯。屋里顿时伸手不见五指。黑暗中，只听到小姨缓慢脱衣服的声音。

沉静了片刻，又听小姨和母亲悄悄说话："大姐，和咱们一块儿干活的那几个男人忒坏，总拿些入不得耳的话挑逗我。"

"你别理他们就是了。你越当真，他们越开心！没一个好东西！"

"我也不敢生气，怕得罪了他们，他们今后欺负我。"

"别怕他们，谁敢欺负你，大姐饶不了他！别看你大姐是个老实人，但不受人欺。你是我妹子，欺负你就是欺负了我……"

就这样，小姨在我们家中住下了。就这样，我们有了一个不是亲的，可比亲的还亲的小姨。

往后我才从母亲口中断断续续知道，小姨不但是个高小毕业生，还是个共青团员。她是离哈尔滨一百多里的双城县农民，家里生活也挺困难的。听别人说哈尔滨在招青壮临时工，就独自一人到哈尔滨来了。在搬到我们家之前，她每晚都在火车站过夜。

我们因为有了这个小姨，都有了许多明显的改变。首先是，我们不再房前屋后乱拉巴巴了。小姨帮我们在附近搭了一个简陋的茅厕。我们也变得爱清洁了，因为小姨很爱清洁。我们将两只破箱子从里屋的铺底下拖出来，搬到外屋，一头一只，当作床腿。黑夜我和母亲从外面拖回来两块建筑工地上抛弃的跳板，截断后，为小姨在外屋搭了一张很牢靠的"床"。白菜萝卜堆到了"床"底下。外屋四处透风，墙上挂着厚厚的霜。我和弟弟妹妹用锅铲将霜刮下来，又用破棉团塞进透风的缝隙。我们怕小姨晚上睡觉冷，还得将火炉从里屋搬到外屋。在间壁墙上凿了个洞，增加了两节烟筒，穿到里屋去。这样一来，里屋不但同样暖和，而且显得宽敞了。小姨没住到我家时，母亲想不到也没心思做这些事。我这个孩子更想不到。小姨住到我家后，我并未经母亲吩咐，却想到了应该做许多事。这一类事情做过后，我们的家也像我们一样有了些微改变。

春节前一个月，母亲忽然变得好像有什么心事。一天，母亲背着小姨偷偷对我说，她是怕爸爸春节回家探亲，会因为家里住了一个陌生女人而不高兴。明白了母亲的心事，我也暗暗为此忧愁。父亲是绝不需要一个小姨的，他不发脾气才怪呢！

母亲让我给父亲写了一封信。信中告诉父亲家中一切都很安好，并且希望父亲春节不要回来探家，夏天再回来。讲了好几条夏天探家比春节探家好的理由。

小姨自然不知，几乎天天都问母亲："大姐夫什么时候回来呀？"

母亲就说："今年春节回不回来探家还不一定呢。"

"大姐，你快写封信，催我大姐夫回来探家吧！大姐夫不是两年多没探家了吗？你就不想？"

母亲淡淡地说："不想。"

小姨笑道："大姐骗人。就算你不想，孩子们也不想？"

母亲说："也许孩子们早把他忘了呢！"

弟弟妹妹们一听，抗议地嚷起来："没忘，没忘，我们早就盼着爸爸回来探家呢！"

母亲便不再说什么。

父亲果然回信说他春节不探家了，我念完信，弟弟妹妹们都哭闹起来。我和母亲互相望着，默默无语。我的心情和母亲是一样的，既觉得心中安定了，又觉得很内疚。

小姨则谴责起父亲来："哪有这样的人，两年多没探家了，孩子老婆一大堆，说不回来，就不回来了！大姐，我替你写封信问问他，他心里到底还有没有这个家啊！"

母亲则装作生气地说："才不给他写信！他心里没这个家了，我们心里从此没他！"

小姨的父亲，一位老实厚道的庄稼人，从农村到城市来找小姨，想带小姨回去过春节。小姨不回去，她对父亲说："这个春节是我和大姐认识后的第一个春节，大姐夫又不探家了，撇闪得大姐和孩子们多冷清啊！这个春节我一定要跟大姐和孩子们一块儿过。"

小姨的父亲在我家住了两天，不好勉强小姨跟他回去，失望地走了。他临走，对母亲说他把小姨托付给母亲了。

我们的父亲虽然没回来探家，我们却过了一个很快乐的春节。快乐是小姨给予我们的。

我们也送灶王了，也供祖宗了，也吃年宵饺子了，也放鞭炮了，小姨还帮母亲炒了好几样菜。买了一瓶价钱便宜的色酒。

吃年宵饺子的时候，母亲在桌上多摆了一只小盘，一双筷子。

我说："妈，多了一个人的。"

母亲说："不多，那是你爸爸的。你爸爸已经好几年没和全家在一起过春节了，就当这个春节是他和我们一起过的吧！"

小姨看了母亲一眼，就斟满了两盅酒，一盅递给母亲，另一盅双手端起，对母亲郑郑重重地说："大姐，你替我大姐夫喝这一盅，大姐夫，我敬你一盅了！"说罢，一口喝干。顷刻，脸红得跟桃花似的。

母亲也一口喝干……

春节一过，天气渐渐暖了。转眼到了四月份，我们的日子不好过了。与我们一家共同生活的，除了小姨，还有一个无法计数的庞大家族——臭虫家族。它们是靠喝我们的血繁衍子孙后代的。我和弟弟妹妹被咬得夜夜在炕上翻滚，身上被咬起了一排排一片片的大疙瘩。小妹被咬得夜夜哭闹难眠。我苦中寻乐，编了个谜让小姨猜：

日落西山黑了天，

红孩妖精上了山。

有心想吃唐僧肉，

猪八戒的耙子挠得欢。

小姨显然是猜着了的，但并不说破。只像个医生似的，用棉花团蘸着盐水，给弟弟妹妹们擦身上的疙瘩。

小姨叹了口气，对母亲说："大姐呀，孩子们被咬得太可怜了，得想个法子呀！"

母亲用心疼的目光望着我们，说："想了许多法子，就是治不住啊！"

第二天，小姨托病没去上班。母亲走后，小姨对我说："跟我去，去办点事儿。"

我也不多问，就跟小姨离家了。

小姨先领我到储蓄所，从她的存折上取钱。

储蓄员奇怪地说："昨天刚存，今天就取！"

小姨说："有急用。"

"二十元都取了？"

"都取了。"

……

接着小姨又领我去租了一辆手推车，然后我推着车跟她到了杂货市场上，买了两个草垫子。

回到家里之后，她又亲自到工地上去要了一桶电石灰。然后，小姨指挥我们，将破烂家具都从屋里搬出，她就动手泡电石灰，并在电石灰中掺了好几包"六六"粉。我要帮她忙儿，她不许，怕烧坏了我的手。

小姨独自用块旧布缠了一柄"刷子"，将里外墙壁细致地刷了一遍。又烧了几大壶开水，往破家具的缝隙里浇。

母亲下班之前，我们已将家又收拾好了，炕上也换了新草垫子。由于墙壁潮湿，许多处刷过之后，不是变白了，而是变黄了，像一块块难看的黄斑。小姨真有主意，又跑到商店去买了好几张画，贴在那些地方。母亲下班后，一进家门，竟呆住了，半晌说不出话。

小姨的双手都被烧起了许多大泡，她瞧着母亲抿嘴笑。

母亲要给小姨买草垫子的钱。小姨说什么也不收。

母亲说："你积攒点钱不容易，家中还有老父母的，你得收下！"

小姨生气了，说："大姐你要逼我收下，我就搬走了！"

母亲只好作罢。

母亲擎着小姨烧伤的双手，簌簌地落下了眼泪。

那一夜，我们睡得十分香甜……

房东向街道告了母亲一状。说母亲财迷心窍，私自往家里招房客，做起"二道房东"来了。街道干部们听信了，就来到家质问母亲，母亲作了解释，然而他们不信。"哪有这么好心的人，非亲非故，白将房子给人家住！"她们当着母亲的面儿表示怀疑。

母亲火了，顶撞道："你们不相信，就随你们的便好了！"

后来她们又当小姨在家时，来向小姨"调查了解"。

小姨回答她们："要说我大姐收留我是做了'二道房东'，那才是财迷心窍的人胡思乱想出来的呢！"

她们还不相信，毫无理由地认为肯定是母亲和小姨串通一气，预先商量好了的对词。于是便怂恿房东向法院起诉。

不久，母亲接到了法院的传讯。那是母亲生平第一次被迫跟法律打交道。

小姨毕竟是个农村姑娘，没经历过什么事，很不安，对母亲说：

"大姐，我还是搬走吧！"

母亲问："你有地方去？"

小姨说："还睡火车站。"

我和弟弟妹妹们一听小姨说她还要去睡火车站，都急了，乱嚷嚷：

"小姨，你千万别搬走啊！"

"妈，无论如何别让小姨离开咱家呀！"

母亲看着小姨说："听见孩子们的话啦？不许你搬走！你一搬走，没影的事儿也成真事儿了！有理走遍天下，我才不怕法院！你要去睡火车站，就再别叫我大姐！"

母亲从法院回来时，一副胜利归来的骄傲姿态。

小姨问："大姐，赢了？"

母亲说："有理嘛，还能输了不成？"

小姨说："谢天谢地，你走后，我心里七上八下的……"

母亲说："没见过世面的！"

小姨又问："大姐，法院怎么问的？你都怎么回答的？"

母亲淡淡地说："学这些干啥，没意思的！法院的同志当着我的面告诉房东，第一，他起诉是毫无根据的。第二，不许他为难我们，更不许赶我们搬家，除非我们主动想搬。还批评他只收房费，不修房子……"

小姨佩服地说："大姐，你还真行！"

母亲说："行什么，我是憋着口气上法院的啊！要不是人家告了咱们，我宁可忍气吞声。"

小姨反倒张扬起来了，愤愤地说："大姐，我陪你找房东去，当面损他一顿，替你出出气！"

母亲说："得理让三分，算啦！咱们再给房东加两元房钱吧，省得他往后再找麻烦，惹是生非的。"

小姨听了，瞧着母亲，半晌没言语……

过了"五一"，天气更暖和了。一冬天泼的脏水，在房前屋后的垃圾堆上结了一层层的脏冰。白天，被太阳晒化了，从垃圾堆上淌下来，不但泥泞了道路，还散着难闻的气味。

一天晚上，小姨背着双手，对母亲说："大姐，你猜家里给我寄啥来了？"

母亲问："是鞋吧？"

小姨摇头。

母亲想了想，又问："衣服？"

小姨说："大姐你要总往穿的上想，永远也猜不着！"

母亲笑了："那是吃的东西？"

"也算是吃的，可马上吃不成啊！"小姨笑了将双手伸向母亲，"是菜籽，还有花籽呢！"就将手中的小布袋朝炕上倒，一小纸包一小纸包地排开，一边说，"瞧，这是小白菜籽，这是菠菜籽，这是油菜籽，呀，还有黄瓜籽和豆角籽呢，大姐你再看这些是花籽，扫帚梅、月季香、指甲花……十多种呢！"

母亲问："你们家怎么想起给你寄菜籽花籽来了？往哪儿种哇？"

小姨回答："我写信叫家里寄来的。我要和侄子们改造那些垃圾堆！"

母亲说:"亏你还有这份心思,到底是个姑娘的心!"

小姨说:"人活着嘛,就得想着法儿让自己活得舒畅!"

第二天是星期天。小姨就带领我们,平整了那几座垃圾堆,一畦畦一垄垄地种菜种花。

过了不久,那几座垃圾堆都变成绿色的山冈啦。

到了七八月时,豆角、黄瓜已爬架子,花也开了。我们家那小破土屋的前后左右呀,就像座小花园似的了,红是红,绿是绿,紫是紫,黄是黄,五彩缤纷,赏心悦目极了,美丽极了。招引来了蝴蝶和蜻蜓,也招引来了铁丝厂里的女工们。她们三五成伙地在午休时和下班后来看花,要花。小姨很慷慨,对谁都满足,博得了那些女工们的好感。

怎么两个女人,带着几个孩子,仿佛被与城市隔离了似的,在高楼后边,在小小的破土屋里,竟会生活得这么有情有趣的呢?

那些女工们常常面对我们的花园发出这一类感叹。

每天晚上,我和弟弟妹妹们再也不囚在屋里子。垫块木板什么的,围坐在母亲和小姨身旁,听两个我们在这世间上最亲最亲的女人说话。欣赏着我们的绿,我们的花,我们的美丽,我们的"大观园"。我们几乎都没有享受过什么美好。而我们面对的美好,是一个农村姑娘,是我们的小姨带给我们的。在沁人心脾的馥香中,在生机勃勃的五彩缤纷中,我们弱嫩的灵魂体会着某种悟性,进行着幼稚而严肃的思考,思考着什么是人世间的美好,什么是感激,为什么需要感激……

在那种时刻,我更加认定,小姨是我所见过的最美的女人。

小姨和母亲谈得最多的话题,是"转正"两个字。还会有什么别的话题，会比"转正"更使两个做临时工的女人入迷呢？小姨和母亲几乎无时无刻不在向往转正。这种向往常使小姨喜形于色，常使母亲脸上洋溢出少见的对生活满怀信心的光彩。我知道——转正，这是小姨和母亲共同的幸福。

有天傍晚，我坐在小姨身边，伏在小姨膝上，摆弄着小姨的长辫子，拆开，编好，编好，拆开，觉着怪好玩的。

母亲望望我，又望望小姨，叹了口气，说："我长这么大也没捡过什么，想不到如今捡到的比金子还贵重。"

小姨孩子般天真地问："大姐你捡啥好东西了？快告诉我！"

母亲说："我给自己捡了一个妹子，给孩子捡了一个小姨啊！"

小姨注视了母亲良久，忽然偎依着母亲，低声说："大姐，我保你捡到了，就再也丢不了啦！"

母亲低声道："你嘴上这么说呗，你还能在我家住一辈子？今后就不结婚、不成家了？"

母亲又训斥我："真不懂事，老大不小了，还装孩子，一边玩去，别赖在你小姨身边！"

小姨光是笑。

我脸红了，不好意思起来。小姨却用一条手臂轻轻搂住我的脖子，不放我离去，说："绍生，你长大了，考上大学，将来当了干部什么的，不会不认小姨吧？"

我大声回答："我要不认小姨，天打五雷轰！"

小姨咯咯大笑起来。母亲也忍俊不禁地笑了。

我觉得小姨的手臂是那么柔软，我心里默默地说："小姨，小姨，我有多爱母亲，就有多爱你！"不由得将脸贴在了小姨的手臂上……

一天，母亲和小姨下班后，都闷闷不乐。原来，小姨转正了。而母亲，却因为精简临时工，被打发回家，第二天就不准上班了。看得出，母亲心中很难过、很失望，自尊心也受到了很大的挫伤。我心中也很难过，很忧郁。穷困的生活使我懂事早，知道母亲失去了工作对家庭的生活意味着什么。

小姨对母亲说："大姐，你太老实了！你哪天干活比别人干得少了？那么多藏奸掖猾的人都转正了，为什么偏偏一句话就把你打发回家了？这不是明摆着欺负人吗？我明天替你找他们讲理去！不让你转正，我也不干了！"

"我不许你为我去抱这个不平！"母亲很严厉地说。母亲还是头一次用那么严厉的语气对小姨说话。

小姨呆住了，怔怔地瞧着母亲。

母亲缓和了语气，又说："傻妹子，你从农村到城市来，好不容易找到个工作，如今又转正了，你父母该多为你高兴啊！你可千万不能为我抱这种不平，那样做兴许你也会被解雇了呀！你能转正，大姐我心里替你高兴啊……"母亲说不下去了。

"大姐！……"小姨忽然扑在母亲怀中，嘤嘤地哭了……

小姨转正后不久，便搬到厂内的职工集体宿舍去住了。对小姨的走，我们和母亲都依依不舍。但想到小姨毕竟是搬到一个比我们家更好的去处，就都不说挽留的话了。

小姨也对我们和母亲依依不舍。搬走那天，她又孩子似的哭了一通……

小姨虽然从我们家搬走了，却并没有忘记我们。几乎每个星期天，都必定到我家来。小姨仍是我们比亲姨还要亲的小姨。

父亲信中说那一年夏天探家，却一直到国庆节的前两天才回来。回来后，自然从我们口中听了许多"小姨"长"小姨"短的话，免不了就盘问母亲："你打哪儿认这么个妹子？怎么就成了孩子们的小姨了？"

母亲回答："这又不花你的费你的，也得受你管吗？"

父亲正色说："当然要管，我可不许什么不相干的女人到我家里来影响我的孩子！"

母亲也正色说："往好的影响也不许吗？"

父亲说："只要我看她不顺眼，就不许她来！"

母亲说："若来了，你还真将她撵出去不成？"

父亲说："那是当然！"

母亲说："你问孩子们答应不？"

父亲说："哪个孩子还敢拦着我吗？"

母亲"哼"了一声，不再同父亲拌嘴。私下里吩咐我："今晚去你小姨那儿看看她，告诉她这个月内别来，等你爸回西北去了再来。"

吃罢晚饭，我躲过父亲的眼睛，离开了家。

"为什么不让小姨见你们的爸爸呀？他三头六臂怪吓人的吗？"

小姨听我说明来意，奇怪地瞧着我问。

我诚实地回答："妈妈怕爸爸不喜欢你，你去了，把你撵出来。"

"这么回事啊……"小姨想了想，说，"那你回去告诉你妈妈，我不去就是了。"

小姨还要留我玩。我怕回去太晚，父亲盘问，匆匆走了。

没想到第二天一大早，小姨穿了件非常漂亮的花布衫，一条绿色的裙子，笑盈盈地出现在我家门口。

母亲正要出屋，一脚门里，一脚门外，瞧见小姨，不禁一怔，意外地说道："哟！你怎么来了呀！"

"我大姐夫千里迢迢地探家了，我来看看他呀！"小姨说着，就迈进了屋。

母亲也赶紧随后跟进了屋。

弟弟妹妹一见小姨，亲亲热热地乱嚷着："小姨、小姨……"将小姨团团围住了。

父亲正在对着破镜子刮脸，从镜子里瞧见了小姨，也不转身，也不理睬，仍继续刮脸。

母亲说："他爸，孩子们小姨来了。"

爸爸不得不"嗯"了一声，还是不朝小姨看一眼。

母亲只好以自己的热情冲淡父亲的冷漠，将小姨轻轻按坐在炕上，接过她手中的提兜放在一旁，责备地说："又给孩子们买东西！你挣多少钱啊？一次次地破费！"

小姨笑道："大姐，这次可不是给孩子们买的，是给我大姐夫买的。"

父亲已刮完了脸，收起刮脸刀，还是一句话也不对小姨说，端着脸盆到外屋洗脸去了。

母亲又赶紧跟在父亲身后到外屋去了。

我们都不安地瞧着小姨。

小姨却快乐地和我们逗着笑着。

一会儿，我瞧见母亲在外屋推了父亲一下，将父亲推进屋来。

父亲被推进屋后，坐在炕沿上，不情愿地搭讪着对小姨说了一句："今天休息？"

"嗯。"小姨停止了和我们逗闹，瞧着父亲，微微一笑，说，"大姐夫，我看你也不像个脾气厉害的人呀！"

父亲说："谁讲我是个厉害人了？"

小姨说："大姐呗，她担心我来了，你会把我撵出去。"

父亲说："没影的事儿！"

小姨说："我寻思大姐夫也不会这么对待我嘛！"

小姨又问："大姐夫，你从西北回东北，坐几天火车呀？"

父亲说："三天三夜。"

"西北风沙大吧？"

"大得很，能把人刮跑了！"

"冬天也下雪吗？"

"下雪。"

"听说西北缺水？"

"再也没有比西北缺水的地方了！我们运水的汽车前边走，老牛跟在后边，用舌头舔水箱。一跟跟出去十几里。渴得老牛见了水直淌眼泪。有的老牛活活渴死了，因为身体里没水分，牛皮都扒不下来……"

说起大西北，父亲的话匣子打开了，谁想拦也拦不住，滔滔不绝。

小姨就瞪大着眼睛，像听什么新奇故事似的，聚精会神地听着……

那一天，父亲并没有把小姨从家里撵走。

那一天，小姨在我们家吃了午饭，又吃晚饭，一直待到天黑才回去……

小姨走后，父亲对母亲说："她小姨人还不错，挺实在个农村姑娘。"

母亲没好气地说："实在不实在，用不着你夸！"

父亲低下头，嘿嘿地笑了……

父亲回大西北去时，还将自己戴的一块旧手表送给了小姨。

小姨来到城里一年多后，脸儿变得白了，眼睛变得亮了，更爱笑了，性情更温柔了，身材更窈窕了，变得更漂亮了。

铁丝工厂的一些小伙子，常常拦住我嬉皮笑脸地问："哎，小家伙，经常到你家来的那个大辫子是你什么人呀？"

我不无骄傲地回答他们："是我小姨呗！"

"你问问她，让我做你的姨夫行不行？"

我听不出是不是好话，就骂他们。他们倒不恼火，反而哈哈笑。铁丝厂的几百名年轻女工，在我看来，哪个也比不上小姨好看。我认为，我当然有充分的理由在别人面前骄傲骄傲了。

记得那是第二年初夏的一个星期天，小姨又到我家来。穿了一件崭新的府绸衫，一条卡其布裤子，一双新皮鞋。那天她显得尤其漂亮。小姨从不过分打扮。即使花衣服穿在她身上，也显得朴朴素素的。

母亲一声不响，若有所思地看了她许久。

小姨被母亲看得有些难为情起来，勾下头低声问："大姐，你这么呆呆看我干啥呀？"

母亲说："我瞧你是越来越好看了。"

小姨缓缓抬起头，说："以前别人说我好看，我不信。现如今我自己也觉得我是好看些了！"

母亲说："自己夸自己，羞不羞？"

小姨说："本来嘛，城里洗脸，用温水，使香皂，人还能不变得白白净净的？"

母亲笑道："可也是呗！"忽然又问，"你前次回家，莫不是回去定亲的吧？"

小姨倏地红了脸，大声说："才不是呢！才不是呢！"

母亲说："是不是的，我也管不着你！"

小姨说："怎么管不着？你是我大姐，我是你妹子嘛！"

母亲说："那我问你，你是想在农村找婆家，还是想在城里找婆家呀？"

小姨见母亲问得认真，低头沉思默想了一会儿，反问母亲："大姐你说呢？"

母亲说："当然是该在城里找了。你如今是城里人了嘛！工厂不是也替你将户口落下了吗？"

小姨点点头。

母亲说："那就更该在城里找了！"

小姨说："大姐我听你的。"

母亲又说："只是我希望你若看中了什么人，能领来让大姐见一面，帮你参谋参谋。大姐毕竟比你多吃了几年咸盐，什么样的男人，打眼一看，就能看出人品好坏来的。"

小姨低下头，许久不作声。

母亲问："你信不过大姐？"

小姨又沉默了一会儿，低声说："大姐你说，一个男人对一个女人真好假好，怎么才能知道呢？"

母亲思索了片刻，问："你八成是看中哪个男人了吧？"

小姨抬起头，连连分辩："没有、没有。"

母亲说："一个男人对一个女人真好假好，别人是没法看出来的，只有这个女人心里最清楚啊！"

小姨又低下头不说话，出起神来。

……

到了秋季，连日暴雨，松花江水位猛涨，高出市面几米。那一年的水患，是1936年后的又一次严重水患。幸亏防洪工作做得早，大水没有灌入市区。全市的成年人，不分男女，都被紧急动员起来，昼夜分批奋战在各处防洪大坝上。有许多日子，小姨没到我家来，母亲说，她必定是参加抗洪了。

中秋之夜，许许多多的人是在防洪大坝上度过的。

江洪终于被战胜了。

母亲说，小姨过几天就会来了。

我们和母亲都在殷切地盼望着。一个多月没见小姨，我别提有多想她。

江洪虽然被战胜了，秋雨却没有停止。

一天深夜，外面风雨交加，雷声不断。闪电透过低矮倾斜的窗格子，在我们的破屋子里闪耀出一瞬瞬的光亮。我们和母亲都已躺下了，但还没有入睡。忽然，我似乎听到了轻轻的敲门声。

我说："妈，有人敲门。"

母亲说："深更半夜的，哪会有人来！"

我肯定地说："妈，是敲门声，你听！"

母亲侧耳倾听了一会儿，果然是敲门声。

母亲却不敢下地去开门。

敲门声又响起了。

"大姐……"

我们都听出了是小姨的声音。

"快……"母亲一下子坐了起来。

我已迫不及待地跳下地去开了门。

果然是小姨，她没撑雨伞，也没穿雨衣，浑身上下淋得湿漉漉的。她的脸色那么苍白，衣服裤子沾满泥浆，显然是滑倒过的。

母亲也披着衣服下地了。

弟弟妹妹都醒了，我们和母亲愣怔地瞧着小姨。

"你……你怎么突然……"母亲吃惊极了。

小姨直挺挺地站在母亲面前，手中拎的包袱，像刚从水里捞出来的一样，沉重地坠着她的手臂。雨水顺着发缕，顺着苍白的脸颊，顺着贴住胸脯的衣襟往下淌，顷刻在她那双泥鞋旁淌了一片。她那双眼睛，仿佛也被雨雾罩住了，目光迷惘地定定地看着母亲。

"大姐，你……还收我……住下，行吗？"从她那两片冻得发紫的嘴唇之间，滞涩地输送出这么一句话。

"有什么不行的！快先把湿衣服换下来……"母亲立刻拉着她的一只手，将她引到了外屋。接着，母亲又走回里屋，打开破箱子，挑拣了几件自己的衣服，抱着被褥枕头，又到外屋去了。

"跟同宿舍的人吵架了？"我们在里屋听到母亲低声问。

"大姐……"随后听到了小姨的哭泣。

"受欺负了？都二十多岁的大姑娘啦，住集体宿舍不同于住在自己家里，事事要宽宏大量嘛！"

小姨的哭声很低很低，却令我听了心碎……

……

那一夜，母亲便陪小姨睡在外屋。

第二天，小姨病了。高烧中偶尔说一句我们听不清楚也无法理解的呓语。

第三天，雨停了。来了两个小姨厂里的领导，说是要向母亲了解一些有关小姨的情况。母亲将我们一个个从里屋赶出来，关上门，在里屋和他们说了半天。

母亲送他们走时，脸色很阴沉。从外面进屋，先站在小姨铺前，怔怔地瞧了一会儿熟睡中的小姨，慢慢转过身又独自发呆。接着抓起块抹布，心不在焉地抹抹这儿擦擦那儿。忽然对我说："绍生，你好好在家照看你小姨，我去请街头私人诊所的王老中医来。"

不大一会儿工夫，母亲将王老中医请来了，见我们守在小姨铺前，无缘无故冲我发起火来，大声训斥："还不出去！"

我看得出母亲心里极烦，乖乖地退了出去。

王老中医走后，我和弟弟妹妹们还不敢进屋，就从土坯半截的窗子外面偷偷朝屋里窥视，见母亲正一手扶着小姨的肩，一手端着水杯，几乎是用命令的语调说："红糖水，喝下去。"

小姨喝了那杯红糖水，母亲扶她躺下，坐在铺边，瞧着她的脸，冷冷地问："刚才你们厂里的领导来过了，你知道？"

小姨的头在枕上微微摆了一下。她好像接受审问的人一样，目光又诚恳又羞愧地望着母亲。

"几个月了？"

"三个多月了。"

"你竟骗了我！"

"……"

"你瞒过了我的眼睛，能瞒得过别人的眼睛吗？能瞒多久哇?!"

"……"

"说，是什么人的?"

"……"

"说话呀！"

"……"

"你哑巴啦？"

"大姐，我不能告诉你。我谁也不能告诉。"

"你……"母亲生气了，倏地站了起来。随即忍气坐下，又问："好，我也不想知道这个人的尊姓大名，那你们事到如今，为什么不结婚？"

"……"

"他……要撇了你？"

小姨的头又在枕上轻轻动了一下。

"那么难道……是你不愿意?！"

"……"

"你给我说话！"

"大姐，我不能和他结婚了……"

"什么？你肚子里怀上了孩子，你倒说不能和他结婚了！"

"大姐，你别追问了！"小姨闭上了眼睛，两颗很大的泪珠，从她脸上滚落下来。

"我要问，问个一清二楚！你爹当初是如何把你托付给我的？难道你忘了吗？"母亲又动气了。

"你要不说，你就离开我家！我不能让人指我的脊梁骨，说我收留了个大姑娘，在我家生下个不明不白的孩子！"

小姨又睁开眼睛，噙泪望着母亲，说："大姐，你放心，我病好点，就走……绝不连累你的名誉。"

"走？你往哪走？"

"没有去路，还有死路！"

小姨轻轻往上扯被子蒙住了头。我看见被子在微微耸动着。

"唉……"母亲长长地叹了口气，又是怜又是恨地说，"你呀你，你这都是为了什么呀！"轻轻掀开被角，用手掌心去擦小姨脸上的眼泪。

……

小姨始终不肯说出那个男人是谁。

小姨被厂里开除了。

母亲却并未因此而把小姨赶走。

小姨在我们家里生下一个小女孩。

女孩刚刚满月，小姨的父亲就从农村来了，将小姨和孩子一块儿接走回农村去了。

母亲那一天怀着无比的内疚对小姨的父亲说："大伯，我对不起你……"

小姨怀中抱着孩子，一步步走至母亲面前，双膝同时一屈，给母亲跪下了。她仰起头望着母亲，泪流满面，想说什么话，嘴唇抖抖的，却一个字也没说出来。

母亲扶起她，也想对她说什么，也是嘴唇抖抖的，一个字也没说出来。

母亲一转身走入屋里，再没出来。

是我将小姨父女送到了火车站。火车开走后，我望着远去的火车，感到我心中最美好的东西也被火车带走了。

回到家里，我发现母亲的眼睛哭红了……

不久，小姨来信，说她可能做村里的小学教师，我和母亲都为此减少了一些替她感到的忧郁。

几个月后，小姨又来了一封信，说是当小学教师的事不成了……

往后，小姨和我们家也就只有书信来往了。

我升初中那年，小姨又从农村来我家住了半个多月，带着孩子。那女孩已经五岁了，一张小嘴很甜却面黄肌瘦的。母亲很疼爱这没父亲的孩子，有口好吃的，总要留给她吃。那正是三年自然灾害时期，家中也谈不上有什么好吃的。两掺面的馒头，就是很馋人的东西了。

小姨却明显地老了，仿佛有三十多岁了。穿的也是打补丁的旧衣服，满面愁容。半个多月内，几乎就没见她露过笑脸。

母亲曾私下里劝小姨再找个男人。

小姨瞧着她的孩子，凄然地说："大姐，我眼下没这心思，等把孩子拉扯成人再考虑吧。"

母亲说："傻话，那时哪个像样的男人还会讨你？趁现在还算年轻，赶快找个男人吧，也能帮你把孩子拉扯大。"

小姨沉默许久后，低声说："只怕找个不通人情的后爹，会给孩子气受。"

母亲急躁了："哪个又是孩子的亲爹呀！但凡是个有良心的男人，能把你们母子俩撇下了不管吗？"

"大姐，你别那么说这个人吧……"小姨几乎是在请求。

母亲便忍住许多要说的话不说了。

我们家的日子也很艰难，小姨不忍心分我们全家的口粮吃，半个月后就带着孩子回农村去了……

从那一年至今，已整整二十三年了。我下乡，上大学，落户北京，就再也没见到过小姨了……

回想起这些往事，我对小姨充满了深深的同情。并且对那个造成小姨一生如此悲凉命运的，仿佛只一度存活在小姨心灵中的男人，充满了强烈的憎恨。我从哈尔滨到北大荒，从北大荒到上海，从上海到北京，在生活的道路上匆匆地奔来赴往，几乎就将小姨忘却了。只有弟弟妹妹们在来信中提及小姨，才使我想起这个与我们的家庭虽没有任何血缘关系，却是除了母亲而外唯一使我们感到最亲近的女人。即使想起她，也是想起了那个抱着刚满月的孩子，双膝跪在母亲面前的，脸色苍白，两目盈泪的小姨。当时的离别情形，给我留下的印象是太深了。如今听母亲讲，小姨已是不久于人世之人了，我对小姨的思念，油然而增强起来。

第二天，我本想就到双城去看小姨，却来了两个中学时期最要好的同学。他们是到家里来请人去帮忙安装土暖气的，意外地见到我，自然就聊了起来，误了火车时刻。

第三天，我生怕再被什么人耽搁在家中，一清早便离家，赶上了去双城的郊区火车。

小姨家所在的村子竟是个大村，有百户人家以上。新盖的砖房不少，有些人家连院落围墙也是砖的，足见农民们的生活是比过去富裕多了。

我向几个村人询问小姨家住哪儿，都摇头说不知道有这么个人。我只好又说出小姨的名字，他们才恍然大悟，纷纷说："原来你要找秀秀她妈呀！"一个姑娘便主动引领我。

路上，她问我："你从天津来？"

我反问："为什么你以为我从天津来？"

"秀秀在天津读大学嘛！你和她是同学？"她用一种猜测的目光看我。

我说："我从哈尔滨来，秀秀是我表妹，她妈是我姨。"

"是吗？这我可从来不知道……"她那猜测的目光，就转而变成了研究的目光，上下打量我，要把我"研究"透彻似的。

姑娘引我走入一个破败的院落，说："就住这儿！"那房子，很久未修缮了，与周围的变化极不协调。

我犹豫了一下，走了进去。

一位中年女人在炕间熬药，惊奇地扭身看着我，问："你找谁？"

我说："我从哈尔滨来，看我小姨。"

她"啊"了一声，说："快进屋吧，我知道你是谁了，她天天念叨你呢！"

走入里屋，见小姨躺在炕上，一副奄奄一息的样子。她怔怔地瞧着我。

"小姨！"我情不自禁地叫道。

"是……绍生?!……"小姨便要挣扎起身，却是挣扎不起。

我立即走到炕边，轻轻按住被子，不使她动。

小姨拽住我的一只手，眼中落下泪来，说："想不到我还能活着见你一面……"

那女人，是小姨家的邻居，受村人们的委托，天天来照料小姨的。我向她道过了谢，她就走了。

她走后，小姨用手轻轻拍着床边。她那只手很枯瘦，皮肤也很粗糙，呈黧黑色。她已病得连抬手的气力都几乎没有了，手臂像死肢似的贴在炕上，连手腕也看不出在动，只有僵曲的手指抬起、落下……这双手曾多么温柔地爱抚过我啊！

也许只有我才能明白她的意思，我轻轻走到炕边，坐了下去。

她那只手抓住了我的手，抓得那么紧，仿佛她全身最后的力量，都集中在她那只手上了，就像一个唯恐被单独留在家里的孩子，紧紧抓住母亲的手不放一样。

我心中一阵酸楚。

我注视着她的脸，想要在这张脸上寻找到我童年和少年时期的记忆，想要重见昔日的美。哪怕是一点点美的余韵，小姨她不过才四十多岁啊！这张脸曾在我还是一个男孩子的时候，使我初次懂得了什么叫羞愧，也使我初次懂得了什么叫美好。然而这张脸如今苍老得使我根本认不出来了，浮肿，灰黄，目光无神，头发稀少得可怜。

"我的样子……是不是……很……难看？……"小姨用微弱的声音问，无神的目光，凝视在我脸上。

"不，小姨，你别这么说。你……会好起来的……"我转过脸去，不忍再望着她。

"我会好起来？……也许……我想，我也不会就这么……就死了……"她微笑了一下，像阳光在枯叶上的一抹闪耀。

几只母鸡气宇轩昂地逛进屋里，仿佛它们才是这间屋子的主人似的，目中无人地东刨一下，西啄一口。

小姨又开口说："你……替我……喂喂鸡……外屋粮箱里……有米……"

我便起身将鸡唤到院子里，一边机械地撒米，一边又想到了那个仿佛隐藏在小姨可悲命运的阴影之中的男人，并为自己也是一个男人感到罪孽深重。

突然听到屋里一阵响动，我慌忙走进屋去，见小姨倒在地上，地上一片水，毛巾和香皂浸在水中，脸盆却滚到了墙角。

我慌忙将小姨扶起来，抱在炕上。她的身体竟瘦得那么轻！衣服也湿了，一手还抓着湿毛巾。

"我的样子……一定……很难看……我……想洗洗脸……洗洗……头……"小姨那苍灰的脸上竟因羞愧出现了红晕。一个女人的自尊心，无比强烈地震动了我的灵魂。啊！我的小姨啊！

我不知说什么好，任何语言都不能准确表达我当时复杂的情感和思想。我默默捡起脸盆，捡起了香皂和小镜子。镜子，已经碎了。

我重新兑了一盆温水，放在炕边。我坐在炕边，将小姨的头枕在我的膝上，一声不响地给这个我小时候曾非常敬爱过的女人洗了脸，洗了头。我这样做，觉得我仿佛是在向这个女人偿还什么。可这又是多么微不足道的偿还！泪水，从小姨的眼角溢了出来，也从我的眼角溢了出来……

当我重新坐在床边，注视着小姨的时候，她又轻轻抓住了我的手，说："想……听我告诉你吗？"

我低声问："小姨，你要告诉我什么？"

"告诉你……当年……那件事……"

我一时不知如何回答，只微微点了一下头。

"我爱过。"小姨说。那声音里，有一种满足，一种我简直无法理解的幸福之情。

"我爱过。"她重复地说，"我……知道，你，你母亲，你们全家，包括秀秀，我的女儿，都恨他，恨我爱过的那个男人……可是，我不恨他。我一点儿也不恨他。他是爱我的。我多爱他，他多爱我……"小姨的话，竟说得连贯起来。

"他那样真心实意地爱过我，我死了也知足了。你已经是个大人了，你懂得，一个男人如果真心实意喜欢一个女人，会爱这个女人到什么程度……他是一个复员军人，参加过抗美援朝，还立过……一次二等功。当年，是个预备党员，是我们那批转正女工的领队。大家都说他人品好……你母亲要是见过他，也一定会说他是个好男人的。我和他当年真……孩子气啊！我们有意瞒着你母亲，一是怕她为我们的婚事操心，二是想使你母亲意想不到。所以我们决定，结了婚再双双去看你母亲，想让她光为我们高兴，半点也不必费心替我们张罗。我们真像两个孩子啊！我们不但瞒着你的母亲，还瞒着所有的人，偷偷相会，偷偷相爱……

"后来，他参加了抗洪。中秋节那一天，同宿舍的其他女工，都回家和家人们团圆去了。我一个人留在宿舍里，很孤单。他来了，我高兴得什么似的。我希望他陪我度过那一天，他却说不行，他得参加抗洪。我说：'你不是已经参加过了吗？这一批没有你呀！'他说：'你别忘了，我是预备党员呀！'我怪不高兴的，说他心里压根儿没有我。他呢，就光是憨厚地笑，笑得我也不忍心再生他的气了。他这个人话不多，从来也没对我说过他有多么多么爱我的话。但我知道，我感觉得到，他是非常爱我的。他整个心里只装着我一个女人。你母亲说得对，一个男人爱不爱一个女人，只有这个女人心里最清楚。我心里清楚，他是一片心地爱我。我见他衣服上缺了一颗扣子，就翻出一颗，要给他钉上。他不让我钉，我偏要给他钉上……你不知道他有多高大呢，我在他面前，就像一个孩子似的。当时我真是幸福哪！刚钉了两三针，外面就敲起了锣，有人喊：'抗洪的马上出发了！车一刻不等啊！'他一听，就急急忙忙站起来，从衣服上揪下那颗没钉牢的扣子，塞在我手里，要往外闯。我一把扯住他的袖子，拿出两块月饼，揣进他的两个衣兜里。他临出门，亲了我一下……世界上如果有一个人能真心实意地爱我，和我白头到老，那一定就是他了，在我和他相好以前，我从没接近过别的男人。我一辈子就只爱过一个男人，就只爱过他。当时我已经把自己给了他，因为我就要是他的女人了，他就要成为我的丈夫了，所以我一点也不觉得在人前心中有什么羞愧。可是……他为了堵坝，淹死了……听人说，两块月饼死后还在他衣兜里，一口也没吃……

"他成了人人敬仰的烈士，被追认为共产党员，厂里为他开了追悼会，许许多多的人都痛哭了。许许多多的人都表示要向他学习。他的照片还登在了报上，他的事迹也登报了。防洪纪念塔落成的那一天，市长还在讲话中提到他的名字，说他的名字将永远活在全市人民心中，我当时哭得眼睛都肿了，可是没有一个人知道，我已经怀孕三个多月了，那孩子就是他的，因为许多别的人，凡是认识他的，不论男人女人，也都和我一样，在流泪，在哭……我站在人们中间，暗暗发誓，我要永远永远不对人们说出我肚子里的孩子是谁的……"

小姨讲述到这里，缄口了。她凝眸望着屋顶。她的脸像雕塑，毫无表情。而她的话语，却讲得一句连一句。仿佛这些话语，她已在心中对自己讲了不下几百遍了。这个女人用极低的声音说的这些话，充满了人世间最圣洁最真挚的情感！也许正是这种情感的作用，才能使她在奄奄一息的情况下，如此连贯地讲了这么许多话！

我和小姨都陷入了沉思。我的心灵像一条鱼，在这沉默之中，一忽儿潜入幽暗冰冷的渊底，不知自己身在现实还是身在幻境；一忽儿浮升起来，感受着阳光透过水波的温暖和辉照……

一种类似参加最亲爱的人的丧事的悲凉，在我心灵中弥漫！

小姨终于又开口说："要是在今天，我还是当年的我，我也许，不会向人们隐瞒这件事。可是当初，我不能够，我怎么能够……他那么爱我，我那么爱他，我不能对不起他……你，把那个箱子打开……"

我起身打开了炕角的一个旧箱子。

"把箱里那个小铁盒……拿来。"

那是一个车床工们装工具的小铁盒。我将它捧到了小姨跟前。

小姨从手腕上捋下钥匙，打开了它。

"你看吧……"她说。那目光仿佛在告诉我——我没骗你,没讲一句假话,真的!

小盒里,放着一张叠起来的已发黄的报纸,上面,是一颗黑纽扣,带着一条线……

小姨又说:"多少年来,各种各样的人,总想从我口中问出这件事,我一个字也没吐露过。如今,再没人问我了,可我……可我……我倒非常想对人说,只对一个人说,让这个人明白。为什么呢?都隐瞒了那么多年了……我也不知道自己是怎么了……"

我说:"小姨,我明天就带你回哈尔滨!我妈妈非常非常想你啊!弟弟妹妹们都非常非常想你啊!"

"哈尔滨……"小姨脸上闪耀出一种光彩,她说,"我也想你们全家的人。明天吗?……"

我点点头,大声说:"是的,明天……"

"好……"她又笑了,喃喃地说,"我的病情,是瞒着秀秀的。这孩子正在准备考研究生,我怕……分了她的心……耽误了孩子……以后的前程。北京……离天津近……我……将秀秀托付给你了……"

我真想哭。可是我已经许久许久没有哭过了。这并不意味着我的心麻木了。不,人的种种心愿还在这心中深深隐藏。只是,我已经似乎不会再哭了。

可是我当时多想哭啊!

天黑后,我在小姨身旁守到很晚,才去外屋睡下。我守在她身旁时,她似乎是知道的,却再也没有对我说什么,只是用她的手,轻轻抓住我的手，闭着眼睛，脸上呈现着那么一种获得极大安慰的表情……

第二天上午，小姨死了。她脸上仍保持着那种获得极大满足的表情，一种幸福的、安宁的、无憾无怨的表情……

我将那颗黑纽扣带回了北京，放在妻子装耳环的一个精巧的小盒里，摆在书架上。为了使自己能经常看见它，想起小姨。我知道，我将永远珍存它，却不会再打开那小盒，更不会将它出示给任何人看——那颗黑纽扣……

兄长

　　如果，谁面对自己的哥哥，心底油然冒出"兄长"二字的话，那么大抵，谁已老了。并且，谁的"兄长"肯定更老了。

　　这个"谁"，倘是女性，那时刻她眼里，几乎会倏忽地漫出泪来；而若是男人，表面即使不动声色，内心里也往往百感交集。男人也罢，女人也罢，这种情况之下的他或她以及兄长，又往往早已是没了父母的人了。即使这个人曾有多位兄长，那时大概也只剩对面或身旁那唯一的一个了。于是同时觉得变成了老孤儿，便更加互生怜悯了。老人而有老孤儿的感觉，这一种忧伤最是别人难以理解和无法安慰的，儿女的孝心只能减轻它、冲淡它，却不能完全抵消它。

　　有哥的人的一生里，心底是不大会经常冒出"兄长"二字的。"兄长"二字太文化了，它一旦从人的心底冒了出来，会使人觉得，所谓手足之情类似一种宗教情愫，于是几乎想要告解一番，仿佛只有那样才能驱散忧伤……

几天前，在精神病院的院子里，我面对我唯一的哥哥，心底便忽然冒出了"兄长"二字。那时我忧伤无比，如果附近有教堂，我将哥哥送回病房之后，肯定会前去祈祷一番的。

　　我的祷词将会很简单，也很直接"主啊，请保佑我，也保佑我的兄长……"

　　我一点儿也不会因为这样的乞求而感到羞耻。

　　我的兄长大我六岁，今年已经七十三周岁了。从二十岁起，他一大半的岁月是在精神病院里度过的。他是那么渴望精神病院以外的自由，而只有我是一个退休之人了，他才会有自由。我祈祷他起码再活十年，不病不瘫地再活十年。我不奢望上苍赐他更长久的生命。因为照他现在的健康情况看来，那分明是不实际的乞求。我也祈祷上苍眷顾于我，使我再有十年的无病岁月。只有在这两个前提之下，他才能过上十年左右精神病院以外的较自由的生活。对于一个五十余年中的大部分岁月是在精神病院中度过的，并且至今还被软禁在精神病院里的人，我认为我的乞求毫不过分。若果有上帝、佛主或其他神明，我愿与诸神达成约定：假使我的乞求被恩准了，哪怕在我的兄长离开人世的第二天，我的生命也必结束的话，那我也宁愿，绝不后悔！

　　在我头脑中，我与兄长之间的亲情记忆就一件事：我三四岁那一年，大病了一场，高烧；母亲后来是这么说的。我却只记得这样的情形——某天傍晚我躺在床上，对坐在床边心疼地看着我的母亲说我想吃蛋糕。之前我在过春节时吃到过一块，觉得是世上最好吃的东西。外边下着瓢泼大雨，母亲保证说雨一停，就让我哥去为我买两块。当年，在街头的小铺子里，点心乃至糖果，也是可以论块买的。我却哭了起来，闹着说立刻就要吃到。当年十来岁的哥哥，于是脱了鞋、上衣和裤子，只穿裤衩，戴上一顶破草帽，自告奋勇，表示愿意冒雨去为我买回来。母亲被我哭闹得无奈，给了哥哥一角几分钱，于心不忍地看着哥哥冒雨冲出了家门。外边又是闪电又是惊雷的，母亲表现得很不安，不时起身走到窗前往外望。我觉得似乎过了挺长的钟点哥哥才回来，他进家门时的样子特滑稽，一手将破草帽紧拢胸前，一手拽着裤衩的上边。母亲问他买到没有，他哭了，说第一家铺子没有蛋糕，只有长白糕，第二家铺子也是，跑到了第三家铺子才买到的。说着，哭着，弯了腰，使草帽与胸口分开，原来两块用纸包着的蛋糕在帽兜里。那时刻他不是像什么落汤鸡，而是像一条刚脱离了河水的娃娃鱼；那时刻他也有点儿像在变戏法，是被强迫着变出蛋糕来的。变是终归变出来了两块，但却委实变得太不容易了，所以哭。大约因为觉得自己笨。

母亲说：你可真死心眼儿，有长白糕就买长白糕嘛，何必多跑两家铺子非买到蛋糕不可呢？

他说：我弟要吃的是蛋糕，不是长白糕嘛！

还说，母亲给他的钱，买三块蛋糕是不够的，买两块还剩下几分钱，他自作主张，也为我买了两块酥糖……妈你别批评我没经过你同意啊，我往家跑时都摔倒了……

其实对于我，长白糕和蛋糕是一样好吃的东西。我已几顿没吃饭了，转眼就将蛋糕狼吞虎咽地吃了下去。

而母亲却发现，哥哥的胳膊肘、膝盖破皮了，正滴着血。当母亲替哥哥用盐水擦过了伤口，对我说也给你哥吃一块糖时，我连最后一块糖也嚼在嘴里了……

是的，我头脑中，只不过就保留了对这么一件事的记忆。某些时候我试图回忆起更多几件类似的事，却从没回忆起过第二件。每每我恨他时，当年他那种像娃娃鱼又像变戏法的少年的样子，就会逐渐清楚地浮现在我眼前。于是我内心里的恨意也就会逐渐地软化了，像北方人家从前的冻干粮，上锅一蒸，就暄腾了。只不过在我心里，热气是回忆产生的。

是的——此前我许多次地恨过哥哥。那一种恨，可以说是到了憎恨的程度。也有不少次，我曾这么祈祷：上帝呵，让他死吧！

并且，毫无罪过感。

我虽非教徒，但由于青少年时读过较多的外国小说，大受书中人物影响，倍感郁闷、压抑了，往往也会像那些人物似的对所谓上帝发出求助的祈祷。

千真万确，我是多次憎恨过我的哥哥的。

我上小学三年级时，哥哥已经在读初三了，而我从小学四年级到六年级的三年里，正是哥哥从高一到高三的阶段。那时，我身下已又有了两个弟弟一个妹妹。而实际上，家中似乎只有我和两个弟弟一个妹妹四个孩子。除了晚上，年、节和星期日，我们四个弟弟妹妹平时是不太见得到哥哥的。即使星期日，他也不常在家里。我们能见到母亲的时候，并不比能见到哥哥的时候多一些。而且建筑工人的父亲，则远在大西南。某几年这一省，某几年那一省。从我小学一年级的时候起父亲就援建"大三线"去了——每隔二三年才得以与全家团圆一次，每次十二天的假期；那对父亲如同独自一人的万里长征，尽管一路有长途汽车和列车可乘坐，但中途多次转车，从大西南的深山里回到哈尔滨的家里，每次都要经历五六天的疲惫途程。父亲的工资当年只有六十四元，他每月寄回家四十元，自己花用十余元，每月再攒十余元。如果不攒，他探家时就得借路费了，而且也不能多少带些钱回到家里了。到过家里的父亲的工友，曾同情地对母亲说："梁师傅太仔细了，舍不得买食堂的菜吃，自己买点儿酱买几块豆腐乳下饭，二分钱一块豆腐乳，他居然就能吃三天！"

那话，我是亲耳听到了的。

父亲寄回家的钱，十之八九是我去邮局取的。从那以后，每次看着邮局的人点钱给我，我的心情不是高兴，而竟特别的难受。正是由于那种难受，使我暗下决心，初中毕业后，但凡能找到份工作，一定不读书了，早日为家里挣钱才更要紧！

那话，哥哥也是当面听到了的。

父亲的工友一走，哥哥哭了。

母亲已经当着来人的面落过泪了，见哥哥一哭，便这么劝：儿子别哭。你可一定要考上大学对不对？家里的日子再难，妈也要想方设法供你到大学毕业！等你大学毕业了，家里的日子不就有缓了吗？爸妈不就会得你的济了吗？弟弟妹妹不就会沾你的光了吗？……

以后，我们平常日子见到哥哥的时候就更少了，学校几乎成了他的家了。从初中起，他就是全校的学习尖子生，也是学生会的和团的干部。他属于那种多项荣誉加于一身的学生。这样的学生，在当年，少接受一种荣誉也不可能，那是自己做不了主的事。将学校当成家，一半是出于无奈，一半也是根本由不得他自己做主。我们的家太小太破烂不堪，如同城市里的土坯窝棚。在那样的家里学习，始终保持全校尖子生的成绩是不太可能的，所以他整天在学校里，为那些给予他的荣誉尽着尽不完的义务，也为考上大学刻苦学习。

每月四十元的生活费，是不够母亲和我们五个儿女度日的。母亲四处央求人为自己找工作。谢天谢地，那几年临时工作还比较好找。母亲最常干的是连男人们也会叫苦不迭的累活儿脏活儿。然而母亲是吃得了苦的。只要能挣到份儿钱，再苦再累再脏的活儿，她也会高高兴兴地去干。每月只不过能挣二十来元吧。那二十来元，对我家的日子作用重大。

一年四季，我和弟弟妹妹们的每一天差不多总是这样开始的：当我们醒来，母亲已不在家里，不知何时上班去了。哥哥也不在家里了，不知何时上学去了。倘是冬季，那时北方的天还没亮。或者，炉火不知何时已生着了，锅里已煮熟一锅粥了，不是玉米粥，便是高粱米粥，只不过半熟，得待我起床了捅旺火接着煮。也或者，炉火并没生，屋里冷森森的，锅里是空的，须我来为弟弟妹妹们弄顿早饭吃。煮玉米粥或高粱米粥是来不及了，只有现生火，煮锅玉米面粥……

我从小学二三年级起就开始做饭、担水、收拾屋子，做几乎一切的家务了。在当年的哈尔滨，挑回家一担水是不容易的。我家离自来水站较远，不挑水也要走十来分钟的路。对于才小学二三年级的孩子，挑水得走二十来分钟，因为中途还要歇两三歇。我是绝然挑不起两满桶水的，一次只能挑半桶。如果我早上起来，发现水缸里居然已快没水了，我对哥哥是很恼火的。我认为挑水这一项家务，不管怎么说也应该是哥哥的事。但哥哥的心思几乎全扑在学习上了，只有星期日他才会想到自己也该挑水的，一想到就会连挑两担，那便足以使水满缸了。而我呢，其实内心里也挺期待他大学毕业以后，能分配到较令别人羡慕的工作，挣较多的钱，使全家人过上较幸福的生活。这种期待，往往很有效地消解了我对他的恼火。

然而我开始逃学了。

因为头一天晚上没写完作业或根本就没心思写，第二天上午忙得顾此失彼，终究还是没得空写——我逃学。

因为端起锅时，衣服被锅底灰弄黑了一大片，洗了干不了，不洗再没别的衣服可换（上学穿的一身衣服当然是我最体面的一身衣服了）——我逃学。

因为一上午虽然诸事忙碌得还挺顺利，但是背上书包将要出门时，弟弟妹妹眼巴巴地望着我，都显出我一走他们会害怕的表情时——我逃学。

因为外边大雪纷飞，天寒地冻，而家里若炉火旺着，我转身一走不放心；若将炉火压住，家里必也会冷得冻手冻脚——我逃学。

因为外边在下雨，房顶处处破损，屋里也下小雨，我走了弟弟妹妹们不知如何是好——我逃学……

我对每一次逃学几乎都有自认为正当的辩护理由；而逃学这一种事，是要付出一而再、再而三的代价的。我头一天若逃学了，晚上会睡不着觉的，唯恐面对老师当着全班同学面的训问不知如何回答是好。结果第二天又逃学，第三天还逃学。最多时，我连续逃学过一个星期，并且教弟弟妹妹怎样帮我圆谎。纸里包不住火。谎言终究是要被戳穿的。有时是同学受了老师的指派到家里来告知母亲，有时是老师亲自到家里来了。往往地，母亲明白了真相后，会沉默良久。那时我看出，母亲内心里是极其自责的，母亲分明感觉到对不住我这个二儿子。

　　而哥哥却生气极了，他往往这么谴责我：你为什么要逃学呢？为什么不爱学习呢？上学对于你就是那么不喜欢的事吗？你看你使妈妈多难堪，多难过！你是不对的！还说谎，会给弟弟妹妹们什么影响?!明天我请假，陪你去上学！

　　却往往地，陪我去上学的是母亲。

　　母亲不愿因为陪我去上学而耽误哥哥的课。

　　哥哥谴责我时，我并不分辩。我内心里有多种理由，但那不是几句话就自我辩护得明白的。那会儿，我是恨过我的哥哥的。他一贯以学校为家，以学习为"唯此为大"之事。对于家事，却所知甚少。以他那样一名诸荣加身的优秀学生看来，我这样一个弟弟简直是不可理喻的，也是一个令他蒙羞的弟弟。在我的整个小学时期，我是同学们经常羞辱的"逃学鬼"；在哥哥眼中是一个令他失望的、想喜欢也喜欢不起来的弟弟。

　　二十世纪六十年代初，我家搬了一次家。而哥哥对于我和弟弟妹妹，只不过意味着有一个哥哥。他在家也只不过就是我们学习的榜样。

那一年我该考中学了，哥哥将要考大学了。

六月，父亲回来探家。

那一年父亲明显地老了，而且特别瘦，两腮都塌陷了。快五十岁了，为了这个家，每天仍要挑挑抬抬的。

一天，屋里只有父亲、母亲和哥哥在的时候，父亲忧郁地说："我快干不动了，孩子们一个个全都上学了，花销比以前大多了，我的工资却十几年来一分钱没涨，往后怎么办呢？"

母亲说："你也别太犯愁，那么多年苦日子都熬过来了，再熬几年就熬出头了。"

父亲说："你这么说是怪容易的，实际上你不是也熬得太难了吗？我看，千万别鼓励老大考大学了，让他高中一毕业就找工作吧！"

母亲说："也不是我非鼓励他考大学，他的老师、同学和校领导都来家里做过我的工作，希望我支持他考大学……"

父亲又对哥哥说："老大，你要为家庭也为弟弟妹妹们做出牺牲！"

哥哥却说："爸，我想过了，将来上大学的几年，争取做到不必您给我寄钱。"

父亲火了，大声嚷嚷："你究竟还是不是我儿子?! 难道我在这件事上就一点儿也做不了主了吗?! "

他们都以为我不在家，其实我只不过趴在外屋小炕上看小说呢。那一时刻，我的同情是倾向于父亲一边的。

在父亲的压力之下，哥哥被迫停止了高考复习，托邻居的一种关系，到菜市场去帮着卖菜。

又有一天，哥哥傍晚时回到家里，将他一整天卖菜挣到的两角几分钱交给母亲后，哭了。那一时刻，我的同情又倾向于哥哥了。

他的同学和老师都认为，他似乎是天生可以考上北大或清华的学生。

我也特别地怜悯母亲，要求她在父亲和哥哥之间立场坚定地反对哪一方，对于她都未免太难了。

是我和哥哥一道将父亲送上返回四川的列车的。

父亲从车窗探出头对哥哥说："老大，我该说的都说了，你自己再三考虑吧！"

父亲流泪了。

哥哥也流泪了。

列车就在那时开动了。

等列车开远，我对哥哥说："哥，我恨你！"

依我想来，哥哥即使非要考大学不可，那也应该暂且对父亲说句谎话，以使父亲能心情舒畅一点儿地离家上路。可他居然不。

多年以后，我理解哥哥了。母亲是将他作为一个"理想之子"来终日教诲的，说谎骗人在他看来是极为可耻的，那怎么还能用谎话骗自己的父亲呢？

哥哥没再去卖菜，也没重新开始备考。他病了，嗓子肿得说不出话，躺了三天。同学来了，老师来了，邻居来了，甚至街道干部也来了，所有的人都认为父亲目光短浅，不要听父亲的。连他的中学老师也来了，还带来了退烧消炎的药。居然有那么多的人关心我的哥哥，以至于当年使我心生出了几分嫉妒。直至那时，我在街坊四邻和老师同学眼中，仍是一个太不让家长省心的孩子。

哥哥考上了唐山铁道学院——他是为母亲考那所学院的。哈尔滨当年有不少老俄国时期留下的漂亮的铁路员工房。母亲认为，只要哥哥以后成了铁道工程师，我家也会住上那种漂亮的铁路房。

父亲给家里写了一封有一半错字的亲笔信，以严厉到不能再严厉的词句责骂哥哥。

哥哥带着对父亲对家庭对弟弟妹妹的深深的内疚踏上了开往唐山的列车。

我上的中学，恰是哥哥的中学母校。不久全校的老师几乎都认得我了。有的老师甚至在课堂上问："谁是梁绍先的弟弟？"——哥哥虽然考上的不是清华、北大，但他是在发着烧的情况之下去考的呀！而且放弃了几所保送大学，而且是为了遵从母命才考唐山铁道学院的！当年，在哈尔滨市，底层人家出一名大学生，是具有童话色彩的事情。这样的一个家庭，全家人都是受尊敬的。

我这名初中生，虚荣心在当年获得了巨大的满足。

我开始以哥哥为荣。

我也暗自发誓要好好学习了。

第一个学期几科全考下来，平均成绩九十几分，我对自己满怀信心。

饥饿像一只劲手，依然攥紧着大多数中国人的胃。父亲在大西北挨饿，哥哥在大学里挨饿，母亲和我们在家里挨饿。哥哥居然还不算学校里家庭生活最困难的学生，每月仅领到九元钱的助学金。他又成了大学里的学生会干部，故须带头减少口粮定量，据说是为了支援亚非拉人民闹革命。父亲不与哥哥通信，不给他寄钱，也挤不出钱来给他寄。哥哥终于也开始撒谎了——他写信告诉家里，不必为他担什么心，说父亲每月寄给他十元钱。那么，他岂不是每月就有十九元的生活费了吗？这在当年是挺高的生活费标准了，于是母亲真的放心了，并因父亲终于肯宽恕哥哥上大学的"罪过"而感动。哥哥还在信中说他投稿也能挣到稿费。其实他投稿无数，只不过挣到了一次稿费，后来听哥哥亲口说才三元……

哥哥第一个假期没探家，来信说是要带头留在学校勤工俭学。第二个假期也没探家，说是为了等到父亲也有了假期，与父亲同时探家。而实际上，他是因为没钱买车票才探不成家。

哥哥大学的第二个学年开始不久，家里收到了一封学校发来的电报——"梁绍先患精神病，近日将由老师护送回家。"电文是我念给母亲听的。

母亲呆了，我也呆了。

邻居家的叔叔婶婶们都到我家来了，传看着电报，陪母亲研究着，讨论着——精神病与疯了是一个意思，抑或不是？好心的邻居们都说肯定还是有些区别的。我从旁听着，看出邻居们是出于安慰。我的常识告诉我，那完全是一个意思，但我不忍对母亲说。

母亲一只手拿着电报发呆，一会儿看一眼，坐到了天明。

而我虽然躺下了，却也彻夜未眠。

第二天我正上最后一堂课时，班主任老师将我叫出了教室——在一间教研室里，我见到了分别一年的哥哥，还有护送他的两名男老师。那时天已黑了，北方迎来了第一场雪。护送哥哥的老师说哥哥不记得往家走的路了，但对中学母校路熟如家。

我领着哥哥他们往家走时，哥哥不停地问我：家里还有人吗？父亲是不是已经饿死在大西北了？母亲是不是疯了？弟弟妹妹们是不是成了街头孤儿？……

我告诉他母亲并没疯时，不禁泪如泉涌。

那时我最大的悲伤是——母亲将如何面对她已经疯了的"理想之子"？

哥哥回来了，全家人都变得神经衰弱了。因为哥哥不分白天黑夜，几乎终日喃喃自语。仅仅十八平方米的一个破家，想要不听他那种自语声，除非躲到外边去。母亲便增加哥哥的安眠药量，结果情况变得更糟，因为那会使哥哥白天睡得多，夜里更无法入睡。但母亲宁肯那样，那样哥哥白天就不太出家门了，而这不至于使邻居们特别是邻家的孩子们因为突然碰到了他而受惊。如此考虑当然是道德的，但我家的日子从此过得黑白颠倒了。白天哥哥在安眠药的作用下酣睡时，母亲和弟弟妹妹们也尽量补觉。夜晚哥哥喃喃自语开始折磨我们的神经时，我们都凭意志力忍着不烦躁。六口人挤着躺在同一铺炕上，希望听不到是不可能的。当年城市僻街的居民社区，夜晚寂静极了。哥哥那种喃喃自语对于家人不啻是一种刑罚。一旦超过两个小时，人的脑仁儿都会剧痛如灼的。而哥哥却似乎一点儿不累，能够整夜自语。他的生物钟也黑白颠倒了。母亲夜里再让他服安眠药，他倒是极听话的，乖乖地接过就服下去。哥哥即使疯了，也还是最听母亲话的儿子。除了喃喃自语是他无法自我控制的，在别的方面，母亲要求他应该怎样不应该怎样，他表现得很顺从。弟弟妹妹们临睡前都互相教着用棉团堵耳朵了。母亲睡前也开始服安眠药了。不久我睡前也开始服安眠药了……

两个月后精神病院通知家里有床位了。

于是一辆精神病院的专车开来，哥哥被几名穿白大褂的男人强制性地推上了车。他害怕极了，不知要将他送到哪里去，对他怎么样。母亲为了使他不怕，跟上了车。

家人的精神终于得以松弛。

而我的学习成绩一败涂地。

我又旷了两天课。也不用服安眠药，在家里睡起了连环觉。

哥哥住了三个月的院，在家中休养了一年。他的精神似乎基本恢复正常了。一年后，他的高中老师将他推荐到一所中学去代课，每月能开回三十五元的代课工资了。据说，那所中学的老师们对他上课的水平评价挺高，学生们也挺喜欢上他的课。

那时母亲已没工作可干了，家里的生活仅靠父亲每月寄回的四十元勉强维持。忽一日一下子每月多了三十五元，生活改善的程度简直接近着幸福了。

那是我家生活的黄金时期。

家里还买了鱼缸，养了金鱼。也买了网球拍、象棋、军棋、扑克。在母亲，是为了使哥哥愉快。我和弟弟妹妹们都知道这一点的至关重要，都愿意陪哥哥玩玩。

如今想来，那也是哥哥人生中的黄金时期。

他指导我和弟弟妹妹们的学习十分得法，我们的学习成绩都快速地进步了。我和弟弟妹妹们都特别尊敬他了，他也经常表现出对我们每个弟弟妹妹亲爱的关心了。母亲脸上又开始有笑容了。甚至，有媒人到家里来，希望能为哥哥做成大媒了。

又半年后，哥哥的代课经历结束了。

他想他的大学了。

精神病院开出了"完全恢复正常"的诊断书，于是他又接着去圆他的大学梦了。那一年哥哥读的桥梁设计专业迁到四川去了，而父亲也仍在四川。父亲的工资涨了几元，他也转变态度，开始支持哥哥上大学了。父亲请假到哥哥的大学里去看望了哥哥一次，还与专业领导们合影了。哥哥居然又当上了学生会干部，他的老师称赞他跟上学习并不成问题，同意他从大三第一学期开始续读。因为他在家里自学得不错，大二补考的成绩还是中上。

一切似乎都朝良好的方面进展。

那一年已经是 1965 年了。

然而哥哥的大三却没读完——转年"文革"开始，各大学尤其乱得迅猛，乱得彻底。有人"大串联"去了，有人赴京请愿告状了，有人留在学校打"派仗"。

哥哥又被送回了家里。

这一次他成了"政治型"的疯子。

他见到母亲说的第一句话居然是："妈，我不是反革命！"

哈尔滨也成了一座骚乱之城，几乎每天都有令人震动的事发生，也时有悲惨恐怖之事发生。全家人都看管不住哥哥了，经常是，一没留意，哥哥又失踪了。也经常是，三天五天找不到；找到后，每见他是挨过打了。谁打的他，在什么情况下挨的打，我和母亲都不得而知。母亲东借西借，为哥哥再次住院凑钱。钱终于凑够了，却住不进精神病院去。精神病人像急性传染病患者一样一天比一天多，床位极度紧张。盼福音似的盼到了入院通知书，准备下的住院费却快花光了。半年后才住上院。那半年里，我和母亲经常在深夜冒着凛冽严寒跟随哥哥满城市四处去"侦察"他幻觉中的"美蒋特务"的活动地点。他说只有他亲自发现了，才能证明自己并非反革命。他又整夜整夜地喃喃自语了。他很可怜地对母亲解释，他不是自己非要那样折磨亲人，而是被特务们用仪器操控的结果。还说他的头也被折磨得整天疼。母亲则只有泪流不止。

在那样的一些日子里，我曾暗自祈祷：上帝啊，让我尽快没了这样的一个哥哥吧！

即使那时我也并没恨过哥哥，只不过太可怜母亲。我怕哪一天母亲也精神崩溃了，那可怎么办呢？对于我和弟弟妹妹们，母亲才是无比重要的。我们都怕因为哥哥这样了，哪一天再失去母亲。怕极了。

哥哥住了三个月的院，花了不少钱，都是母亲借的钱。报销单据寄往大学，杳无回音。大学已经彻底瘫痪了。因续不上住院费，哥哥被母亲接回家了；他的病情一点儿也没减轻。

在接下来的一年里，全家人的精神又备受折磨，整天提心吊胆。哥哥接连失踪过几次，有次被关在某中学的地下室，好心人来报信，我和母亲才找到了他，他眼眶被打青了。还有一次他几乎被当街打死，据说因为他呼喊了一句什么反动口号。也有一次是被公安局的造反派关押了起来，因为他不知从哪儿搞到了笔和纸，写了一张反动的大字报贴到了公安局门口……

"上山下乡"运动开始了。

我毫不犹豫地第一批就报了名。

每月能挣四十多元钱啊！我要无怨无悔地去挣！那么，家里就交得起住院费了，母亲和弟弟妹妹们就获拯救了。

我下乡的第二年，三弟也下乡了。我和三弟省吃俭用寄回家的钱，几乎全都用以支付哥哥的住院费了。后来四弟工作了，再后来小妹也工作了。他俩的学徒工资头三年每月十八元。但毕竟的，四个弟弟妹妹都能挣钱了。尽管如此，还是支付不起哥哥的常年住院费，因为那每月要八十几元。幸而街道挺体恤我家，经常给开半费住院的证明。而半费的住院者，院方是比较排斥的。故每年还有半年的时间，哥哥住在家里……

有一年我回家探亲，家里的窗上安装了铁条，玻璃所剩无几，钉了木板；镜子、相框甚至暖壶，一概易碎的东西一件没有了；菜刀、碗和盘子都锁在箱子内。

我发现，母亲额上有了一处可怕的疤，很深。那肯定是皮开肉绽，四分五裂所造成的。

我还在家里发现了自制的手铐、脚镣、铁链。四弟的工友帮着做的。

四弟和小妹谈起哥哥简直都谈虎变色了。

四弟说哥哥的病不是从前那种"文疯"的情况了。

而母亲含着泪说，她额上的伤疤是被门框撞的。

那时刻，我内心产生了憎恨。我认为哥哥已经注定不是哥哥了，而是魔鬼的化身了。

那时刻，我暗自祈祷：上帝啊，为了我的母亲、四弟和小妹的安全，我乞求你，让他早点儿死吧！

以往我回家，倘哥哥在住院，我必定是要去看望他两次的。第二天一次，临行前一次。

那次探亲假期里，我一次也没去看他。

临行我对四弟留下了斩钉截铁的嘱咐："能不让他回家就不让他回家！我的一名知青朋友的父亲是民政部的领导，住院费你们别操心，我要让他永远住在精神病院里！"

我托了那种关系。

哥哥便成了精神病院的半费常住患者……

而我回到兵团的次年，成了复旦大学的"工农兵学员"。这件事，我是颇犯过犹豫的。因为我一旦离开兵团，意味着每月不能再往家里寄钱了，并且，还需家里定期接济我一笔生活费。我将这顾虑写信告诉了三弟，三弟回信支持我去读书，保证每月可由他给我寄钱。这样的表示，已使我欣然。何况当时，我自觉身体情况不佳，有些撑不住抬大木那么沉重的劳动了。

于是下了离开兵团的决心。

在复旦的三年，我只探过一次家，为了省钱。分配到北京电影制片厂后，我又将替哥哥付医药费的义务承担了。为了可持续地承担下去，我曾打算将独身主义实行到底。两个弟弟和小妹先后成家，在父母的一再劝说和催促之下，我也只有成家了。接着自己也有了儿子；将父亲接到北京来住；埋头于创作；在北京"送走了"父亲；又将母亲接来北京；攒钱帮助弟弟妹妹改善住房问题……

各种责任纷至沓来，使我除了支付住院费一事，简直忘记了还有一个哥哥。哥哥对于我，似乎只成了"一笔支出"的符号。

1997年母亲去世时，我坐在病床边，握着母亲的手，问母亲还有什么要嘱咐我的。

母亲望着我，眼角淌下泪来。

母亲说："我真希望你哥跟我一块儿死，那他就不会拖累你了……"

我心大恸，内疚极了，俯身对母亲耳语："妈妈放心，我一定照顾好哥哥，绝不会让他永远在精神病院里……"

当天午夜母亲也"走了"……

办完母亲葬事的第二天，我住进一家宾馆，命四弟将哥哥从精神病院接回来。

哥哥一见我，高兴得傻小孩似的笑了，他说："二弟，我好想你。"

算来，我竟二十余年没见过哥哥了，而他却一眼就认出了我！

我不禁拥抱住他，一时泪如泉涌，心里连说：哥哥，哥哥，实在是对不起！对不起……

我帮哥哥洗了澡，陪他吃了饭，与他在宾馆住了一夜。哥哥以为他从此自由了。而我只能实话实说："现在还不行，但我一定尽快将你接到北京去！"

一返回北京，我动用轻易不敢用的存款，在北京郊区买了房子。简易装修，添置家具。半年后，我将哥哥接到了北京，并动员邻家的一个弟弟"二小"一块儿来了。"二小"也是返城知青，常年无稳定工作、稳定住处。由他来照顾哥哥，我给他开一份工资，可谓一举两得。他对哥哥很有感情，由他来替我照顾哥哥，我放心。

于是哥哥的人生，终于接近是一种人生了。

那三年里，哥哥生活得挺幸福，"二小"也挺知足，他们居然都渐胖了。我每星期去看他们，一块儿做饭、吃饭、散步、下棋，有时还一块儿唱歌……

却好景不长，"二小"回哈尔滨探望他自己的哥哥及妹妹，某日从高处跌下，不幸身亡。这噩耗使我伤心了好多天，我只好向单位请了假，亲自照看哥哥。

我对哥哥说："哥，二小不能回来照顾你了，他成家了……"

哥哥怔愣良久，竟说："好事。他也该成家了，咱们应该祝贺他，你寄一份礼物给他吧。"

我说："照办。但是，看来你又得住院了。"

哥哥说："我明白。"

那年，哥哥快六十岁了。他除了头脑、话语和行动都变得迟钝了，其实已没有任何可能具有暴力倾向的表现。相反，倒是每每流露出次等人的自卑来。

我说："哥，你放心，等我退休了，咱俩一块儿生活。"

哥哥说："我听你的。"

哥哥在北京先后住过了几家精神病院，有私立的，也有公立的。现在住的这一所医院，据说是北京市各方面条件最好的。每月费用四千元左右。幸而我还有稿费收入，否则，既或身为教授，只怕也还是难以承担。

前几天，我又去医院看他。天气晴好，我俩坐在院子里的长椅上，我一边看着他喝酸奶，一边和他聊天。在我们眼前，几只野猫慵懒大方地横倒竖卧。而在我们对面，另一张长椅上坐着一对老伴儿，他们中间是一名五十来岁的健壮患者，专心致志，大快朵颐地吃烧鸡。那一对老伴儿，看上去是从农村赶来的，都七十五六岁了。二老腿旁，都斜立着树叉削成的拐棍。他们身上落着一些尘土，一脸疲惫。

我问哥："你当年为什么非上大学不可？"

哥哥说："那是一个童话。"

我又问："为什么是童话？"

哥哥说："妈妈认为只有那样，才能更好地改变咱们家的穷日子。妈妈编那个童话，我努力实现那个童话。当年我曾下过一种决心，不看着你们几个弟弟妹妹都成家立业了，我自己是绝不会结婚的……"

他看着我苦笑。

原来哥哥也有过和我一样的想法！

我心一疼，黯然无语，呆望着他，像呆望着另一个自己的化身。

哥哥起身将塑料盒扔入垃圾筒，复坐下后，看着一只猫反问："你跟我说的那件事，也是童话吧？"

"什么事？"我的心还在疼着。

"就是，你保证过的，退休了要把我接出去，和我一起生活……"

想来，那一种保证，已是六七年前的事了，不料哥哥他始终记着。听他的话，也显然一直在盼着。

哥哥已老得很丑了。头发几乎掉光了，牙也不剩几颗了，背驼了，走路极慢了，比许多六十八九岁的人老多了。而他当年，可是个一身书卷气、儒雅清秀的青年，从高中到大学，追求他的女生多多。

我心又是一疼。

我早已能淡定地正视自己的老了，对哥哥的迅速老去，却是不怎么容易接受的，甚至有几分惶恐，正如当年从心理上排斥父亲和母亲无可奈何地老去一样。

"你忘了吗？"哥哥又问，也目光迟滞地望着我。

我赶紧说："没忘，哥你还要再耐心等上两三年……"

"我有耐心。"他信赖地笑了，话说得极自信。随后，眼望向了远处。

其实，我晚年的打算从不曾改变——更老的我，与老态龙钟的哥哥相伴着走向人生的终点，在我看来，倒也别有一种圆满滋味在心头。对于绝大多数的人，人生本就是一堆责任而已。参透此谛，爱情是缘，友情是缘，亲情尤其是缘，不论怎样，皆当润砾成珠。

对面的大娘问："是你什么人呀？"

我回答："兄长。"话一出口，自窘起来；现实生活中，谁还说"兄长"二字啊！

大娘耳背，转脸问大爷："是他什么人？"

大爷大声冲她耳说："是他老哥！"

我问大娘："看望的是你们什么人啊？"

她说："我儿子。"看儿子一眼，她又说，"儿子，慢点儿吃，别噎着。"

大爷说："为了给他续上住院费，我们把房子卖了。没家了，住女婿家去了……"

他们的儿子，津津有味地吃着，似乎老父亲老母亲的话，他一句也没听到。

我心接着一疼。这一次，疼得格外锐利。

我联想到了电视新闻报道的那件事——一位崩溃了毅忍力的母亲，绝望之下毒死了两个一出生便严重智障的女儿；也联想到了电影前辈秦怡在接受采访时讲述的实情——她患精神病的儿子一犯病往往劈头盖脸地打她……

中国境内，不是所有精神病患者的家里，都有一个有稿费收入的小说家，或一位著名的电影演员啊！

我又暗自祈祷了：上帝啊，人间有些责任，哪怕是最理所当然之亲情责任，亦绝非每一个家庭只靠伦理情怀便承担得了的！您眷顾他们吧，您拯救他们吧……

这一次，在我意识中，上帝不是任何神明，而是——我们的国……

狍的眼睛

狍子当归属于鹿的一种。比麝和獐略大，比鹿略小。由于它不像鹿和麝一样，鹿有珍贵的鹿茸、鹿心血，麝香可入药；甚至连它的皮也不像獐的皮一样可制成细软的皮革，所以它无幸列入受保护动物的名单；一向被人认为既没什么观赏价值，也没什么经济价值。人养火鸡、鸵鸟、狐、貂，也养山雉和野兔，就是不养狍。

所以狍似乎是动物中的劣种，是山林中的"活动罐头"，任谁都可以设套子套它，或用猎枪射杀它。

东北山林中的鄂伦春人，以狍为主要的猎捕之物。他们吃狍肉如我们汉人吃猪肉一样寻常。他们从头到脚穿的、铺的、盖的，几乎全是狍皮制品。狍皮虽然不属珍皮，而且非常容易掉毛，却有一大优点——阻隔寒潮。鄂伦春猎人在山林中野宿，往往于雪地上铺开三边缝合了的狍皮睡袋，脱光衣服钻入进去，只将戴着狍皮帽子的头露在外，连铺带盖都是它了。哪怕零下三十几度的严寒，睡袋内也一夜暖乎乎的。

当年我是知青，在一师一团，地处最北边陲，每月享受九元"寒带地区津贴"。连队三五里外是小山，十几里外是大山。鄂伦春族猎人，常经过我们连，冬季上山，春季下山。连里的老职工、老战士，向鄂伦春族学习，成为出色猎人的不少。当年中国人互比生活水平，论几"大件儿"。连里老职工、老战士们的目标是"四大件儿"——即自行车、缝纫机、收音机，加一支双筒猎枪。三四年后，仅我们一个连一百多名知青中，就有半数铺上了狍皮褥子。或向鄂伦春族猎人买的，或向本连老职工、老战士买的。全团七个营四十余个连，往最少了估计，那些年究竟有多少只狍子丧生枪下，可想而知。新狍皮，小的十五元，大的二十元，更大的，也有二十五元一张的，最贵不超过三十元。

"北大荒"的野生动物中，野雉多，狍子也多，所以有"棒打狍子瓢舀鱼，野雉飞到饭锅里"的夸张说法。

狍天生是那种反应不够灵敏的动物，故人叫它们"傻狍子"。人觉得人傻，在当地也这么说："瞧他吧，傻狍子似的！"

狍的确傻。再傻，它见了人还能不跑吗？当然也跑。但它没跑出去多远却会站住，还会扭回头望人，仿佛在想——我跑个什么劲儿呢？那人不一定打算伤害我吧？——往往就在它望着人发愣之际，砰！猎枪响了……

被猎枪射杀的狍子中，半数左右是这么死的。死得糊涂，死得傻，死得大意。

狍真的很傻，少见那么傻的野生动物。

夜晚，一辆汽车在公路或山路上开着，而一只狍要过路。车灯照住狍，狍就站定在路中央不动了。它似乎想弄明白是怎么回事，为什么那么亮的一片光会照住它？……司机一提速，狍被撞死了……

我当知青的六年间，每年都听说几次汽车撞死狍子的事。卡车撞死过狍子，吉普也撞死过狍子，还目睹过两次这样的事：不但汽车撞死过狍子，连拖拉机也撞死过狍子。当年老旧的一批"东方红"链履式拖拉机，即使挂到最高速五挡，那又能快到哪儿去呢！但架不住傻狍子愣是站定在光中不跑哇……

狍的样子其实一点儿都不傻。非但看上去并不傻，长得还很秀气。知道鹿长得什么样儿，就想象得到狍长得多么秀气了。狍的耳朵比鹿长一些，眼睛比鹿的眼睛还大。公狍也生角，却不会长到鹿角那么高，也不会分出鹿角那么多的叉儿，一般只分两叉儿。狍不会碎步跑，只会奔跃。但绝不会像鹿奔得那么快，也不会像鹿跃得那么远。狍虽是野生动物，但又显然太缺乏"野外运动"的锻炼。

狍，傻在它那一双大眼睛。

狍的眼中，尤其母狍的眼中，总有那么一种犹犹豫豫、懵懂不知所措的意味。我这里将狍的眼神儿作一比，仿佛虽到了该论婚嫁的年龄，却仍那么缺乏待人接物的经验，每每陷于窘状的大姑娘的眼神儿。这样的大姑娘从前的时代是很有一些的。现在不多了。狍发现了人，并不立即就逃。它引颈昂头，凝视着人。也许凝视几秒钟，也许凝视半分钟甚至一分钟之久。要看它在什么情况之下发现了人，以及什么样的人，人在干什么。狍对老人、小孩儿和女人，戒心尤其不足。

　　我在连队当小学老师的两年中，有一天带领学生们捡麦穗儿，冷不丁地从麦捆后站起了一只狍子。它大概在那儿卧着晒太阳来着。一名女学生，离那只狍仅数步远。它没跑，凝视着她。她也凝视着它，蹲在地上，手中抓着把麦穗儿，一动也不动。别的同学就喊："扑它！扑它呀！"她仿佛聋了，仍一动也不动。于是发喊的同学们就围向它。纷纷将手中装麦穗的小筐小篮掷向它。当时，这些孩子们手中除了小筐小篮，也没另外的任何器物。有的筐篮，还真就准确地掷在狍身上了。当然，并不能使狍受伤。它这才跑。它一慌，非但没向远处跑，反而朝同学们跑来，结果陷于包剿。左冲右突了一阵，才得以向远处逃脱……

　　别的同学就都埋怨那女同学："你怎么比狍子还傻？怎么不扑它呀？"

　　她说："我光顾看它眼睛了，它的眼睛可真好看！"

　　后来，她把这件事写到作文中了，用尽她所掌握的词汇，着实地将狍的眼睛形容了一番。她觉得狍的眼睛像"心眼儿特实诚的大姑娘的眼睛"。我今天也在此这么形容，坦率地讲，是抄袭我当年的学生。

　　小学校的校长是转业兵，姓魏，待我如兄弟。他是连队出色的猎手之一。冬季的一天，我随他进山打猎。我们在雪地上发现了两行狍的蹄印。他俯身细看了片刻，很有把握地说肯定是一大一小。顺踪追去，果然看到了一大一小两只狍。体形小些的狍，在我们的追赶下显得格外的灵巧。它分明地企图将我们的视线吸引到它自己身上。雪深，人追不快，狍也跑不快。看看那只大狍跑不动了，我们也终于追到猎枪的射程以内了，魏老师的猎枪也举平瞄准了，那体形小些的狍，便用身体将大狍撞开了。然后它在大狍的身体前蹿来蹿去，使魏老师的猎枪无法瞄准大狍，开了三枪也没击中。魏老师生气地说——我的目标明明不在它身上，它怎么偏偏想找死呢！

但傻狍毕竟斗不过好猎手。终于，它们被我们追上了一座山顶。山顶下是悬崖，它们无路可逃了。

在仅仅距离它们十几步远处，魏老师站住了，激动地说："我本来只想打只大的，这下，两只都别活了。回去时我扛大的，你扛小的！"他说罢，举枪瞄准。狍不像鹿或其他动物。它们被追到绝处，并不自杀。相反，那时它们就目不转睛地望着猎人，或凝视枪口，一副从容就义的样子。那一种从容，简直没法儿细说。那时它们的眼睛，就像参加"奥运"的体操选手，连出差失，遭到淘汰已成定局，厄运如此，听天由命。某些运动员在那种情况之下，目光不也还是要望向分数显示屏吗？——那是运动员显示最后自尊的意识本能。狍凝视枪口的眼神儿，也似乎是要向人证明——它们虽是动物，虽被叫傻狍子，但却可以死得如人一样自尊，甚至比人死得还要自尊。

在悬崖的边上，两只狍一前一后，身体贴着身体。体形小些的在前，体形大些的在后。在前的分明想用自己的身体挡住子弹。它眼神儿中有一种无悔的义不容辞的意味儿，似乎还有一种侥幸——或许人的猎枪里只剩下了一颗子弹吧？

它们的腹部都因刚才的逃奔而剧烈起伏。它们的头都高昂着，眼睛无比镇定地望着我们——体形小些的狍终于不望我们，将头扭向了大狍，仰望大狍。而大狍则俯下头，用自己的头亲昵地蹭对方的背、颈子。接着，两只狍的脸偎在了一起，两只狍都向上翻它们潮湿的、黑色的、轮廓清楚的唇……并且，吻在了一起！我不知对于动物，那究竟等不等于吻，但事实上的确是——它们那样子多么像一对儿情人在以相吻诀别啊！

我心中顿生恻隐。正奇怪魏老师为什么还没开枪，向他瞥去，却见他已不知何时将枪垂下了。他说："它们不是一大一小，是夫妻啊！"他默然不知再说什么好，片刻才说："看，我们以为是小狍子那一只，其实并不算小呀！它是公的。看出来没有？那只母的是怀孕了啊！所以显得大……"我仍不知该怎么表态。"我现在终于明白了，鄂伦春人不向怀孕的母兽开枪是有道理的！看它们的眼睛！人在这种情况下打死它们是要遭天谴的呀！"魏老师说着，就干脆将枪背在肩上了。后来，他盘腿坐在雪地上了，吸着烟，望着两只狍。我也盘腿坐下，陪他吸烟，陪他望着两只狍。我和魏老师在山林中追赶了它们三个多小时。魏老师可以易如反掌地射杀它们了，甚至，可以来个"穿糖葫芦"，一枪击倒两只，但他决定不那样了……我的棉袄里子早已被汗水湿透，魏老师想必也不例外。那一时刻，夕阳橘红色的余晖，漫上山头，将雪地染得像罩了红纱巾……

两只狍在悬崖边相依相偎，身体紧贴着身体，眷眷情深，根本不再理睬我们两个人的存在……那一时刻，我不禁想起了一首古老的鄂伦春民歌。我在小说《阿依吉伦》中写到过那首歌，那是一首对唱的歌，歌词是这样的：

小鹿：妈妈，妈妈，你肩膀上挂着什么东西？

母鹿：我的小女儿，没什么没什么，那只不过是一片树叶子……

小鹿：妈妈，妈妈，别骗我，那不是树叶子……

母鹿：我的小女儿，告诉你就告诉你吧，是猎人用枪把我打伤了，血在流啊！

小鹿：妈妈，妈妈，我的心都为你感到疼啊！让我用舌头把你伤口的血舔尽吧！

母鹿：我的女儿呀，那是没用的。血还是会从伤口往外流啊，妈妈已经快要死了！你的爸爸早已被猎人杀死了，以后你只有靠自己照顾自己了！和大伙一块儿走的时候，别跑在最前边，也别落在最后边。喝水的时候，别站定了喝，耳朵要时时听着。我的女儿呀，快走吧快走吧，人就要追来了！……

倏忽间我鼻子一阵发酸。而魏老师，那时刻一脸仁慈。

以后，我对动物的目光变得相当敏感起来……

"老兵"和军马

　　八年前，老兵是新入伍的小兵。个子不高，刚刚达到体检的身高要求。国字脸，浓眉，厚唇。浓眉下一双单睑眼，目光忧郁而倔强。那种眼睛是最不善于传达心语的，忧郁而倔强乃是它们的"本色"。的确，那是一双很"本色"的眼睛，似乎除了公开它们的"本色"，再就没有任何别的内容可流露了。老兵肩宽胸阔，体格看上去相当壮，是干累活儿练出来的。

　　他结束了身高和体重那一关，问填体检表的医生："合格吧？"

　　医生头也不抬地边填边说："体重倒是没问题，身高将够格。"

　　他说："够格就是合格呗！"

　　医生放下笔，望着他摇摇头："不一定吧？你和他们比比！"

　　别的小伙子都比他个子高。

　　他怔了片刻，嘟哝："选兵又不是选跳舞的！"

　　医生不再说什么，低头填下一张表。

"雷锋个子也不高！"

"……"

"医生，求求你，替我增高几厘米行不？"

医生笑了："我有什么办法替你增高哇？"

"这简单嘛！"他抽出了自己那张表，指着说，"这儿，你把'3'改成'8'，我不是就增高五厘米了吗？"

医生说："不行。那是弄虚作假！"将他的表又压在其他表下了。

"为了当上兵，革命的弄虚作假那也是可以原谅的嘛！求求你了医生，求求你了！"

医生不再理睬他。

他竟不去下一关体检，大声发起牢骚来："够格还不算合格，哪有这个理！部队也不来个当官的。来了，我起码还可以当面申诉申诉愿望！"

这时，另一位穿白大褂的向他转过身——他发现对方白大褂的敞领内，显露着军上衣和红领章。

他又怔了。

"为什么想当兵？"

"奔出息。"

"难道只有当兵才有出息？"

"对我，差不多就是这样。"

"当不成兵，还可以考高中，考大学嘛！"

"考上了，家里也供不起。"

"离开过家乡吗？"

"到城里打过三年短工。"

"三年？三年前你才十五岁！"

"对。"

"喜爱马吗？"

"马？喜爱！我家一匹马就是我从小养到大的。我对它像对我兄弟！"

那位招兵的连长凝视他良久，将他扯到一旁，悄悄对他耳语："我给你吃颗定心丸。二十三还蹿一蹿呢！我看你到了部队上个子还能长！……"

就这样，他如愿以偿地穿上了军装，被分到了东北大地上的一处军马场。那军马场位于黑龙江与内蒙古的交界之域，广袤而苍凉。

像所有的农村新兵一样，他怀揣着一个秘密，也可以说是一个心思。那心思倘对所有人公开坦白了，所有人都会予以理解——入党、提干、留在部队，逐级晋升军阶，熬成位校官。一生尽忠于部队，既出息了自己，又荣耀了家门。但他从没对任何人坦白过。人人都有的心思，就不值得谁对谁坦白了。他默默地，吃苦耐劳地，执着不移地接近着他的人生憧憬。军马场的兵也是兵。军训是照例的军营生活的内容。而驯养军马意味着"专业"。好比炮兵和坦克兵对炮和坦克的性能必须了如指掌一样。多亏他在家里养过马，了解马，爱马，所以很快就成了"专业"最出色的新兵。他知道驯养军马仅凭自己养过一匹马那点儿粗浅的经验是不行的，便托人四处买来了有关的书籍，并且天天坚持记录驯养心得。他的军训成绩也很优秀。倘爆发了战争，他随便跨上任何一匹军马，都可以立刻成为一名骁勇善战的骑兵。入伍第二年他在新兵中第一个当上了副班长，第三年入了党，第四年当上了班长。他爱军马，更爱他那一班天天为军马的健壮早起晚睡的战士。第五年他被所在部队授予"模范班长"的称号。

他那一班战士中曾有人说："班长爱咱们像一位母亲爱儿子！"

却立即有人反对："他爱军马才爱到那样！对咱们的感情呀，比对军马差一大截哪！哎，你自己承认不，班长？"

正在替战士补鞋的他，笑了笑，没吱声儿。

战士们逼他作出回答。

无奈之下，他真挚地说："其实呢，我是这么想的，我们为谁驯养军马？为骑兵部队嘛。军马是骑兵不会说话的战友。我们今天多爱军马一分，军马明天就会以忠诚多回报我们的骑兵兄弟一分。爱马也等于爱人啊！……"

于是战士们都肃然了。

有一天，他一个人躲在一处僻静的地方大哭了一场——家信中说，他家那匹马病死了。那匹马是他用在城里打工的钱买的，买时才是个小马驹子。他想，如果自己没参军，那匹马是不会病死的……

从此以后，他更爱一匹枣红军马了。它端秀的额头上，有像扑克牌中的方块似的一处白毛，他给它取了个名字叫"白头心儿"。他家那匹马的额头正中也有"白头心儿"，只不过不是枣红色，而是瓦青色……

那时他就已经开始被视为"老兵"，尊称为"老班长"了。尽管才二十三岁多点儿，已经欢送过一批战友退伍了，可不是老兵怎么的呢！当年那一批兵中，只留下了他一个，对于后来的一批新兵而言，当然也是"老班长"咯！退伍的战友们与他分别之际，许多人哭了。和他一样来自农村的战友，对他依依不舍而又羡慕。他明白他们的心里话——"班长，就看你的了！"他对他们也同样依依不舍而又颇觉不安，仿佛自己侵占了别人的利益似的。同时，当然还感到了几分欣慰，几分自信。毕竟已经是班长了，被留下超期服役了，兴许部队将来真的能栽培自己为军官吧？

"白头心儿"救了他一命。一次军马受惊"炸群"，他从另一匹马的背上一头掼了下去，恰巧"白头心儿"随着受惊的马群冲过来，它一口将他叼起。否则，他将毙命于万蹄之下无疑。当马群安静下来，他搂着"白头心儿"的脖子，感激地涌出了热泪。由于在奔驰中还紧紧叼住他不放，"白头心儿"的嘴唇被撕豁了……

他入伍的第八年，裁军，军马场接到了解散的命令。骑兵这一兵种，因军事装备的越来越现代化，已经不太可能发挥其在以往战争中的迅猛威慑力了。大部分军马卖给了"外蒙"，一小部分优秀的选送给各边防部队了。剩下几十匹略有残疾的，被处理给形形色色的人们了。有的从此做了普普通通的劳役马；有的做了什么风景区的观娱马，供游人骑着逛景致、照相；有的被什么特技马术队买走了，"白头心儿"便在其中。

"白头心儿"被买走时他在场。那马眼望着他，四蹄后撑，任买主鞭打叱喝，岿然不动。他不忍眼见它受虐，轻轻拍着它脖子，对它耳语般地说："'白头心儿'啊，何苦呢？乖乖跟人家走吧，啊？我不会忘了你的，有一天我会把你买回来，使你成为我的马的！"——分明，马听懂了他的话，马头在他肩上磨蹭了几番，生了根似的马蹄才终于迈动起来……

望着"白头心儿"被牵走，不知不觉的，泪水已淌在二十六岁的"老兵"的脸颊上。

军马场虽然解散了，仍有诸多后事需人料理。二十六岁的"老兵"，怀揣着一份退伍通知书，滞留了两个月。他又获得了部队授予的"模范班长"的荣誉。那是对他八年服役的最后的嘉奖。他参军后的种种的希冀，全都休止在那又宝贵又朴素的证书上，成了"光荣的梦想"。

他是最后离开军马场的官兵中的一个。那是一个冬日里的黄昏，他们列队肃立在已然空荡无物的营房前。营房后不远处，是一排排寂静的马厩。连长命令他以"老兵"的身份降下八一军旗。他明白，那也意味着是给予了他一种特殊的资格。仰望着在风中飘荡的军旗徐徐而降，他仿佛听到营房中传出了笑声和歌声，仿佛闻到从马厩发出的草料混杂着马粪那种带着一股温热似的气息。对于他这名军马场的"老兵"来说，那种特殊的气息的确是芳香的……

当他捧着军旗交给连长时，连长未接。

连长说："老兵，收下这面军旗做个纪念吧！"

上级批准他们可以鸣枪告别军马场。

连长允许他们每人鸣枪的次数可以和自己入伍的年限一样。除了连长和指导员，再就是他入伍的年限长了。

但他只鸣放了七枪。

指导员说："老兵，我替你数着呢，还差一枪。"

他双眼噙泪回答："指导员，我不满八年军龄，差四个月……"

他话音未落，有人哭了。

如血的夕阳沉到地平线以下了，当广袤而苍凉的大草原夜幕降临时分，他们乘军车离开了军马场。回望着在视野中越来越远越来越模糊的营房和马厩，他想——它们也将成为这大草原上光荣与梦想的遗址了。他想——他保存他"模范班长"的证书，一定要比大草原保存那遗迹更长久、更长久……

他突然拍着军车驾驶室的篷盖大喊："停车！"

车停下了。

他喃喃地说："我……我好像听到了'白头心儿'的嘶叫……"

然而其实只有风声……

这提前四个月退役的"老兵"，在归乡的途中，在一个地界毗连大草原的小县城里，竟然发现了"白头心儿"。确切地说，是那马首先发现了他。也许它并没能立刻认出他，而仅仅是因为他的一身绿军装，唤起了那军马求救的本能。他循着马嘶声望去，见"白头心儿"也正望着他，卧在一幢砖房前。马旁，一根高木杆上挂着块牌子，牌子上写着四个醒目的大字——"吕记马肉"。"白头心儿"就拴在那木桩上。他走近它，见它那晶亮的大眼睛里分明地汪着泪。那军马以一种类人的哀伤的目光瞪视着他。

马肉店的老板告诉他，那军马在为某电影摄制组效劳过程中弄断了一条腿，看来废了，只有杀死卖肉了。

他蹲下查看了一番马腿，请求老板将"白头心儿"转卖给他。

老板出了一个数。那笔钱超过他的复员费，而老板却不肯让价。

"我白替你打工行不行？"

"多久？"

"直到这匹马能站起来了为止。"

老板认为他傻，认为那马永远也站不起来了，便爽快地答应了。

于是他从此一边打工，一边精心照料"白头心儿"。

一个月后，"白头心儿"奇迹般地站起来了。

老板被他感动了，没再收他一分钱，允许他将"白头心儿"牵走，并且，还白赠了他一副马鞍。

由于"白头心儿"，他自然没法乘火车。于是这"老兵"和曾救过他命的那一匹军马，朝行暮宿，向着他的家乡，开始了他们的"长征"……

途中，他度过了二十六岁生日。

两个月后，他老母亲看见一个胡子拉碴的、风尘仆仆的、穿一身军装的男人，牵着一匹瘦骨嶙峋的有"白头心儿"的长鬃枣红马蹒跚地来到家门前。

他激动地叫了一声："妈！"

老母亲惊喜地认出他是她那参军八年只探过一次家的儿子！

不是老母亲将儿子搂抱在怀里，而是儿子将瘦小的老母亲搂抱在怀里……

老母亲说："妈知道你不会乱花钱的。"

他惭愧地说："妈，我的复员费几乎都花光在路上了……"

他笑着说："妈，你看，咱们又有一匹'白头心儿'了！"

第二天清晨，他牵着"白头心儿"登上了家乡的山头，俯瞰着几处穷困得近乎败落的村子，他对"白头心儿"发誓般地说："'白头心儿'，帮我把咱们的家乡彻底变个样儿吧！"

那一时刻，二十六岁的"老兵"似乎顿悟——军队给予他的，还有比"模范班长"之荣誉重要得多的东西……

马儿安闲地吃着青草……

论温馨

温馨是纯粹的汉语词。

近年常读到它，常听到它；自己也常写到它，常说到它。于是静默独处之时每想——温馨，它究竟意味着什么呢？

是某种情调吗？是某种氛围吗？是客观之境？抑或仅仅是主观的印象？它往往在我们内心里唤起怎样的感觉？我们为什么特别不能长期地缺少了它？

那夜失眠，依床而坐，将台灯罩压得更低，吸一支烟，于万籁俱寂中细细筛我的人生，看有无温馨之蕊风干在我的记忆中。

从小学二三年级起，母亲便为全家的生活去离家很远的工地上班。每天早上天未亮便悄悄地起床走了，往往在将近晚上八点时才回到家里。若冬季，那时天已完全黑了。比我年龄更小的弟弟妹妹都因天黑而害怕，我便冒着寒冷到小胡同口去迎母亲。从那儿可以望到马路。一眼望过去很远很远，不见车辆，不见行人。终于有一个人影出现，矮小，然而"肥胖"。那是身穿了工地上发的过膝的很厚的棉坎肩所致。像矮小却穿了笨重铠甲的古代兵卒。断定那便是母亲。在幽蓝清冽的路灯光辉下，母亲那么快地走着。她知道小儿女们还饿着，等着她回家胡乱做口吃的呢！

于是我跑着迎上去，边叫："妈！妈……"

如今回想起来，那远远望见的母亲的古怪身影，当时对我即是温馨。回想之际，觉得更是了。

小学四年级暑假中的一天，跟同学们到近郊去玩，采回了一大捆狗尾草。采那么多狗尾草干什么呢？采时是并不想的。反正同学们采，自己也跟着采，还暗暗竞赛似的一定要比别的同学采得多，认为总归是收获。母亲正巧闲着，于是用那一大捆狗尾草为弟弟妹妹们编小动物。转眼编成一只狗，转眼编成一只虎，转眼编成一头牛……她的儿女们属什么，她就先编什么。之后编成了十二生肖。再之后还编了大象、狮子和仙鹤、凤凰……母亲每编成一种，我们便赞叹一阵。于是母亲一向忧愁的脸上，难得地浮现出了微笑……如今回想起来，母亲当时的微笑，对我即是温馨。对年龄更小的弟弟妹妹们也是。那些狗尾草编的小动物，插满了我们破家的各处。到了来年，草籽干硬脱落，才不得不一一丢弃。

我小学五年级时，母亲仍上着班。但那时我已学会了做饭。从前的年代，百姓家的一顿饭极为简单，无非贴饼子和煮粥。晚饭通常只是粥。用高粱米或苞谷糙子煮粥，很费心费时的。怎么也得两个小时后才能煮软。我每坐在炉前，借炉口映出的一小片火光，一边提防着粥别煮煳了一边看小人书。即使厨房很黑了也不开灯，为了省几度电钱……如今回想起来，当时炉口映出的一小片火光，对我即是温馨。回想之际，觉得更是了。

由小人书联想到了小人书铺。我是那儿的熟客，尤其冬日去。倘积攒了五六分钱，坐在靠近小铁炉的条凳上，从容翻阅；且可闻炉上水壶作响，脸被水汽润得舒服极了，鞋子被炉壁烘得暖和极了：忘了时间，忘了地点；偶一抬头，见破椅上的老大爷低头打盹儿，而外边，雪花在土窗台上积了半尺高……如今想来，那样的夜晚，那样的时候，那样的地方，对于少年的我便是一个温馨的所在。回想之际，觉得更是了。

上了中学的我，于一个穷困的家庭而言，几乎已是全才了。抹墙、修火炕、砌炉子，样样活儿都拿得起，干得很是在行。几乎每一年春节前，都要将个破家里里外外粉刷一遍。今年墙上滚这一种图案，明年一定换一种图案，年年不重样。冬天粉刷屋子别提有多麻烦，再怎么注意，也还是会滴得哪哪都是粉浆点子。母亲和弟弟妹妹们撑不住就打盹儿，东倒西歪全睡了。只有我一个人还在细细地擦、擦、擦……连地板都擦出清晰的木纹了。第二天一早，母亲和弟弟妹妹们醒来，看看这儿，瞅瞅那儿，一切干干净净有条不紊；看得目瞪口呆……如今想来，温馨在母亲和弟弟妹妹眼里，在我心里。他们眼里有种感动，我心里有种快乐。仿佛，感动是火苗，快乐是劈柴，于是家里温馨重重。尽管那时还没生火，屋子挺冷……

下乡了，每次探家，总是在深夜敲门。灯下，母亲的白发是一年比一年多了。从怀里掏出积攒了三十几个月的钱无言地塞在母亲瘦小而粗糙的手里，或二百，或三百。三百的时候，当然是向知青战友们借了些的。那年月，二三百元，多大一笔钱啊！母亲将头一扭，眼泪就下来了……如今想来，当时对于我，温馨在母亲的泪花里。为了让母亲过上不必借钱花的日子，再远的地方我都心甘情愿地去，什么苦都算不上是苦。母亲用她的泪花告诉我，她完全明白她这个儿子的想法。我心使母亲的心温馨，母亲的泪花使我心温馨……参加工作了，将老父亲从哈尔滨接到了北京。十四年来的一间筒子楼宿舍，里里外外被老父亲收拾得一尘不染。经常地，傍晚，我在家里写作，老父亲将儿子从托儿所接回来了。听父亲用浓重的山东口音教儿子数楼阶："一、二、三……"所有在走廊里做饭的邻居听了都笑，我在屋里也不由得停笔一笑。那是老父亲在替我对儿子进行学前智力开发，全部成果是使儿子能从一数到了十。

父亲常慈爱地望着自己的孙子说："几辈人的福都让他一个人享了啊！"

其实呢，我的儿子，只不过出生在筒子楼，渐渐长大在筒子楼。

有天下午我从办公室回家取一本书，见我的父亲和我的儿子相依相偎睡在床上，我儿子的一只小手紧紧揪住我父亲的胡子（那时我父亲的胡子蓄得蛮长）——他怕自己睡着了，爷爷离开他不知到哪儿去了……

那情形给我留下极为温馨的印象；还有我老父亲教我儿子数楼阶的语调，以及他关于"福"的那一句话。

后来父亲患了癌症，而我又不能不为厂里修改一部剧本，我将一张小小的桌子从阳台搬到了父亲床边，目光稍一转移，就能看到父亲仰躺着的苍白的脸。而父亲微微一睁眼，就能看到我，和他对面养了十几条美丽金鱼的大鱼缸。那是在父亲不能起床后我为父亲买的。十月的阳光照耀着我，照耀着父亲。他已知自己将不久于世，然只要我在身旁，他脸上必呈现着淡对生死的镇定和对儿子的信赖。一天下午一点多我突觉心慌极了，放下笔说："爸，我得陪您躺一会儿。"尽管旁边备有我躺的钢丝床，我却紧挨着老父亲躺了下去。并且，本能地握住了父亲的一只手。五六分钟后，我几乎睡着了，而父亲悄然而逝……如今想来，当年那五六分钟，乃是我一生体会到的最大的温馨。感谢上苍，它启示我那么亲密地与老父亲躺在一起，并且握着父亲的手。我一再地回忆，不记得此前也曾和父亲那么亲密地躺在一起过；更不记得此前曾在五六分钟轻轻握着父亲的手不放开。真的感谢上苍啊，它使我们父子的诀别成了我心里刻骨铭心的温馨……后来我又一次将母亲接到了北京，而母亲也病着了。邻居告诉我，每天我去上班，母亲必站在阳台上，脸贴着玻璃望我，直到无法望见为止。我不信，有天在外边抬头一看，老母亲果然在那样地望我。母亲弥留之际，我企图嘴对着嘴，将她喉间的痰吸出来。母亲忽然苏醒了，以为她的儿子在吻别她。母亲她的双手，一下子紧紧搂住了我的头。搂得那么紧那么紧。于是我将脸乖乖地偎向母亲的脸，闭上眼睛，任泪水默默地流。

　　如今想来，当时我的心悲伤得都快要碎了。所以并没有碎，是由于有温馨粘住了啊！在我的人生中，只记得母亲那么亲爱过我一次，在她的儿子快五十岁的时候。

现在，我的儿子也已大三了。有次我在家里，无意中听到了他与他的同学的交谈：

"你老爸对你好吗？"

"好啊。"

"怎么个好法？"

"我小时候他总给我讲故事。"

其实，儿子小时候，我并未"总给"他讲故事。只给他讲过几次，而且一向是同一个自编的没结尾的故事。也一向是同一种讲法——该睡时，关了灯，将他搂在身旁，用被子连我自己的头一起罩住，口出异声："呜……荒郊野外，好大的雪，好大的风，好黑的夜啊！冷呀！呱嗒、呱嗒……爪子落在冰上的声音……大怪兽来了，它嗅到我们的气味了，它要来吃我们了……"

儿子那时就屏息敛气，缩在我怀里一动也不敢动。幼儿园老师觉得儿子太胆小，一问方知缘故，曾郑重又严肃地批评我："你一位著名作家，原来专给儿子讲那种故事啊！"

孰料，竟在儿子那儿，变成了我对他"好"的一种记忆。于是不禁地想，再过若干年，我彻底老了，儿子成年了，也会是一种关于父亲的温馨的回忆吗？尽管我给他的父爱委实太少，但却同一切似我的父亲们一样抱有一种奢望，那就是——将来我的儿子回忆起我时，或可叫作"温馨"的情愫多于"呜……呱嗒、呱嗒"。

某人家乔迁，新居四壁涂暖色漆料，贺者曰："温馨。"

年轻夫妻终于拥有了自己的小家，他们最在乎的定是卧室的装修和布置，从床、沙发的样式到窗帘的花色，无不精心挑选，乃为使小小的私密环境呈现温馨。

少女终于在家庭中分配到了属于自己的房间，也许很小很小，才七八平方米，摆入了她的小床和写字桌便再无回旋之地；然而几天以后你看吧，它将变得每一个角落都充满了温馨。

新房大抵总是温馨的。倘一对新人恩爱无限，别人会感到连床边的两双拖鞋都含情脉脉的；吸一下鼻子，仿佛连空气中都飘浮着温馨。反之，若同床异梦，貌合神离，那么新房的此处或彼处，总之必有一处地方的一样什么东西向他人暗示，其实反映在人眼里的温馨是假的。

在商业时代，温馨是广告语中频频出现的词汇之一。我曾见过如下广告：

"饮 ×× 酒吧，它能使你的人生顿变温馨。"

我想，那大约只能是对斯文的醉君子而言，若是酒鬼又醉了，顿时感到的一定是他的人生的另一种滋味。

最令我讶然的是一则妇女卫生巾广告：

"用 ×× 卫生巾，带给你难忘的温馨。"

余也愚钝，百思不得其解。

酒吧总是刻意营造温馨的。

我虽一向拒沾酒气，却也被朋友邀至过酒吧几次。朋友问："够温馨吧？"

烛光相映,人面绰约,靡音萦绕;有情人或耳鬓厮磨,或呢哝低语。

我说:"温馨。"

然内心里却半点儿体会到温馨的真感觉也没有。

我想,温馨肯定是多种多样的。除了那两条广告其意太深我无法理解,以上种种皆是温馨,也不该成为什么问题。

我想,温馨一定是有共性前提的。首先它只能存在于较小的空间。世界上的任何宫殿都不可能是温馨的,但宫殿的某一房间却会是温馨的。最天才的设计大师也不能将某展览馆搞成一处温馨的所在;而最普通的女人,仅用旧报纸、窗花和一条床单几个相框,就足以将一间草顶泥屋收拾得温馨慰人;在一辆"奔驰"车内放一排布娃娃给人的印象是怪怪的,而有次我看见一辆"奥拓"车那样,却使我联想到了少女的房间。其次温馨它一定是同暖色调相关的一种环境。一切冷色调都会彻底改变它,而一切艳颜丽色也将使温馨不再。那时它或者转化为浪漫,或者转化为它的反面,变成了浮媚和庸俗。温馨也当然的是与光线相关的一种环境。黑暗中没有温馨,亮亮堂堂的地方也与温馨二字无缘。所以几乎可以断言,盲人难解温馨何境。而温馨所需要的那一种光,是半明半暗的,是亦遮亦显的,是总该有晕的。温馨并不直接呈现在光里,而呈现在光的晕里。故刻意追求温馨的人,就现代的人而言,对灯的形状、瓦数和灯罩,都是有极讲究的要求的。

这样看来,离不开空间大小、色彩种类、光线明暗的温馨,往往是务须加以营造的效果了。人在那样的环境里,男的还要流露多情,女的还要尽显妖媚,似乎才能圆满了温馨。若无真心那样,作秀既是难免的，也简直是必要的。否则呢，岂不枉对于那不大不小的空间，那沉醉眼球的色彩，那幽晕迷人的灯光，那使人神经为之松弛的气氛了吗？

是的是的，我承认以上种种都是温馨，承认人性对它的需要就像我们的肉体需要性和维生素一样。

但我觉得，定有另类的一种温馨，它不是设计与布置的结果，不是刻意营造出来的。它储存在寻常人们所过的寻常的日子里，偶一闪现，转瞬即逝，溶解在寻常日子的交替中。它也许是老父亲某一时刻的目光；它也许曾浮现于老母亲变形了的嘴角；它也许是我们内心的一丝欣慰；甚至，可能与人们所追求的温馨恰恰相反，体现为某种忧郁、感伤和惆怅。

它虽溶解在日子里，却并没有消亡，而是在光阴和岁月中渐渐沉淀，等待我们不经意间又想起了它。

而当我们想起了它的时候，我们往往会对自己说——温馨吗？我知道那是什么！并且，顿感其他一概的温馨，似乎都显得没有多少意味了……

美的力量

一只风筝的一生

　　这是春季里一个明媚的日子。阳光温柔。风儿和煦。鸟儿的歌唱此起彼伏。

　　一丛年轻的竹，在一户人家后院愉快地交谈。它们都正感觉着一种生命蓬勃生长的喜悦，也都在预想和憧憬着它们的将来。有的希望做排，有的希望做桅杆，有的希望做家具，有的希望做工艺品……

　　还有一个说："我才不希望被做成另外的任何东西呢！我只想永永远远地是我自己，永永远远地是一棵竹！但愿我的根上不断长出笋，让我由一而十，而百，而生发成一片竹林。"

　　它的话音刚落，有一个男人握着砍刀走来。他是一个专做风筝卖风筝的男人，他这一天又要做一只风筝。

　　他上下打量那一丛年轻的竹。它们在他那种审视的目光之下，顿时都紧张得叶子瑟瑟发抖。

　　此刻，对那一丛年轻的竹而言，那个瘦小黝黑其貌不扬的男人，乃是决定它们命运的上帝。他使它们感到无比的怵畏。

他的目光终于只瞧着那棵"不希望被做成另外的任何东西"的竹了。他缓缓地举起了砍刀……

不待那棵竹做出哀求的表示，他已一刀砍下。在一阵如同呻吟的折断声中，它的枝叶似乎想要拽住另外那些竹的枝叶，然而它们都屏息敛气，尽量收缩起自己的枝叶避免受它的牵连……

它无助地倒下了……

被拖走了……

做风筝的男人将它剁为几段，选取了其中最满意的一段。接着将那一段劈开，砍成了无数篾子。

他只用几条篾子就熟练地扎成了一只风筝的骨架。其余的篾子都收入柜格中去了。而剩下的几段，已对他没什么用处了。被他的女人抱出去，散乱地扔在院子里，等晒干后当柴烧。

美丽的、蝶形的风筝很快做好了。它是用兜风性很好的彩绸裱糊成的。

当做风筝的人欣赏着它的时候，风筝得意地畅想着——啊，我诞生了！我是多么漂亮多么轻盈啊！我要高高地飞翔！竹也实现了凤凰涅槃。

后来那风筝被一位父亲替自己六七岁的儿子买去。

在另一个明媚的日子里，父亲带着儿子将风筝放起来了。它越飞越高，越飞越高，飞到了一只真的蝴蝶所根本不能达到的高度。他们还用彩纸叠了几只小花篮，一只接一只套在风筝线上，让风送向风筝……

许多行人都不由得驻足，仰头观望那只美丽的风筝。

风筝也自高空朝地面俯瞰着。

它更加得意了。

它对另一只风筝喊："瞧，多少人被我的美丽和我达到的高度所吸引呀！我比你飞得高！"

"我比你飞得高！那些人是被我的美丽和我达到的高度所吸引的！"

另一只风筝不服气起来。

"我飞得高！"

"我飞得高！"

"我美丽！"

"我比你美丽！我像蝴蝶，而你像什么呀！不过像一只普通的毛色单一的鸟罢了！……"

于是它们在空中争吵。

于是它们都不顾风筝线的松紧，各自拼命往更高处升，都一心想超过对方的高度……

不幸得很，蝶形的风筝，首先挣断了控制它高度和操纵它方向的线，从空中翻着筋斗坠落着……

一阵突起的大风将它刮走了……

翌日，一个女人站在自家窗前，若有所思地凝视着它——它被缠在电线上了……

几只麻雀——城市里司空见惯的、最普通毛色最单一的小东西落在电线上。它们对那只美丽的、蝶形的风筝感到十分好奇，叽叽喳喳地评论它。不久开始啄它，还大不敬地往它上面拉屎……

第一场雨下起来了……

然后风开始刮得尘土飞扬令人讨厌了……

被缠在电线上的风筝，湿了又干了，干了又湿了。它沾满尘土，肮脏了……

最初它仅能吸引一些人的目光。他们一旦发现它，都不禁驻足望它一会儿，都会说出一两句惋惜的话，或内心里产生一些惋惜的想法。

风筝不但肮脏了，而且破了。它那用竹篾编扎成的骨架暴露了，像鱼刺从一条烂鱼的皮下穿出来一样。

一旦发现它的人都赶紧低下头，它容易使人产生不好的联想了。

只有麻雀们仍愿落近它，仍喜欢啄它。当然，更加肆无忌惮地往它上面拉屎。仿佛它变得越狼狈不堪，越使它们感到高兴似的。

还有那个女人，也一直在天天隔窗关注着它由美变丑的过程。

她是一位女散文家。那风筝触发了她的某种文思，于是不久她写成了一篇充满伤感意味的叹物散文发在报上。于是此篇散文一时被四处转载，被收入"散文精品文丛"之类，不久获奖。

女散文家用三千元奖金买了一套时装。

她的亲朋好友都说她穿上那一套时装显得气质特别的端庄，特别的高贵，总之特别的超凡脱俗。她穿着它出现在文化活动中和社交场合，即使行走在路上时，也常会招来刮目相看的目光。她十分需要这个，能使她那颗女人的心获得极大的满足。她因此暗暗感激那只被电线缠住的风筝……不，更真实更准确地说，是暗暗感激"俘虏"了那只风筝的电线……

有一位摄影家，从报上读到了女散文家那篇散文，并且，也从报上知道她那篇散文获奖了。

于是有一天，他挎着摄影机，提着三脚架按照她那篇散文所提供的线索，来到了她家住的那一条街。男摄影家被女散文家以感伤的文字所描写的一只风筝由美变丑的过程所影响，来为那只不幸的风筝拍一张艺术照片。他的初念并没什么功利目的，只不过受种种中年人常常会产生的感事伤怀的心绪的驱使，想以摄影的方式，抒发凭吊某一事物的忧郁情怀罢了。

他选好了角度，支牢三脚架，耐心地期待着光线的变化，连拍了一卷儿才离去。

他将胶卷冲洗出来惊喜地发现，有一张的意境拍得格外之好。他在暗房中进行了几次艺术处理，使那一张成了很独特的艺术摄影。

后来他举办了一次个人摄影展，那一张当然也放大了悬置其中。取题为《一只风筝的弥留之际》。

他是位颇有名气的摄影家。参观的人不少。许多人都在《一只风筝的弥留之际》前沉思冥想，或故作沉思冥想状。

其实那也算不上是一张怎样出色的摄影作品，只不过看了令人觉得感伤忧郁罢了。

但当代人的问题是物质生活水平越提高了心情越忧郁；精神生活内容越丰富了精神越空虚；越没多少值得感伤的事儿了越空前地感伤。这是一种时尚，一种时髦，一种病，一种互相传染而且没什么特效药可治的病。人们都觉得自己也处在弥留之际了似的，包括正年轻着的男女。

替摄影家操办摄影展的经纪人，从人们的神情中预测到了这一艺术摄影的商业价值。他起先估计得太低了。他让手下人暗中将出售标价牌儿为他偷来了，打算再加一个零，或再加两个零……

突然响起了一个孩子的哭叫声："这是我的风筝！我到处找过它！我能认出这就是我那只风筝！"

这孩子曾因失去了那只风筝而非常难过。他和它之间似乎已存在着一种感情了。

他央求他父亲替他将那摄影作品买下……

当父亲的不忍拒绝儿子，领着儿子找到了那经纪人。

经纪人伸出了一根指头。

"一千？"

经纪人摇摇头，向那当父亲的出示标价牌儿——一千后已被加上一个零了。

孩子很懂事。知道这完全超出了父亲的经济实力，噙着泪，一步三回头地跟着父亲走了……

那摄影作品立即被一位"大款"买定。"大款"倒不太喜欢它。他喜欢的是当众在别人买不起时，自己一掷万金买下任何东西的那份儿好感觉。

那摄影作品被一位"大款"以万金买定的事见了报，并且此消息报道配有那摄影作品。

女散文家那天一看报，当即给自己的代理律师拨通了电话——指出这是公然的侵权，甚至是公然的剽窃。因为摄影作品的构思，分明的来自于她那篇不但获奖还被收入"散文精品丛书"的散文……

于是一场"版权"官司又见报。

寂寞的报界大喜过望，"炒"得个"天翻地覆慨而慷"。

那当父亲的看到了有关报道，心想若说"版权"，"原始版权"是属于我的呀！

他向女散文家和男摄影家同时进行了起诉，使得报界更加大喜过望。电台、电视台也不甘落后，分头进行采访。由于案例独特，律师界终于被诱上钩，自觉不自觉地卷入了大讨论。媒体推波助澜，使讨论发展成了辩论。于是有经济头脑的人，不失时机地就此事组织了一场法律系大学生们的辩论大赛；于是学生们在电视里唇枪舌剑，势不两立；于是有人从中大发广告效益之财；于是引起一位杂文家对此现象的批评；于是引起另一位杂文家的措辞激烈的"商榷"；于是有人支持前者，有人支持后者，掀起了一场杂文大战，使各报战火弥漫，硝烟滚滚。于是引起一部分社会学家的忧患，而另一部分社会学家认为这一切其实很正常，大可不必杞人忧天……

第二年的春天里的一个日子，在那一户有竹人家后院，那一丛都长高了几节的年轻的竹，又在愉快地交谈着：

"还记得咱们那个不希望被做成另外的任何东西的兄弟吗？可怜的家伙，结果落了个尸骨不全的下场！"

"嘿，你不提，我们早把它忘了！我一点儿也不同情它，谁叫它那么狂妄呢！"

　　那用完了竹篾的男人，又握着砍刀走来了。

　　竹们顿时全吓得悄无声息，连一片最小的叶子也不敢抖动一下……

　　又一只美丽的风筝将诞生了。

　　又一根竹四分五裂了。

　　许多种美的诞生是以另外许多种美的毁灭为代价的，而在这过程和其后，更会有许多无聊的没意思的事伴随着……

美是不可颠覆的

许多人认为，各个民族，在各个不同的历史阶段，或不同的时代，有不同的美的标准，以及美的观念，美的追求。

这一点基本上被证明是正确的。

于是进而有许多人认为，时代肯定有改变美的标准的强大力度。因而同样具有改变人之审美观及对美的追求的力度。这一点却是不正确的。事实上时代没有这种力度。事实上像蜜蜂在近七千年间一直以营造标准的六边形为巢一样，人类的心灵自从产生了感受美的意识以来，美的事物在人类的观念中，几乎从未被改变过。

我的意思是——无论任何一个民族，无论它在任何历史阶段或任何时代，它都根本不会陷入这样的误区——将美的事物判断为不美的，甚至丑的；或反过来，将丑的事物，判断为不丑的，甚至美的。

是的，可以毫无疑义地说，人类根本就不曾犯过如此荒唐的错误。此结论之可靠，如同任何一只海龟出生以后，根本就没有犯过朝与海洋相反的方向爬过去的错误一样。

就总体而言，人类心灵感受美的事物的优良倾向，或曰上帝所赋予的宝贵的本能，又仿佛镜子反射光线的物质性能一样永恒地延续着。只要镜子确实是镜子，只要光线一旦照耀到它。

果真如此吗？

有人或许将举到《聊斋志异》中那篇著名的小说《罗刹海市》进行辩论了。此篇的主人公马骥，商贾之子。"美丰姿，少倜傥，喜歌舞。"并且，"辄从梨园子弟，以锦帕缠头。美如好女，因复有'俊人'之号"。正是如此这般的一位"帅哥"，厌学而"从人浮海，为飘风引去，数昼夜至一都会"。于是便抵达了所谓的"罗刹岛国"。以马骥的眼看来，"其人皆奇丑"。而罗刹国人"见马至，以为妖，群哗而走"。

美和丑，在罗刹国内，标准确乎完全颠倒了。不但颠倒了，而且竟以颠倒了的美丑标准，划分人的社会等级。"其美之极者，为上卿；次任民社；下焉者，以邀贵人宠，故得鼎烹以养妻子。"也就是说，第三等人，如能有幸获得权贵的役纳，还是可以混到一份差事的。至于马骥所见到的那些"奇丑"者，竟因个个丑得不够，被逐出社会，于是形成了一个贱民部落。

丑得不够便是"美"得不达标，有碍观瞻。那么，"美之极者"们又是怎样的容貌呢，以被当地人视为"妖"的马骥的眼看来，不过个个面目狰狞罢了。

我敢断定，在中国的乃至世界的文学史中，《罗刹海市》大约是唯一的一篇以美丑之颠倒为思想心得的小说。

便是这一篇小说，也不但不是否定了我前边开篇立论的观点，而恰恰是补充了我的观点。

因为——被视为"妖"的马骥，一旦游戏之"以煤涂面"，竟也顿时"美"了起来，遂被引荐于大臣，引荐于宰相，引荐于王的宝殿前。而当"马即起舞，亦效白锦缠头，作靡靡之音"时——"王大悦"。不但大悦，且"即日拜下大夫。时与私宴，恩宠殊异"。以至于引起官僚们的忌妒，以至于自心忐忑不安，以至于明智地"上疏乞休致"，而王"不许"。"又告休沐，乃给三月假。"

分析一下王的心理，是非常有趣的。以被贱民们视为"妖"的马骥的容貌，社会等级该在贱民们之下。怎么仅仅以煤涂面，便"时与私宴，恩宠殊异"了呢？想必在王的眼里，美丑是另有标准的吧？

王是否也牛头马面呢？小说中只字未提。或是。那么在他的国里，以丑为美，以牛头马面，五官狰狞的为极美，自是理所当然的了。或者竟非牛头马面，甚至不丑。那么可以猜测，在他的国里，美丑标准的颠倒，也许是出于统治的需要。是对他那一帮个个牛头马面的公卿大臣们的权威妥协也未可知。

但无论怎样的原因，在王的国里，美丑是一种被颠倒的标准；在王的眼里心里，美丑的标准未必不是正常的。他只不过装糊涂罢了。

否则，为什么他那么喜赏马骥之歌舞呢？为什么会情不自禁地赞曰"异哉！声如凤鸣龙啸，从未曾闻"呢？

王的"大悦"，盖因此耳！

结论：美可能在某一地方，某一时期，某一情况之下被局部地歪曲，但根本不可能被彻底否定。

如马骥，煤可黑其面，但其歌之美犹可征服王！

结论：美可在社会舆论的导向之下遭排斥，但它在人心里的尺度根本不可能被彻底颠覆。

如王，上殿可视一帮牛头马面而司空见惯；回宫可听恢诡噪耳之音而习以为常，但只要一闻骥的妙曼清唱，神不能不为之爽，心不能不为之畅，感观不能不达到享受的美境。

有人或许还会举到非洲土著部落的人们以对比强烈的色彩涂面为"美"；以圈圈银环箍颈乃至于颈长足尺为美，来指证美的客观标准的不可靠，以及美的主观标准的何等易变，何等荒唐，何等匪夷所思……

其实这一直是相当严重的误解。

在某些土著部落中，女性一般是不涂面的。少女尤其不涂面。被认为尚未成年的少年一般也不涂面。几乎一向只有成年男人才涂面。而又几乎一向是在即将投入战斗的前夕。少年一旦开始涂面，他就从此被视为战士。成年人们一旦开始涂面，则意味着他势必又要出生入死一番的严峻时刻到了。涂面实非萌发于爱美之心，乃战事的讯号，乃战士的身份标志，乃肩负责任和义务决一死战的意志的传达。当然，在举行特殊的庆典时，女性甚至包括少女，往往也和男性们一样涂面狂欢。但那也与爱美之心无关，仅反映对某种仪式的虔诚。正如文明社会的男女在参加丧礼时佩戴黑纱和白花不是为了美观一样。至于以银环箍颈，实乃炫耀财富的方式。对于男人，女人是财富的理想载体。亘古如兹。颈长足尺，导致病态畸形，实乃炫耀的代价，而非追求美的结果。或者说主要不是由于追求美的结果。这与文明社会里的当代女子割双眼皮儿而不幸眼睑发炎落疤，隆胸丰乳而不幸硅中毒是不能同日而语的。

但中国历史上女子们的被迫缠足却是应该另当别论的。这的的确确是与美的话题相关的病态社会现象。严格说来，我觉得，这甚至应该被认为是桩极其重大的历史事件。此事件一经发生，其对中国女子美与不美的恶劣的负面影响，历时五代七八百年之久。以至于新中国成立以后，我这个年龄的中国人，还每每看见过小脚女人。

近当代的政治思想家们、社会学家们、民俗学家们，皆以他们的学者身份疾恶如仇地对缠足现象进行过批判，却很少听到或读到美学家们就此病态社会现象的深刻言论。

而我认为，这的确也是一个美学现象。的确也是一个中国美学思想史中应该予以评说的既严重又恶劣的事件。此事件所包含的涉及中国人审美意识和态度的内容是极其丰富的。比如历史上中国男人对女人的审美意识和态度，女人们在这一点上对自身的审美意识和态度，一个缠足的大家闺秀与一个"天足"的农妇在此一点上意识和态度的区别，以及为什么？以及是她们的丈夫、父亲们的男人的意识和态度，以及是她们的母亲的女人的意识和态度，以及她们在嫁前相互比"美"莲足时的意识和心态，以及她们在婚后其实并不情愿被丈夫发现毫无"包装"的赤裸的蹄形小脚的畸怪真相的意识和心态，以及她们垂暮老矣之时，因畸足越来越行动不便情况之下的意识和心态……凡此种种，我认为，无不与男人对女人，女人对自身的审美意识和心态发生粘连紧密而又杂乱的思想关系，观念关系，畸形的性炫耀与畸形的性窥秘关系……

但是，让我们且住。这一切我们先都不要去管它。

让我们还是来回到我们思想的问题上——即一双女人的被摧残得筋骨畸形的所谓"莲足"，真的比一双女人的"天足"美吗？

无论男人还是女人，如果自身对美的感觉不发生错乱，回答显然会是否定的。

可怎么在中国这个文明古国，在占世界人口几分之一的人类成员中，在近千年的漫长历史中，集体地一直沉湎于对女性的美的错乱感觉呢？以至于到了清朝，梁启超及按察史董遵宪曾联名在任职的当地发布公告劝止而不能止；以至于太平军克城踞县之后，罚劳役企图禁绝陋习而不能禁；以至于慈禧老太太从对江山社稷的忧患出发，下达懿旨劝禁也不能立竿见影；以至于身为直隶总督的袁世凯亲作"劝不缠足文"更是无济于事；以至于到了民国时期，则竟要靠罚款的方式来扼制蔓延了——而得银日八九十万两，年三万万两。足见在中国人的头脑中——钱是可以被罚的，女人的脚却是不能不缠的。"毒螫千年，波靡四域，肢体因而脆弱，民气以之凋残，几使天下有识者伤心，贻后世无穷之唾骂。"

这样的布告词，实不可不谓振聋发聩、痛心疾首。然无几个中国男人听得入耳，也无几个中国女人响应号召。爱捧小脚的中国男人依然故我。小脚的中国女人们依然感觉良好，并打定主意要把此种病态的良好感觉"传"给女儿们……

中国人倘曾以这样的狂热爱科学，争平等，促民主，那多好啊！不是说美的标准肯定是客观的而非主观的吗？不是说任何民族，在任何一个时代和任何一种情况之下，都根本不可能颠覆它吗？那中国近千年的缠足现象又该作何解释呢？首先，历史告诉我们——这现象始于帝王。皇上的个人喜好，哪怕是舐痂之癖，一旦由隐私而公开，则似乎便顿时具有了趣味的高贵性，意识的光荣性，等级的权威性。于是皇亲国戚们纷纷效仿；于是公卿大臣们趋之若鹜；于是巨商富贾紧步后尘——于是在整个权贵阶层蔚然成风……

在古代，权贵阶层的喜好，以及许多侧面的生活方式，一向是由很不怎么高贵的活载体播染向民间的。那就是——娼妓。先是名娼美妓才有资格。随即这种资格将被普遍的娼妓所瓜分。无论在古代的中国，还是在古埃及、古希腊、古罗马，规律大抵如此。

娼妓的喜好首先熏醉的必将是一部分被称为文人的男人。这也几乎是一条世界性的规律。在古代，全世界的一部分被称为文人的男人，往往皆是青楼常客，花街浪子。于是，由于他们的介入，由于他们也喜好起来，社会陋俗的现象，便必然地"文化"化了。

陋俗一旦"文化"化，力量就强大无比了。庶民百姓，或逆反权贵，或抵抗严律，但是在"文化"面前，往往只有举手乖乖投降的份儿。

康熙时代一人之下，万人之上，权倾朝野的鳌拜便是"金莲"崇拜者；乾隆皇帝本身即是；巨商胡雪岩也是；大诗人苏东坡是；才子唐伯虎是；作"不缠足文"的袁世凯阳奉阴违背地里更是……

《西厢记》中赞美"金莲"；《聊斋》中的赞美也不逊色；诗中"莲"、

词中"莲"、美文中"莲"，乃至民歌童谣中亦"莲"；唱中"莲"、画中"莲"、书中"莲"，乃至字谜中"莲"、酒令中也"莲"……

更有甚者，南方北方，此地彼域，争相举办"赛莲"盛会——有权的以令倡导，有钱的出资赞助，公子王孙前往逐色，达官贵人光临览美，才子"采风"，文人作赋……

连农夫娶妻也要先知道女人脚大脚小，连儿童的憧憬中，也流露出对小脚美女的爱慕，连乡间也流传《十恨大脚歌》，连帝都也时可听到嘲讽"大脚女"的童谣……

在如此强大、如此全方位，"地毯式"的文化进击、文化轰炸，或曰文化"妙作"之下，何人对女性正常的审美意识和心态，又能定力极强，始终不变呢？何人又能自信，非是自己不正常，而是别人都变态了呢？即使被人认为主见甚深的李鸿章，也每因自己的母亲是"天足"老太而讳若隐私，更何况一般小民了……

结论：某一恶劣现象，可能在相当漫长的历史时期内畅行无阻，世代袭传，成为鄙陋遗风，迷乱人们心灵中的审美尺度。但却只能部分地扭曲之，而绝对不可能整体地颠覆之。正如缠足的习俗虽可在漫长的历史时期内将女人的脚改变为"莲"，却不可能以同样的方式扭曲任何一个具体的女人的身躯，而依然夸张地予以赞美。并且，迷乱人们心灵中的审美尺度的条件，一向总是伴随着王权（或礼教势力、宗法势力）的支持和怂恿；伴随着颓废文化的推波助澜；伴随着富贵阶层糜烂的趣味；伴随着普遍民众的愚昧。还要给被扭曲的审美对象以一定的意识损失以补偿——比如相对于女人被摧残的双足而言，鼓励刻意心思，盛饰纤足，一袜一履，穷工极丽。尤以豪门女子、青楼女子、礼教世家女子为甚。用今天的说法，就是以外"包装"的精致，掩饰畸形的怪异真相。还要给被扭曲的审美对象以一定的精神满足，而这一点通常是最善于推波助澜的颓废文化胜任愉快的。

有了以上诸条件，鄙陋习俗对人们心灵中审美尺度的扭曲，便往往大功告成。

但，这一种扭曲，永远只能是部分的侵害。

世间一切美的事物，都具有极易受到侵害的一面。但也同时具有不可能被总体颠覆形象的基本素质。

比如戴安娜，媒介去年将她捧高得如爱心女神，今年又贬她为"不过一个毁誉参半的、行为不检点的女人"。但，却无法使她是一个有魅力的女人这一点受到彻底颠覆。

某些事物本身原本就是美的，那么无论怎样的习俗都不能使它们显得不美。正如无论怎样的习俗，都不能使尖头肿颈者在大多数世人眼里看来是美的。

美女绝非某一个男子眼里的美女。通常她必然几乎是一切男子眼里的美女。他人的贬评不能使她不美。但她自身的内在缺陷——比如嫉妒、虚荣、无知、贪婪，却足以使她外在的、人人公认的客观美点大打折扣。

美景绝非某一个世人眼里的美景，通常它必然几乎是一切世人眼里的美景。

丑的也是。

视觉永远是敏感的，真实可靠的，比审美的观点审美的思想更难以欺骗的。

美的不同种类是无穷尽的。

丑的也将继续繁衍丑的现象，永远不会从地球上消亡干净。

但我们人类的视觉永远不会将它们混淆。因为它们各有天生不可能被混淆的客观性。

这客观性是我们人类的心灵与造物之间可能达成的一致性的前提和保证。

正是在这一前提和保证之下，对于古希腊人古埃及人是美的那些雕塑，是雄伟的那些建筑，对于今天的我们依然是美的。正是在这一前提和保证之下，我们所处的这个时代一切美的事物，假设能够通过"时间隧道"移至我们的远古祖先们面前，大约也必引起他们对于美的赏悦和好奇。正如几乎一切古代的工艺品，今天引起我们的赏悦和好奇一样……

美是大地脸庞上的笑靥。因此需要有眼睛，以便看到它；需要有情绪，以便感觉到它。

我们只能怀着虔诚感激造物赐我们以眼睛和心灵。以为自己便是这世界的中心便是上帝，以为我不存在一切的美亦消亡，以为世上原本没有客观的美丑之分，美丑盖由一己的好恶来界定——这一种想法不但是狂妄自大的，也是可笑至极的。

我知道关于美究竟是客观的还是主观的这一哲学与美学之争至今可追溯到千年以前，但我坚定不移地接受前者的观点，相信美首先是客观的存在。

据我想来，道理是那么的简单——有许多美好的事物我没观赏到过，许多人都没观赏到过，但另外许多人可能正观赏着，可能正被那一种美感动着。

在我死掉以后，这世界上美的事物将依然美着。

时代和历史的演进改变着许多事物的性质，包括思想和观念。

但似乎唯有美的性质是不会改变的。改变的只是它的形式。它的性质不但是客观的，而且是永恒的。它的形式只能被摧毁。它的性质不能被颠覆。

正如一只美的瓶破碎了，我们必惋惜地指着说："它曾是一只多美的瓶啊！"

倘某一天人类消亡了——一只鸟儿在某一早晨睁开它的睡眼，阳光明媚，风微露莹，空气清新，花儿妩紫翻红，草树深绿浅绿，那么它一定会开始悦耳地鸣叫吧？

它是否是在因自然的美而歌唱呢？

它望见草地上一只小鹿在活泼奔跃——那小鹿是否也是在因自然的美而愉快呢？

灵豚逐浪，巨鲸拍涛——谁敢断言它们那一时刻的激动，不是因为感受到了那一时刻大海的壮美呢？

美是不可颠覆的。

七千年后的蜜蜂仍在营造着七千年前那么标准的六边形。七千年前那些美的标准和尺度，剔除病态的、迷乱的部分——几乎仍在我们今天的生活中是标准和尺度……

沉默的墙

在一切沉默之物中，墙与人的关系最为特殊。

无墙，则无家。

建一个家，首先砌的是墙。为了使墙牢固，需打地基。因为屋顶要搭盖在墙垛上。那样的墙，叫"承重墙"。

承重之墙，是轻易动不得的。对它的任何不慎重的改变，比如在其上随便开一扇门，或一扇窗，都会导致某一天突然房倒屋塌的严重后果。而若拆一堵承重墙，几乎等于是在自毁家宅。人难以忍受居室的四壁肮脏。那样的人家，即使窗明几净也还是不洁的。人尤其忧患于承重墙上的裂缝，更对它的倾斜极为恐慌。倘承重墙出现了以上状况，人便会处于坐卧不安之境。因为它时刻会对人的生命构成威胁。

在墙没有存在以前，人可以任意在图纸上设计它的厚度、高度、长度、宽度和它在未来的一个家中的结构方向。也可以任意在图纸上改变那一切。

　　然而墙，尤其承重墙，它一旦存在了，就同时宣告着一种独立性了。这时在墙的面前，人的意愿只能徒唤奈何。人还能做的事几乎只有一件，那就是美观它，或加固它。任何相反的事，往往都会动摇它。动摇一堵承重墙，是多么的不明智不言而喻。

　　人靠了集体的力量足以移山填海。人靠了个人的恒心和志气也足以做到似乎只有集体才做得到的事情。于是人成了人的榜样，甚至被视为英雄。一个再平凡不过的人，在自己的家里，在家扩大了一点儿的范围内，比如院子里，又简直便是上帝了。他的意愿，也仿佛上帝的意愿。他可以随时移动他一切的家具，一再改变它们的位置。他可以把一株花从这一个花盆里挖出来，栽到另一个花盆里。他也可以把院里的一株树从这儿挖出来，栽到那儿。他甚至可以爬上房顶，将瓦顶换成铁皮顶。倘他家的地底下有水层，只要他想，简直又可以在他家的地中央弄出一口井来。无论他可以怎样，有一件事他是不可以的，那就是取消他家的一堵承重墙。而且，在这件事上，越是明智的人，越知道不可以。

　　只要是一堵承重之墙，便只能美观它，加固它，而不可以取消它。无论它是一堵穷人的宅墙，还是一堵富人的宅墙。即使是皇帝住的宫殿的墙，只要它当初建在承重的方向上，它就断不可以被拆除。当然，非要拆除也不是绝对不可以，那就要在拆除它之前，预先以钢铁架框或石木之柱顶替它的作用。

　　承重墙纵然被取消了，承重之墙的承重作用，也还是变相地存在着。

人类的智慧和力量使人类能上天了，使人类能蹈海了，使人类能入地了，使人类能摆脱地球的巨大吸引力穿过大气层飞入太空登上月球了；但是，面对任何一堵既成事实的承重墙，无论是雄心壮志的个人还是众志成城的集体，在科学高度发达的今天，还是和数千年前的古人一样，仍只有三种选择——要么重视它既成事实了的存在；要么谨慎周密地以另外一种形式取代它的承重作用；要么一举推倒它炸毁它，而那同时等于干脆"取消"一幢住宅，或一座厂房，或高楼大厦。

　　墙，它一旦被人建成，即意味着是人自己给自己砌起的"对立面"。

　　而承重墙，它乃是古今中外普遍的建筑学上的一个先决条件。是砌起在基础之上的基础。它不但是人自己砌起的"对立面"，并且是人自己设计的自己"制造"的坚固的现实之物。它的存在具有人不得不重视它的禁讳性。它意味着是一种立体的眼可看得见手可摸得到的实感的"原理"。它沉默地立在那儿就代表着那一"原理"。人摧毁了它也还是摧毁不了那一"原理"。别物取代了它的承重作用恰证明那一"原理"之绝对不容怀疑。

　　而"原理"的意思也可以从文字上理解为那样的一种道理——一种原始的道理，一种先于人类存在于地球上的道理。因为它比人类古老，因为它与地球同生同灭，所以它是左右人类的地球上的一种魔力。是地球本身赋予的力。谁尊重它，它服务于谁；谁违背它，它惩罚谁。古今中外，地球上无一人违背了它而又未自食恶果的。

　　墙是人在地球上占有一定空间的标志。承重墙天长地久地巩固着这一标志。

　　墙是比床，比椅，比餐桌和办公桌与人的关系更为密切的东西。因为人每天只有数小时在床上。因为人并不整天坐在椅上。也不整天不停地吃着或伏案。但人眼只要睁着，只要是在室内，几乎无时无刻看到的都首先是墙。即使人半夜突然醒来，他面对的也很可能首先是墙。墙之对于人，真是低头不见抬头便见。

　　所以人美化居住环境或办公环境，第一件要做的事便是美观墙壁。为此人们专门调配粉刷墙壁的灰粉，制造专门裱糊墙壁的壁纸。壁纸在从前的年代只不过是印有图案的花纸，近代则生产出了具有化纤成分的壁膜和不怕水湿的高级涂料。富有的人家甚至不惜将绸缎包在板块上镶贴于墙。人为了墙往往煞费苦心。

　　然而墙却永远地沉默着。永远地无动于衷。永远地荣辱不惊。不像床、椅和桌子，旧了便发出响声。而墙，凿它，钻它，钉它，任人怎样，它还是一堵沉默的墙。

　　我童年的家，是一间半很低很破的小房子。它的墙壁是根本没法粉刷的。也没法裱糊。再说买不起墙纸。只有过春节的时候，用一两幅年画美观一下墙。春节一过，便揭下卷起，放入旧箱子，留待来年春节再贴。穷人家的墙像穷人家的孩子，年画像穷人家的墙的一件新衣，是舍不得始终让它"穿在身上的"。

　　后来我家动迁了一次。我们的家终于有了四面算得上墙的墙。那一年我小学五年级。从那一年起，我开始学着刷墙。刷墙啊！多么幸福多么快乐的事啊！那年代石灰是稀有之物。为了刷一遍墙，我常常预先满城市寻找，看哪儿在施工。如果发现了哪儿堆放着石灰，半夜去偷一盆。

有时在冬天，端着走很远的路，偷回来时双手都冻僵了。刷前还要仔细抹平墙上的裂纹。我将炉灰用筛子筛过，掺进黄泥里，合成自造的水泥。几次后我刷墙不但刷出了经验，而且显示出了天分。往石灰浆里兑些蓝墨水，墙就可以刷成我们现在叫作"冷色"的浅蓝色。兑些红墨水，墙就可以刷成我们现在叫作"暖色"的浅红色。但对于那个年代的小百姓人家墨水是很贵的。舍不得再用墨水，改用母亲染衣服的蓝的或红的染料。那便宜多了。一包才一角钱，足够用十几次。我上中学后，已能在墙上喷花。将硬纸板刻出图案，按住在墙上；一柄旧的硬毛刷沾了灰浆，手指反复刮刷毛，灰点一番番浅在墙上；不厌其烦，待纸板周围遍布了浆点，一移开，图案就印在墙上了。还有另一种办法，也能使刷过的墙上出现"印象派"的图案。那就是将抹布像扭麻花似的对扭一下，沾了灰浆在墙上滚。于是滚出了一排排浪；滚出了一朵朵云，滚出了不可言状的奇异的美丽。少年的我，刷墙刷得上瘾，往往一年刷三次。开春一次，秋末一次，春节前一次。为的是在家里能面对自己刷得好看的墙，于是能以较好的心情度过夏季、"十一"和春节。因而，居民委员会检查卫生，我家每次得红旗。因而，我在全院，在那一条小街名声大噪。别人家常求我去刷墙，酬谢是一张澡票或电影票……后来我去乡下，我的弟弟们也被我带出徒了。

住在北影一间筒子楼的十年，我家的墙一次也没刷过。因为我成了作家，不大顾得上刷墙了。

搬到童影已十余年，我家的墙也一次没刷过。因为搬来前，墙上有壁膜。其实刷也是刷过的。当然不是用灰浆，而是用刷子醮了肥皂水刷刷干净。四五次刷下来，墙膜起先的黄色都变浅了……现在，墙上的壁膜早已多处破了。我也懒得刷它了，更懒得装修，怕搭赔上时间心里会烦，亦怕扰邻。但我另有美观墙的办法。哪儿脏得破得看不过眼去，挂画框什么的挡住就是。于是来客每说："看你家墙，旧是太旧了，不过被你弄得还挺美观的。"

现在，我家一面主墙的正上方，是方形的特别普遍的电池表。大约 1983 年，一份叫《丑小鸭》的文学杂志发给我的奖品，时价七八十元。表的下方，书本那么大的小相框里，镶着性感的玛丽莲·梦露。我这个男人并不唯独对玛丽莲·梦露多么着迷。壁膜那儿只破了一个小洞，只需要那么小的一个相框。也只有挂那么小的一个相框才形成不对称的美。正巧逛早市时发现摊上在卖，于是以十元钱买下。满墙数镶着玛丽莲·梦露的相框最小，也着实有点儿委屈梦露了。

"她"的旁边，是比"她"的框子大出一倍多的黑框的俄罗斯铜板画，其上是庄严宏伟的玛丽亚大教堂。是在俄罗斯留学学过俄罗斯文学史、确实沾亲的一位表妹送给我的。玛丽莲·梦露的下方，框子里镶的是一位青年画家几年前送给我的小幅海天景色的油画。另外墙上同样大小的框子里还镶着他送给我的两幅风景油画，都是印刷品。再下方的竖框里，是芦苇丛中一对相亲相爱的天鹅的摄影。是《大自然》杂志的彩页。我由于喜欢剪下来镶上了。一对天鹅的左边，四根半圆木段组成的较大的框子里，镶着列维斯坦的一幅风景画：静谧的河湾，水中的小船，岸上的树丛，令人看了心往神驰。此外墙上另一幅黑相框里，镶着金铂银铂交相辉映的耶稣全身布道像。还有两幅是童影举行电影活动的纪念品。一幅直接在木板上镶着苗族少女的头像，一幅镶着艺术化了的牛头。那一年是牛年。那一幅上边是《最后的晚餐》，直接压印在薄板上，无框。墙上还有两具瓷的羊头，一模一样；一具牛头，一具全牛，我花一百元从摊上买的。还有别人送我的由一小段一小段树枝组成的带框工艺品，还有两名音乐青年送给我的他们自己拍的散包摄影，还有湖南某乡女中学生送给我的她们自己粘贴的布画，是扎着帕子的少女在喂鸡。连框子也是她们自己做的。这是我最珍视的，因为少女们的心意实在太虔诚。还有一串用布缝制的五彩六色的十二生肖，我花十元钱在早市上买的，还有如意结、如意包、小灯笼什么的，都是早市上二三元钱买的……以上一切，挡住了我家墙上的破处、脏处，并美观了墙。

我这么详尽地介绍我家一面主墙上的东西，其实是想要总结我对墙的一种感想——墙啊，墙啊，永远沉默着的墙啊，你有着多么厚道的一种性格啊！谁要往你身上敲钉子，那么敲吧，你默默地把钉子咬住了。谁要往你身上挂什么，那么挂吧，管它是些什么。美观也罢，相反也罢，你都默默地认可了。墙啊，墙啊，你具有着的，是一种怎样的包容性啊！

尽管，人可以在墙上想写什么就写什么，想画什么就画什么，想挂什么就挂什么，想把墙刷成什么颜色就刷成什么颜色——然而，无论多么高级的墙漆，都难以持久，都将随着岁月的流失渐渐褪色、剥落；自欺欺人或被他人所骗往墙上刷质量低劣的墙漆，那么受害的必是人自己。水泥和砖构成的墙，却是不会因而被毁到什么程度的。

244

时过境迁，写在墙上的标语早已成为历史的痕迹，写的人早已死去，而墙仍沉默地直立着；画在墙上的画早已模糊不清，画的人早已死去，而墙仍沉默地直立着；挂在墙上的东西早已几易其主，由宝贵而一钱不值，或由一钱不值而身价百倍，而墙仍沉默地直立着；战争早已成为遥远的大事件，墙上弹洞累累，而墙沉默地直立着……墙什么都看见过，什么都听到过，什么都经历过，但它永远地沉默地直立着。墙似乎明白，人绝不会将它的沉默当成它的一种罪过。每一样事物都有它存在着的一份天职。墙明白它的天职不是别的，而是直立。墙明白它一旦发出声响，它的直立就开始了动摇。墙即使累了，老了，就要倒下了，它也会以它特有的方式向人报警，比如倾斜，比如出现裂缝……

人知道有些墙是不可以倒下的，因而人时常观察它们的状况，时常修缮它们。人需要它们直立在某处，不仅为了标记过去，也是为了标志未来。比如法国的巴黎公社墙。

人知道有些墙是不可以不推倒它的。比如隔开爱的墙；比如强制地将一个国家和一个民族一分为二的墙……比如种族歧视的无形的墙。

人从火山灰下，沙漠之下发掘出古代的城邦，那些重见天日的不倒的墙，无不是承重之墙啊！它们沉默地直立着，哪怕在火山灰下，哪怕在沙漠之下，哪怕在地震和飓风之后。

像墙的人是不可爱的。像墙的人将没有爱人，也会使亲人远离。墙的直立意象，高过于任何个人的形象。宏伟的墙所代表的乃是大意象，只有民族、国家这样庄严的概念可与之互喻。

一个时代又一个时代过去了，像新的墙漆覆盖旧的墙漆；一批风云际会的人物溶入历史了，又一批风云际会的人物也溶入历史了，像挂在墙上的相框换了又换；战争过去了，灾难过去了，动荡不安过去了，连辉煌和伟业也将过去，像家具，一些日子挪靠于这一面墙，一些日子挪靠于另一面墙……而墙，始终是墙。沉默地直立着。而承重墙，以它之不可轻视告诉人：人可以做许多事，但人不可以做一切事；人可以有野心，但人不可以没有禁忌，哪怕是对一堵墙……

蛾眉

半截燃烧着的烛在哭。它不是那种在婚礼上、在生日或在祭坛上被点亮的红烛，而是白色的，烛中最普通的，纯粹为了照明才被生产出来的烛。天黑以后，一户人家的女孩儿要到地下室去寻找她的旧玩具，她说："爸爸，地下室的灯坏了，我有点儿害怕去。你陪我去吧！"她的爸爸正在看报。他头也不抬地说："让你妈妈陪你去。"于是她请求妈妈陪她去。她的妈妈说："你没看见我正在往脸上敷面膜呀？"女孩儿无奈，只得鼓起勇气，点亮了一支蜡烛擎着自己去。那支蜡烛已经被用过几次了，在断电的时候。但是每次只被点亮过片刻，所以并不比一支崭新的蜡烛短太多。女孩儿来到地下室，将蜡烛用蜡滴粘在一张破桌子的桌角上，很快地找到了她要找的旧玩具……她离开地下室时，忘了带走蜡烛。于是，蜡烛就在桌角寂寞地，没有任何意义地燃烧着。到了半夜时分，烛已经消耗得只剩半截了。烛便忍不住哭起来。因自己没有任何意义的燃烧……事实上烛始终在流泪不止，然而对于烛，一边燃烧一边缓缓地流着泪，并不就等于它在悲伤，更不等于它是哭了，那只不过是本能，像人在劳动的时候出汗一样。当烛燃烧到一半以后，烛的泪有一会儿会停止流淌。斯际火苗根部开始凹下去。这是烛想要哭还没有哭的状态。烛的泪那会儿不再向下淌了。熔化了的烛体，如纯净水似的，积储在火苗根部，越积越满……极品的酒往杯里斟，酒往往可以满得高出杯沿而不溢。烛欲哭未哭之际，它的泪也是可以在火苗根部积储得那么高的。那时烛捻是一定烧得特别长了。烛捻的上端完全烧黑了，已经不能起捻的作用了，像烧黑的谷穗那般倒弯下来，也像烧黑的钩子或镰刀头。于是火苗那时会晃动，烛光忽明忽暗的。于是烛呈现一种极度忍悲，"泪盈满眶"的状态。此时如果不剪烛捻，则它不得不向下燃烧，便舔着积储在火苗根部的烛泪了，便时而一下地发出细微的响声了。那就是烛哭出声了。积高不溢的烛泪，便再也聚不住，顷刻流淌下来，像人的泪水夺眶而出……此时烛是真的哭了，出声地哭了。

刚刚点燃的烛是只流泪不哭泣的。因为那时烛往往觉着一种燃烧的快乐。并因自己的光照而觉着一种情调，觉着有意思和好玩儿。即使它的光照毫无意义，它也不会觉得在白耗生命……但是燃烧到一半的烛是确乎会伤感起来的。烛是有生命的物质。它的伤感是由它对自己生命的无限眷恋而引发的，就像年过五旬之人每每对生命的短促感伤起来。烛燃烧到一半以后，便处于最佳的燃烧状态了，自身消耗得也更快了……我们这一支烛意识到了这一点。它甚至有些恓惶了。"朋友，你为什么忧伤？"它听到有一个声音在问它。那声音羞怯而婉约。

烛借着自己的光照四望，在地下室的上角，发现有几点小小的光亮飘舞着。那是一种橙色的光亮，比萤火虫尾部的光亮要大些，但是没有萤火虫尾部的光亮那么清楚。烛想，那大约是地下室唯一有生命的东西了。那究竟是什么呢？"我在问你呢，朋友。看着你泪水流淌的样子真使我心碎啊！"声音果然是那几点橙色的光亮发出的。烛悲哀地说："不错，我是在哭着啊。可你是准呢？""我吗？我是蛾呀。一只小小的，丑陋的，刚出生三天的蛾啊！难道你没听说过我们蛾吗？"蛾说着，向烛飞了过去……烛立刻警告地叫道："别靠近我！千万别靠近我！快飞开去，快飞开去！……"蛾四片翅膀上的四点磷光在空中划出四道橙色的优美的弧，改变了飞行的方向。但蛾是不能像青鸟那样靠不停地扇动翅膀悬在空中的。

所以它听了烛的话后，只得在烛光未及处上下盘旋。蛾诧异地问烛；"朋友，你竟如此的讨厌我吗？"烛并不讨厌它。有一个有生命的东西在烛的生命结束之前与烛交谈，正是烛求之不得的。然而这一支烛知道"飞蛾扑火"的常识。那常识每使这一支烛感到罪过。它不愿自己的烛火毁灭另一种生命。它认为蛾也是一种挺可爱的生命。别的烛曾告诉它，假如某一只蛾被它的烛火烧死了，那么它是大可不必感到罪过的。因为那是蛾咎由自取。何况蛾大抵都是使人讨厌，对人有害的东西……烛沉默片刻，反问："你这只缺乏常识的蛾啊，难道你不知道靠近我是多么的危险吗？"

不料蛾说："我当然知道的呀。人认为那是我们蛾很活该的事。而你们烛，我想象得到，你们中善良的会觉得对不起我们蛾，你们中冷酷的会因我们的悲惨下场而自鸣得意，对吗？"

　　这一支烛没想到这一只蛾对它们的心理是有很准确的判断的。它一时不知该说什么好。"如果我说对了，那么你是属于哪一种烛呢？"蛾继续翩翩飞舞着。它的口吻很天真，似乎，还有那么点儿顽皮。烛光发红了。那是因为白烛很窘的缘故。蛾的出现，使它不再感到孤独，也使它悲哀的心情被冲淡了。它低声嘟哝："倘我是一支冷酷的烛，我还会警告你千万别靠近我吗？"蛾高兴地说："那么你是一支善良的烛了？但是你知道我们蛾对'飞蛾扑火'这种事的看法吗？"烛诚实地回答它不知道。蛾说："我们是为了爱慕你们烛才那样的呀！""是为了爱慕我们？"烛大惑不解。"对，是为了爱慕你们。在这个世界上，对我们蛾来说，最美的，最值得我们爱的，其实不是其他，也不是我们同类中的英男俊女，恰恰是你们烛呀！真的，你们烛是多么的令我们爱慕啊！你们的身材都是那么的挺直，都是典型的、年轻的、帅气的绅士的身材。你们发出的光照那么柔和，你们的沉默，上帝啊，那是多么高贵的沉默啊！还有你们的泪，它使我们心碎又心醉！使我们的心房里一阵阵涌起抚爱你们的冲动。没有一只蛾居然能在你们烛前遏制自己的冲动……"烛光更红了。烛害羞了。作为烛，从别的烛的口中，它是很了解一些人对烛的赞美之词的，但是却第一次听到坦率又热烈的爱慕的表白，而且表白者是一只蛾。它腼腆地说："想不到真相会是这样，会是这样……"蛾飞得有点儿累了。它降落在桌子的另一角，匍匐在那儿，又问："你就不想知道我是一只对人有害的或无害的蛾吗？"——声音更加羞怯更加婉约，口吻更加天真。只不过那种似乎顽皮的意味儿，被庄重的意味儿取代了。

烛犹豫片刻，嗫嚅地问："那么，你究竟是一只对人有害的，还是一只对人无害的蛾呢？"

蛾说："其实我自己也不知道。我不是告诉过你了吗，我才出生三天呀。而且，我很少与别的蛾交谈。我只知道，我们蛾的生命虽然比一支燃烧着的烛要长许多，但却是极其平庸的，概念化的。具体对于我这一只小雌蛾是这样的——如果我不是在这间地下室里，而是在外面，那么我会被雄蛾纠缠和追求，或反过来我主动纠缠和追求它们。然后我们做爱，一生唯一的一次。接着我受孕，产卵。再接着我的卵在农田里孵出肉虫。丑陋的肉虫。于是我的生命结束。我的死相也很丑陋。往往是翅膀朝下仰翻着。我们连优美地死去都是梦想……"蛾的语调也不禁伤感了。烛于是明白，它是一只对人有害的蛾。但是它却不愿告诉蛾这一点。"烛啊，你肯定知道我究竟属于哪一种蛾了吧，那么请坦率告诉我。我想活个明白，也想死个明白。"烛说："不。我不知道。人的评判尺度并不完全是我们烛的评判尺度。而在我看来，你是一只漂亮的小雌蛾……""你胡乱说什么呀！我……我哪里会是漂亮的呢！"蛾声音小小的，但是烛听出来了，它对这一只蛾的赞美，使这一只蛾很惊喜。

它竟对这一只羞怯的，说起话来语调婉约又顽皮的，情绪忽而乐观忽而感伤的蛾有点儿喜欢了。也许是由于自己的处境吧？总之这是连它自己也不明白的。它借着自己发出的光照开始仔细地端详蛾，继续说："你这只小蛾啊，我并非在违心而言。你的确很漂亮呢！"烛这么说时，确乎觉得伏在斜对面的桌角上的蛾，是一只少见的漂亮的小蛾了。那是它仔细端详的结果。于是它又说："你的双眉真美。现在我终于明白，人为什么用'蛾眉'来形容美女之眉了。"蛾说："这话我爱听。""你的翅膀也很美，虽小，却精致，闭起来，像披着斗篷……""可是与蝶的翅膀比起来，我就会无地自容了。""可是蝶的翅膀却没有发光的磷点呀！一只在黑暗中飞舞的蝶，与蝙蝠有何不同呢，你刚才飞舞时，翅膀上的四点磷光闪烁，如人任舞'火流星'一样……""你真的欣赏吗？那我再飞给你看！"蛾说罢，立即飞起。它又顽皮起来了，越飞离烛火越近，并且一次冒险地低掠着烛的火苗盘旋，使烛一次次提心吊胆，不断惊呼："别胡闹！别胡闹！……"于是死寂的地下室，产生了近乎热闹的气氛。在那一种气氛中，一支烛和一只蛾，各自心里的感伤荡然无存了。

快乐之后是又一番交谈。它们的交谈变得倾心起来。烛告诉蛾它是怎么被带到地下室的；而蛾告诉烛，它则完全是被烛引到地下室的——它本来在楼口的灯下自由自在地飞舞着，忽然一阵风，将它刮入了楼道。楼道里很黑，它正觉得不安，那秉烛的女孩儿走出了家门，结果它就怀着无限的爱慕之情，伴着烛光飞到地下室了……烛听了蛾的话，感到自己害了蛾，又流淌下了一串泪。蛾却显得特别的欣慰。它说能有幸和烛独处同一空间，便死而无憾了。烛又忧伤起来。它说："你这只漂亮的可爱的小蛾啊，你的话使我听起来，觉得我们是在谈情说爱似的。"蛾问："那有什么不好？"

烛反问："在这样水泥墓穴似的地方？"蛾说："正因为是在这样

的地方，我们除了彼此相爱，还有什么更值得做的事情？"烛心事重重地自言自语："我，和你？"蛾说："又有什么不可以？"于是，它们由倾心交谈而心心相印了。由心心相印而情意绵绵了……午夜日才分，烛燃得只剩半寸高了。烛恋恋不舍地说："漂亮的小雌蛾啊，我的生命就要结束了。让我以一支烛无可怀疑的诚实告诉你吧，你使我的生命不算白过。"

蛾以情深似海的语调说："我挚爱的伟大的烛啊，你以你的生命之光为我这一只小小的蛾驱除着黑暗，实在是我的幸福啊！你知道人间有一部戏叫《霸王别姬》吗？"

烛说："我知道的。"蛾说："那么好，让我学那戏中的虞美人，为我的烛做诀别之舞。"于是蛾再次飞起，亢奋而舞。烛在痴情的欣赏中，渐渐接近着它的熄灭。舞着的蛾在空中忽然热烈地说："爱人，现在，我要飞向你！"烛意识到了蛾将要怎样，大叫："别做傻事！"蛾却说："我要吻你！拥抱你！我要死得优美，并且陪你同死！""不，你给予我精神之爱，对我已经足够了！""但我仍觉爱得不彻底！"蛾的话热烈，情炽，坚定不移。"你为什么一定要自蹈悲惨?!"烛光剧晃，烛又哭了，急的。它再次泪如泉涌。"像我这么一只不起眼的，令人鄙视的，被人认为对他们有害，想方设法欲加以灭绝的小小蛾子，能有机会为爱而死，是上帝成全我啊！我无私的，光明的，一心舍己为人的爱人呀，快准备好接受我吧！我来啦！"蛾在空中做了最后几圈盘旋，高飞起来，接着猛扇四翼，专执一念地朝烛的火苗扑了过去……转瞬间，蛾用它的双翅紧紧抱住了烛的火……烛清楚地看到蛾的双眉向上一扬，呈现出一种泰然快慰的表情……烛清楚地听到蛾"啊"了一声。那声音中一半是痛楚，一半是幸福……烛的火苗随即灭了……烛泪在黑暗中将蛾"浇铸"……第二天，女孩儿想起了烛……她将残烛捧给妈妈看，奇怪地问："妈妈，怎么会发生这么悲惨的事？"她的妈妈没有正面回答，只是说："飞蛾扑火嘛，常有的事儿，快扔了，多脏！"她又捧着去问爸爸，爸爸说："由飞蛾扑火，应该想到自取灭亡一词对不？蛾不但讨厌，而且有害，死有余辜，死不足惜！"女孩儿并不满足于爸爸妈妈的话。她独自久久地捧着残烛看，心中对蛾油然生出一缕悲悯……女孩儿将残烛和蛾郑重其事地埋葬了。如同合葬了两条死去的鱼，或一对鸟，一双蝶……女孩儿对"飞蛾扑火"的现象，显然有着与爸爸妈妈相反的看法和联想。

后来，女孩儿上中学了。她在她的作文中写到了这件事。老师给予她的是她作文中最低的一次分数，还命她将她的作文在语文课上读了一遍……老师评论道："蛾是有害的昆虫。怎么可以对有害的昆虫表达惋惜呢？这是作文的主题发生理念性错误的一例……"她对老师的评论很不以为然。再后来，她上大学了，工作了，恋爱了……她的恋人是她中学的男生。有一次她问他；"你常说我美。告诉我，我究竟美在哪儿？"他立即便说："美在双眉！你知道你有一双怎样的眉吗？你的眉使我联想到蛾眉一词。而且认为，在我见过的所有女性中，只有你的双眉，才配用蛾眉二字形容。你的眉使你的脸儿显得那么清秀，衬托得你的眼睛那么沉静，使你有了一种婉约又妩媚的女性气质……"

确乎地，在一百个女人中，也挑不出一个女人生有比她更美的眉；

确乎地，她的双眉，使她的脸儿平添清秀……"那么，告诉我，你从什么时候开始爱上我的？""在我们是初中同学时。你还记得你写过一篇关于蛾的作文吗？""当然记得。""你作文中有一段话是——与'自取灭亡'一词恰恰相反，'飞蛾扑火'使我联想到凄美的童话，忧伤的诗以及爱能够达到的无怨无悔。当时我就对自己说——这个女孩儿我爱定了！"她哭了。她偎在他怀里说："谢谢你爱我。谢谢你懂我。我是那种为爱而来到这世上的女孩儿。我期待着爱已经很久了。我知道像我这样的女孩儿如今已经不多了，可我天生这样不是我的错。谢谢你用你的爱庇护我这样的傻女孩儿……"

而他说："你不傻。我寻找像你这样的女孩儿，也找了很久了。找来找去，终于明白要找的正是你啊！"于是他俯下头深吻她……

孩儿面

那天晚上，我在友人家做客。友人乃中年书法家，举办了国内、国外个人书法展后，声名鹊起，墨迹就很值钱起来。

正聊着，忽闻敲门声。友人妻子开了门，让进一位二十多岁的青年。看其衣着气质，不但是外地人，而且定是山里人无疑。

他在门外声称找"汪铭老先生"，归还一样东西。

汪铭老先生，友人之父，数年前已故去。生前也是一位名字极有分量的书法家。

友人问青年从何处来。

答曰从大兴安岭林区来。

问归还什么。

青年犹豫不语。

于是友人将青年引入另一房间，指墙上其父遗像说："我是你要找的人的儿子。而且他只我这么一个儿子。"

青年沉吟半晌，默默从肩上取下布袋，放于桌上。又默默从袋中取出布包，一层、两层、三层，展开三层包裹，现出一块砚来……

此砚不寻常！

开扇般大小，一寸许厚，呈双龙护月形。中间圆如满月的砚面，石质坚韧，光润莹洁，纹理缜细。双龙雕刻，刀法隽秀有力，精湛浑朴。

好一块古色古香的文房之宝！

友人不禁"呀"了一声，急问："此砚是怎么落在你手中的？"

青年说："为了归还，十几年间我专程到北京四五次，寻找它的主人寻找得好苦！今天总算寻找到了，我也从此了却一桩心事……不过我现在好渴……"

友人立即吩咐其妻："快沏茶来！"并将青年从椅上让座于沙发，恭而敬之，待为嘉宾。

青年饮了几口，讲出下面一段事：

二十二年前，大兴安岭某农场的一个伐木队里，增加了一个人。一个神色沉郁、五十多岁的劳改分子。

当天，伐木队长向自己手下的三十多伐木工人打招呼："我看此人，衣物很少，书却挺多，准是个学问人。他一有空闲，就坐下看书，到了这般田地，仍不失学问人的习惯，可见身未触法，心内无愧。他不卑不亢，满脸正气，这年月，蒙受不白之冤的好人不少。咱们谁也不许为难他。别给自己，给下辈人做阴损缺德的事端！"

亏得有伐木队长暗中庇护，谁也不曾习难过他。

那当年的伐木队长，便是寻上门来归还古砚的青年的父亲。

后来发生的一件事，证明伐木队长的判断不错。那人果然外懦内勇，显示出了令人钦佩的品格……

一头熊，闯入伐木人家属住的房子。炕上正睡着一个未满周岁的孩子。那孩子不是别人，正是归还古砚的青年。熊，就卧在孩子身旁，像狗一样，将嘴巴伏在两只掌上打盹……

伐木工们，他们的家属，围聚在房子外面都乱了手脚，不知如何是好。而当时伐木队长又不在，谁也不敢瞎作主张。怕一旦失策，毁了孩子性命，落个被终生怨恨的下场。

所幸孩子一直熟睡着。但那熊，也仿佛要厮守着孩子，一直打盹到明天似的……

几个小伙子，再也按捺不住性子，一人攥一把利斧，要闯入屋里……

他们被那接受改造的人拦住了。

有人取来一杆猎枪，从窗口偷偷伸进去……

也被那接受改造的人拦住了。

他说："如果一枪打不死它呢？我曾遇到过类似的情况。熊在这时候，一般不伤人。最稳妥的办法，是有人进屋里去，将孩子抱出来……为了以防万一，枪瞄着熊也是必要的。但不到万不得已，不可开枪……"

"进屋里去？"人家反问，"谁？"

"我。"

他以他所主张的方式救出了那个孩子……

　　大森林里，即使在当时那个年代，也有着跟外界不尽相同的判断人的方式和标准。他在伐木工们的心目中成了带有传奇色彩的人物。伐木队长公然和他交上了朋友，毫无避讳地和他称兄道弟，还经常请他到家里去喝酒……

　　一天，他伐木时，碰上了"吊死鬼"。这是有经验的伐木工也要小心对付的情况——一棵已经伐断的树，被另一棵树半空"扯"住。这同开山炸石的人碰上了"哑炮"一样。

　　他碰上了两棵断树被同一棵树半空"扯"住的险情。伐木工人把这种险情叫作"二常联手"。意思是黑白无常串通一气，企图取人性命。

　　他判断对了第三棵树的倒势，开动了电锯。

　　森林里突然刮起了一股风。那风起得好疾，好猛。他刚听一声大喊："闪开！"——抬头看时，两棵断树被刮得脱了倚恃，凌空向他压顶砸下来。他还没来得及做出迅速的反应，就被人推出一丈多远，跌倒在雪窝里……

　　参天大树响着枝杈折断的呼啸之声轰然倒下……

　　树干之下，压着的是伐木队长……

　　半月后，他离开了大森林。谁也不晓得他将被弄到哪里去，他的命运如何，等待他的是凶是吉。

　　他自己也难预测。

　　他没有忘记向伐木队长的妻子告别。

　　他对她说："你们母子以后的生活肯定会很难。我处于这般田地，又身无分文，无法报答你丈夫对我的救命之恩，也无力周济你们母子。

只有这块古砚，是传家之宝，值钱的文物。你们母子就把它收下吧。有机会变卖掉，可维持三年五载的衣食。"

他双手捧砚，挚诚相赠。

伐木队长的妻子虽然感激涕零，却坚拒不受。

最后，他叹息一声，说："就算我将它寄托你们吧。若是哪一天，我的处境略有转变，就让孩子带这块砚去找我。我会把他当成自己的亲生儿子一样！……"

友人及其妻听至这里，不禁四目涕视，我看得出，他们内心里都活动着些微妙的想法。

友人嗫嚅地说："可是，可是我父亲……我刚才告诉过你的，他已经去世了……"

大兴安岭林区来的青年说："我母亲也去世了。我母亲去世前，再三叮嘱我——将来一定要寻找到这块砚的主人。既然当年讲好是寄托于我们的，我们就一定要守信用，一定要想办法使它物归原主。所以，我千里迢迢又一次来到北京，不是希望能在北京寻找到一位有理由依靠的监护人，只是为了归还这块砚。除此没有别的目的。"

友人夫妇，顿时肃然。

青年又说："允许我再看一眼老先生吗？"

友人愧曰："当然当然。"

于是第二次将青年引至其父遗像前。

青年对遗像三鞠躬后，拱手作别。

友人问："你可知此砚现在值多少钱？"

青年回答："三年前曾有人出两万元高价求买。虽家境贫寒，但毕竟是信托之物，不敢换钱。"

友人感慨地说："这是一块安徽歙县出品的古砚。从民间传至过宫廷，又从宫廷流失于民间。归于我家祖上，至今已相传七八代之久。抚之如柔肤，叩之似金声。素享'孩儿面'之美誉。苏东坡曾赞'孩儿面'——'涩不留笔，滑不拒墨。'可不是区区两万元就能买卖之物啊！"

遂向其妻暗使眼色。其妻领悟，转身入另室。片刻而出，执一信封，赠向青年，言内有五千元，聊谢归还诚意……

青年亦如其母当年，坚拒不受。

友人妻无奈。

友人说："请稍候。我为你写一条幅，可愿收下？"

青年微笑，说这是很高兴收下的。

于是友人铺展纸幅，使用那"孩儿面"细细研墨。研罢，悬笔在手，似一时不知该写什么，侧目求援视我……

我沉吟有顷，想出四句话：

世人皆图币，君予古心来，孩儿面依旧，朴拙放异彩！

友人随声落笔，果然龙飞蛇舞，硬撇柔捺，苍折虬钩，墨迹不凡，一流书法！

我望着那青年，心中暗思——好一段古砚情！好一块"孩儿面"！好一位品性古朴未染的青年！……

让心灵被铜锈所蚀的我辈大惭啊！

无琴的城

在夏季最后的日子里，有一个人就要死了。

他是一位老制琴师，制作过许多小提琴和大提琴。演奏家们皆以用他制作的小提琴或大提琴演奏为幸，收藏家们皆以拥有他制作的小提琴或大提琴为荣。非因他制作的小提琴或大提琴多么昂贵，而因那都是音质一流的琴。

但这一座城市里却没谁曾用他制作的小提琴或大提琴演奏过——此城一直没产生一流的小提琴家或大提琴家，尽管有些少男和少女都在努力争取。

这是老制琴师感到的大遗憾。既是为他自己感到的，也是为他所热爱的城市感到的。

他清楚自己就要死了。

一天傍晚，他让他的徒弟扶他坐起来。窗外有一棵苗壮的白松。他深情地望着那松，自言自语地说："多直的树啊！"接着，将深情的目光转向徒弟，用父亲般慈祥的口吻问："我唯一的徒弟呀，我是不是将我制琴的技艺，全部无私地传授给你了呢？"

那年轻人在他的病床边跪下了。他用自己的双手握住师傅的一只手，目不转睛地看着师傅说："是的呀师傅，我不知该怎样报答你才好啊！"

徒弟这么说时，眼中就流下泪来了。

老制琴师欣慰地笑了。他说："徒弟呀，我从没想要得到你的报答。"他吃力地抬起手臂，指着窗外又说，"那一棵白松，就算我留给你的纪念吧！"

徒弟一听此话便哭了。他吻着师傅的手说，"师傅呀，只要有我在，那棵树就不会倒下……"

老制琴师却说："徒弟呀，恰恰相反，我要你在秋季里伐倒它。秋季里它的木质不含有过多的水分了，容易烘干，正可成为制琴的好木材啊！我一直有一个愿望，要用它的下段制一把大提琴，要用它的上段制一把小提琴。我的经验告诉我，这棵白松可以制作两把音质很好的琴。可是现在我已经不能实现此愿了，只有靠你来实现了。当你把琴制成，你就替我赠给我们这一座城市里最有音乐天赋的少年吧！而当这一座城市里响起小提琴与大提琴优美的合奏，那就是对我最高方式的纪念了！"

徒弟泣不成声地说："师傅啊，我发誓，你一定会在天国听到小提琴与大提琴优美的合奏。而那音乐之声，正是从我们这座城市传向天国的！"

斯夜，老制琴师溘然长逝。

徒弟满怀悲痛地埋葬了他。

在秋末一个阳光明媚的日子，年轻的制琴师伐倒那一棵苗壮的白松，亲自将它锯成一块块木板。的确，那真是制琴的好材料呢！纹理细密而清晰；木质又是那么地白晳坚实；可喜的硬度中具有着可贵的柔度；没一处疤结；没一个蛀孔。当他将它们一一刨平，用手抚摸时，感觉像是在抚摸婴儿润泽的肌肤。当他以指轻弹它们，它们便发出悦耳的敲木鱼般的音响。年轻的制琴师不禁亲吻它们，就像亲吻已经做成了的小提琴或大提琴，也像亲吻所爱的女郎的脸颊。那一时刻他心中充满了对师傅的怀念和感激。他想，自己的师傅是将创造美好事物的机会留给了自己！于是他心中亦同时充满了创造美好事物的圣洁的冲动……

年轻的制琴师废寝忘食，日夜制作，对每一个环节都无比认真。仿佛不是在制琴，而是在绣一件七彩霓裳。他时时觉得，师傅的目光，正从天国充满期望地注视他……

到了冬季，在圣诞节的前夕，终于将两把琴制成了。他没立刻宣布消息，背着两把琴，悄悄离开了他的城市。跟随师傅多年，他也认识几位称得上是大师的小提琴或大提琴演奏家，知道他们经常在另外哪些城市里演出。他要一一找到他们，请他们鉴定两把琴的音质。

赞叹！……还是赞叹！……

大师们都欲出高价买下琴，因为他们太为那两把琴的音质所折服了！尤其当两把琴一起合奏时，大提琴的琴音是那么地浑厚、深沉。

急骤起来，如江河奔腾直泻，如万壑松涛撼林；倏忽轻缓，又似竹枝声咽，幽泉潺流，不绝若缕。小提琴的琴音是那么地曼妙，那么地抒情，如一个看不见的精灵，在看不见的五线谱上翩翩舞蹈。正是"弦弦掩抑声声思""未成曲调先有情"。弓柔便如儿女私语，玉钗击磬，并伴莎草蛰吟，櫂声咿喃；弦切则似"银瓶乍破水浆迸，铁骑突出刀枪鸣"……

但是年轻的制琴师哪肯卖了那两把琴呢！他向大师们讲述了师傅的遗愿和殷殷嘱托，大师们亦被深深感动了。他们替他请了几位杰出的指挥家帮助校弦。指挥家们的耳是音乐的鉴定器呀！那把大提琴和小提琴，经过指挥家们校弦，其音质更加优良纯正了……

年轻的制琴师带着它们，带着大师们和指挥家们的由衷祝语回到了他的城，庄重而又满怀喜悦地向人们公布了师傅的遗愿。

人们奔走相告，全城沸腾，群情激动。

百余名少男和百余名少女参加了大提琴和小提琴两组评选性质的公开演奏。德高望重的音乐专业人士们组成了评委。新闻界现场报道，一篇篇大块文章相继发于报刊。接连几天里街谈巷议，好生热闹。这是一座不经常有新闻发生的城市。在这一座城市里一天天倍感寂寞的尤其是那些因职业而被叫作记者的人们。别人没有新闻也可以照样生活，照样工作和照样爱着的，而对于那些被叫作记者的人们，天长日久没有新闻，就好比荤食者们渴望腻肉油腥了。现在，他们感觉好多了，对自己存在的价值也自信多了。而促使和鼓吹艺术家的产生是多么崇高的使命呀！

一个星期以后，评选结果终见分晓。两名少年在大提琴和小提琴两组中过关斩将，以优拔萃，成了本城的幸运少年。

　　年轻的制琴师将琴赠予他们时，自然少不了说些勉励的话。

　　于是他也成了"焦点人物"，无论躲到哪里，总会被记者们寻找到，不厌其烦地要求："请谈几句，请谈几句……"

　　他只不过是一个制琴的技艺之人，口拙舌笨，其实早已没什么话好说。该说的，对两名幸运少年已经说过了。而且，他认为那是他替师傅说的。说是他为师傅尽着的义务。倘无此义务感，他本是什么都不想说的……

　　不堪滋扰的更是两名少年。

　　他们无时无处不被记者们追着问："有何感想？有何感想？……"

　　其实他们除了觉得幸运，觉得荣耀，以及人们对于他们的期望给他们造成的从未经受过的压迫，无复另有什么感想。他们甚至不知该如何应付才对。也不知究竟该隐匿到何处去，恢复自己从前那种能够潜心习琴的美好时光……

　　为了他们的前途不受负面影响，他们的父母决定将他们送到别的城市去拜师深造。

　　于是有商人主动资助，而商人的资助，大抵又有着讳莫如深的商业目的。

　　于是媒体究诘不休，而商人们闪烁其词，极力用高尚的动机掩饰他们的真正打算……

　　于是人们又有了茶余饭后的话题。数目不小的资助金在不少人心中搅动起了嫉妒的波澜……

于是两名少年的父母，登报声明他们并非将儿子当摇钱树的那一种不良父母，他们真的也不是那样的父母。他们替儿子做主接受资助，只不过是为了使儿子无经济方面的后顾之忧。但那声明，在心生嫉妒的人们看来，难免有"此地无银三百两"的意味。而商人们却自然地觉得名誉受损了，登出了两名少年的父母与他们签订的合同，以正视听。于是两名少年的父母赶紧又登报声明，他们的前一份声明，不是针对高尚的商人们发表的。他们怎么会以怨报恩呢？于是媒体以通栏标题在一版上提出令两对父母难堪的质问——"那么，是针对谁的？"于是引起不少公众的愤怒——是针对我们吗？凭什么针对我们？因我们嫉妒吗？你们的儿子不就是会拉琴吗？不就是由于会拉琴获得了商人们给的一笔钱吗？有什么了不起？有什么值得嫉妒的？

媒体好不亢奋！

两名少年，却悄悄离开了那一座城。正如年轻的制琴师当初背着琴悄悄离开一样。所不同的是，年轻的制琴师当初一人背着两把琴，而两名少年各背一把。年轻的制琴师当初确信自己将会带给本城的人们一个惊喜，而两名少年彼此发誓，他们以后再也不回来了！

少年面对自己生于斯长于斯的城市发誓永不归来。这真是件令人难过的事。

当媒体从业者们寻找不到那两个少年，转而去寻找年轻的制琴师，都打算问他有何感想时，发现琴店的门上挂着一把大锁。

年轻的制琴师也不知去向……

媒体从两把琴所引发的这一件事而能榨取的最后的话题炒作，随着两名音乐少年和年轻的制琴师从本城的消失，渐渐归于平息，归于寂灭……

　　十年弹指一瞬间。

　　人们渐渐淡忘了两名少年，更无人再提起年轻的制琴师和他的师傅老制琴师。琴店在十年的风风雨雨中颓败着，门上的锁早已锈迹斑斑……

　　只有两名少年各自的父母和资助着他们的商人们，一直以不同的心态挂记着他们。但也仅仅是挂记着他们，从不打听年轻的制琴师的消息……

　　十年后少年成长为青年。他们的音乐天赋充分显示。他们在别的城声名鹊起。他们的演奏水平一天天接近着大师们。他们也一天比一天怀念他们家乡那一座城了。但是他们都不流露这一点，更不愿向对方主动承认这一点。

　　十年后年轻的制琴师已不再年轻，他脸上出现了中年人的沧桑。他一直追随着当年的两名音乐少年。也可以说他一直追随着他所制作的两把琴，追随着他的师傅生前的夙愿和理想。他一直在过着流浪汉的生活。有时制作一把琴廉价而售，有时仅仅能够修琴。更多的日子里，他只不过是在为人做小工。一个流浪汉自然是没资格恋爱的。他孑然一身，无妻无家。他仿佛陷入了一种单恋，所恋乃是他师傅生前的夙愿和理想，所恋也是他自己的夙愿和理想。

　　每当两名青年举行演奏会，他总是去倾听，并且总是穿得整洁一些，尽量给别人体面的印象。他有时能买得起票，更多的时候买不起票。即使能买得起票，也往往是最后一排的票。而买不起票的时候，他就只得向把门人提他师傅的名字了。他师傅的名字在某些情况下是无形的通行证，在某些情况下什么作用都不起。那么他就唯有向把门人苦苦恳求了，侥幸允许入场的条件是站在门旁，并在散场后义务打扫场地……

合奏的琴声一曲接一曲，享受音乐的人们在优美的琴声中陶醉时，隐在门幔后面的那一个人，便仰起他的脸久久地望着音乐厅装饰华美的拱顶。那时他眼中泪光闪闪，泪水顺着他的脸颊往下流。制琴师并不同时都是音乐欣赏家。他们制琴的技艺并不顺理成章地与他们欣赏音乐的水平成正比。他的感动是缘于他师傅的，也缘于他自己的夙愿和理想终于得以实现。责任感重的人最容易将自己的责任理想化。而他们一旦这样了，他们本身便往往也变成了他们的理想的一部分。此时某事对人生显得唯此为大了，此时人生被对自己的理想的欣赏所异化……

然而两名一步步迈向艺术巅峰的青年却从来也没注意过他。有次他们在音乐厅的台阶上恰巧碰见他恳求把门人让他入场。把门人对他说："只要他们同意……"

他将目光望向他们时，他们脸上竟呈现出了鄙视的表情。因为他们并没能认出他来。事实上连他们也将他这个赠予他们琴的人彻底忘掉了——他们认为自己不是演奏给他这种人听的。

那一次他竟没能入场听他们的演奏……

资助他们的商人们则认为该是从他们身上获得回报的时候了。他们先向媒体介绍他们在别的城市所受到的尊敬，引起了媒体十年后重新报道他们的极大兴趣。这兴趣不无水分，报道却是热情洋溢的。有一篇报道的文字甚至是这样的："如果我们不将我们这座城市的天才青年迎请回来，我们的后代将无法原谅我们！"一切都是按照商业策划的步骤进行的，金钱足以将态度包装得特别真诚。于是有报纸呼吁组成一支"迎请队"，于是有不甘寂寞的人士毛遂自荐，于是全城许多人被发动起来，在"盼望书"上签名以表达盼望的心情……

可想而知，当两名青年面对来自家乡城的"迎请队"，聆听着妙龄女郎声情并茂地朗读"盼望书"时，他们是何等地激动又是何等地感动！他们一一与"迎请队"的成员们亲切拥抱。他们热泪盈眶地诉说十年来他们对家乡城的思念。那些话语一半是真实的，另一半是受当时气氛影响而说的。

十年前的不愉快冰融雪化。

天才的大提琴家和小提琴家载誉而归！

首场演出无比成功！

鲜花、掌声；掌声、鲜花……

女人们爱慕的眼波……

男人们的奉承和恭维……

孩子们的崇拜……

从音乐厅到本城名流们的家庭宴会；从社交界到新闻界、文艺界；演奏、签名、合影、讲话——几乎到处可见他们为商家做的广告；到处可见他们似乎卓尔不群的身影；到处可见他们矜持的、春风得意、踌躇满志的微笑……

一场演出接着一场演出——鲜花因他们而涨价了；女人们因他们而风流了；男人们以是他们的朋友或曾是他们的朋友而自豪；孩子们以获得他们的签名而幸运……

这座城市仿佛在欢度几个世纪才逢一次的什么节！

而这，既是由于人们之寂寞的心终于不再寂寞，也是由于媒体从业者们的推波助澜、大显身手……

荣誉乃是这样一种事物——当它达到或快要达到巅峰的时候它绝不会停驻在那儿，正如喷泉的水流绝不会凝止在顶尖的高度。人们对于成功者们的春风得意容忍到什么程度，决定着那一过程的短长。几乎每一种荣誉都有不当之点。当它像泡沫一样膨胀得太迅速，它的不当之点也便很快地凸显出来了……

有一双眼睛忧郁地望着这一切情形——已不再年轻的制琴师跟随回来了。他的样子依然像流浪汉，他依然买不起每一场演出的门票……

当两名青年的父母以他们的经纪人的身份与资助他们的商人握手言欢按合同分享利润时，某报登出了一篇千把字的化名的文章，尖酸地言之凿凿地指出——那名拉小提琴的留长发的风度翩翩的青年，其实一点儿也不配获得人们的敬意——因为他十五岁时偷窥过邻家少女洗浴……

这其实是一个卑鄙小人的谣言。

媒体能够识破是谣言，但媒体有时特别需要谣言，而且特别善于将谣言炒作为"新闻"。在商业的时代，那样一条"新闻"的价值是由其商业性来判定的。

首先提出抗议的是那名拉大提琴的青年。他发表措辞激烈的证言替他的合奏者洗刷清白，并且声明那一种攻击也是对他本人的攻击……

然而另一份报上隔日登出了另一篇文章，指出那名拉大提琴的青年也不是什么好东西，他少年时曾受家长唆使做伪证陷害别人（这倒是真的，但他已在法庭上忏悔过了）。而且他长得多蠢呀！五短身材，脸胖得南瓜似的，明明像面包师嘛！而且……而且他十年前从大提琴组脱颖而出，据知情者透露，乃是有评委因他父亲是市政官员的秘书而偏向于他……

两名青年及其父母们愤怒了，他们向法院控告了媒体的恶意诽谤。他们再演奏时手挽着手登台，手挽着手谢幕，以向公众显示他们的合奏关系是牢不可破的；媒体也恼羞成怒了，同仇敌忾，一场离间阴谋在悄悄酝酿……

几天后有报登出一篇文章，揭露拉小提琴的青年曾对记者说："我们之所以一直在合奏，还不是由于他（拉大提琴的青年）根本没有离开我独奏的水平！"

文章后注明：有录音为证。

这使拉小提琴的青年只有保持尴尬的沉默……

这使拉大提琴的青年单方面取消了当天晚上的演出……

这使人们纷纷在音乐厅外撕毁或燃烧门票……

几天后的几天后又有报登出一篇文章，披露拉大提琴的青年曾说过这样的话——"那个与我合奏的家伙，若把心思多放在琴上，少放在女人们身上，我们早已都是大师了！"

而且，也被录了音。不过，这倒也是事实。话是他与他的父亲从音乐厅回家的路上说的，是以玩笑的口吻说的，是被跟踪者偷偷录下的。录音无表情，文字更无表情，于是玩笑变成了背地里的"中伤"。

结果导致拉小提琴的青年当众扇了拉大提琴的青年一记耳光，骂他"伪君子"。

这一情节使报界何等地激动哇！

那一记耳光决定了他们再不能合奏下去，却正中商人们的下怀。商人们认为，他们分开或许更好，或许各自从他们身上抽取的资助回报更多些……

于是他们势不两立了。这个在音乐厅演奏，那个一定在广场上以更大的规模进行对抗式亮相；当有一份报吹捧这个，另一份报一定在贬低和攻击，同时吹捧那个……

他们由势不两立而反目成仇，而相互诟骂，而彼此践踏人格……

他们一旦分开各自单独演奏，水平怎么也无法与他们的合奏相比了。那是两把有"血缘亲情"的琴啊！那是两把"一母所生"的琴啊！即使在他们独奏最欢乐的琴曲时，琴声中也似乎流淌着如丝如缕的伤感。人因人性的弱点和劣点而相互叛离，琴却因它们生命的某种联系而彼此依恋。

对于他们，当然最明智的选择是再度离开那一座城市。但是他们已都不可能做此明智选择。因为，他们同时爱上了本城的一位富家小姐。先自离去者，分明意味着情场败北……

媒体的鼻子嗅到了荷尔蒙气息。那位小姐正寂寞于闺房，巴不得做一回"墙头草"——她一会儿在报上说爱这个，一会儿又在报上说爱那个；一会儿抛出这个写给她的情书，一会儿兜售那个与她的幽会，不乏细节，私语多多……

那正是本城最寂寞的一年，没有飞机失事，没有列车"亲嘴"，没有官场丑闻，没有商战阴谋，没有抢劫、强奸、杀人放火，甚至也没有小偷小摸，没有绯闻……

寂寞呀，寂寞！

某些人心理上长期蜷伏的阴暗潜念，于难耐的寂寞中总爆发了……

那富家小姐最后在报上登了一份声明，宣布自己厌烦了爱情的三角游戏，与两名青年同道"拜拜"。随后她就嫁给了外省的一位官员……

两名青年一起陷入了可怜兮兮的丑角境地。

那拉大提琴的青年首先精神崩溃。他毁了琴，从六层楼的窗口跳下去一命呜呼……

同一时刻，拉小提琴的青年正在台上演奏着——他的琴弦全都崩断，他的琴也裂开了一道很长的缝，像一道很长的伤口……

嘘声、顿足声、喝倒彩声以及羞辱的话语代替了往日的掌声和鲜花……

他懵懂不知所措地被报幕人扯下台去……

悲剧的发生，使人心趋于冷静。

对死者的同情超过了人心对其他一切的表现。

有同情就有憎恨，有悲剧就有责任。人人都急于找出罪魁祸首，人人都暗受良心谴责，急切地要与那悲剧责任彻底划清界限。活人相对于死人无疑是优胜的。优胜者的同情是慨然的。活人一旦对死人同情起来便显得公正了。于是许多人都开始通过自己回忆死者其实是多么好的一个青年。于是那拉小提琴的青年陷于千夫所指，成了众矢之的，沦为罪魁祸首。当为拉大提琴的青年送葬的队伍从他家楼下经过后，他家所有窗子的玻璃全碎了……

沦为罪魁祸首的这个青年不久被送入了精神病院。

他主要的病症是揪住人反复地问："为什么？为什么？……"

他的小提琴被典当在了寄卖店里。但是人人都视之为不祥邪物，无人问津，被店主抛于杂货仓，变成了一窝耗子安居其中的家。

冬天到了。

此城来了一批工匠，很神秘地在广场上搭起帆布高棚，说是受一个人所雇，将要在里边雕什么献给这座城。

到了高棚拆除那一天，红绸剪断，布罩滑落——呈现出了什么呢？是两把琴啊。一把大提琴，一把小提琴。但那也是一具十字架呀！小提琴柄搭在大提琴柄上，看上去真的更是一具十字架呀！而且，是冰雕的。在落日殷红余晖的照耀下，仿佛泛着淡淡的血色……

围观的人们无不愕然。

这时从一幢楼里冲出了一个持小提琴的少年。他分开人墙，站在那冰雕下，指着人们，以超越了年龄的一种冷峻的口吻说："你，你，还有你们，我的爸爸妈妈，你们借口想要你们明明都知道根本不存在的所谓神圣的艺术，宣泄的却是你们内心里最阴暗的情绪！结果连本已拥有的也失去了！还失去了我们的！……这将是我最后一次拉琴了！"

他说罢就运弓拉起了他的小提琴。琴声悲怆，如咽如泣。他渐渐地泪涌满眶……

接着有许许多多的少男少女都持琴从家里跑到了冰雕"十字架"下，许许多多把大提琴和小提琴合奏起来。在严寒中，他们手儿冻得通红，他们眼中闪着泪光。而在那一种壮观的合奏的琴声中，奇怪的事发生了——冰雕"十字架"竟不可思议地开始融化……

大人们望着眼前的情形无不为之肃然。

领奏的少年琴声一止，录音话筒从四面八方伸到了他面前：

"请谈谈感想！……"

"孩子，请一定谈谈感想！……"

那少年一言不发，高举起琴，狠砸在"十字架"的底座上……

顷刻间诸琴破碎，"十字架"下遍地琴片……

冰雕不可思议的融化骤然停止，水滴结成一颗颗晶莹的珠子，仿佛也是冻住的泪……

第二天所有这些孩子全都离家出走了。他们去向哪里，没人知道。

在春季里，那冰雕"十字架"融为水，渗入土地……

但是许多人都觉得自己心上也插着十字架了，冰的，冷冷的。

失去了那么多曾酷爱音乐的孩子的城，尤其地寂寞了。

而这一种痛失所爱的寂寞，却不再是以往用惯的方式所能消除的了……

他们至今仍在寻找他们的孩子，至今也还一个没找到……

图书在版编目（CIP）数据

总有一种柔软，让人生坚定从容 / 梁晓声著 . —北京：现代出版社，
2018.1

ISBN 978-7-5143-6260-2

Ⅰ . ①总… Ⅱ . ①梁… Ⅲ . ①散文集—中国—当代
Ⅳ . ① I267

中国版本图书馆 CIP 数据核字（2017）第 238956 号

总有一种柔软，让人生坚定从容

作　　者：梁晓声
责任编辑：张　霆　邸中兴
出版发行：现代出版社
通信地址：北京市安定门外安华里 504 号
邮政编码：100011
电　　话：010-64267325　64245264（传真）
网　　址：www.1980xd.com
电子邮箱：xiandai@vip.sina.com
印　　刷：三河市宏盛印务有限公司

开　　本：880mm×1230mm　1/32　　印　　张：9.375
版　　次：2018 年 1 月第 1 版　　　　印　　次：2018 年 1 月第 1 次印刷
字　　数：187 千
书　　号：ISBN 978-7-5143-6260-2
定　　价：39.80元